U0523402

长治市委宣传部"浊漳流馨"系列丛书重点资助项目

李荣 著

晋东南抗战歌谣社会功能研究

The Study on Social Function of Ballad of Anti-Japanese War in Southeastern of Shanxi Province

中国社会科学出版社

图书在版编目（CIP）数据

晋东南抗战歌谣社会功能研究／李荣著．—北京：中国社会科学出版社，2020.5
　ISBN 978-7-5203-6534-5

　Ⅰ.①晋⋯　Ⅱ.①李⋯　Ⅲ.①民谣—抗战文艺研究—晋东南地区　Ⅳ.①I207.7

中国版本图书馆 CIP 数据核字（2020）第 087435 号

出 版 人	赵剑英
责任编辑	宋燕鹏
责任校对	季　静
责任印制	李寡寡

出　　版	中国社会科学出版社
社　　址	北京鼓楼西大街甲 158 号
邮　　编	100720
网　　址	http://www.csspw.cn
发 行 部	010-84083685
门 市 部	010-84029450
经　　销	新华书店及其他书店
印　　刷	北京明恒达印务有限公司
装　　订	廊坊市广阳区广增装订厂
版　　次	2020 年 5 月第 1 版
印　　次	2020 年 5 月第 1 次印刷
开　　本	710×1000　1/16
印　　张	13.5
字　　数	213 千字
定　　价	78.00 元

凡购买中国社会科学出版社图书，如有质量问题请与本社营销中心联系调换
电话：010-84083683
版权所有　侵权必究

总　　序

茹文明

　　浊漳河是长治的母亲河,是长治境内一条主要河流。"上党诸水,以漳为宗。况今合卫北流,直达天津。国家漕储四百万,赖以接济灌输。其功匪细。"[1] 流经长子县、长治郊区、屯留县、和顺县、榆社县、襄垣县、武乡县、黎城县、潞城市、平顺县、涉县十一县（市、区）,自古以来就是运输、灌溉的重要依靠,成为民众生产生活、思想文化、精神寄托的重要依靠,为这一区域民众带来了巨大的便利,是民众生活不可缺少的组成部分。史籍称"浊漳自鹿谷发源,东流,经县治南,又东入长治界。折而北,经屯留潞城界,入襄垣。至县治东北隅,又折而东,入黎城界。掠潞城之北,东入平顺界。出太行,达河南彰德府界"[2],清漳"出上党沾县大黾谷",至河北涉县合漳村与浊漳合流,入海河,汇入渤海。

　　浊漳河有三个源头。南源之房头村,位于发鸠山脚下。据史籍记载:"发鸠山,在县西五十里。《山海经·神囷之山》：'又北二百里曰发鸠之山。其上多柘木,有鸟焉。其状如乌,文首,白喙,赤足,名曰精卫,其鸣自詨,是炎帝之少女,名曰女娃。女娃游于东海,溺而不返,化为精卫,常衔西山木石以堙东海。'漳水出焉,东流注于河。"[3] 浊漳西源之漳源村,位于沁县"西北三十五里,……有泉汇为巨浸,东南流至镇与花山水合,故是镇一名交口,南行会北河固益诸溪涧水其流

---

[1] 顺治《潞安府志》卷一《天文志·地理二·山川》。
[2] 同上。
[3] 嘉庆《长子县志》卷二《山川》。

益大，至州城北郭外，小河水入焉。又一里经州城西郭澄清，赤龙二池水来注，又南流二十里合后泉水，又三十里至万安山之北，会铜鞮水，是为本州诸水总汇之处，东南入潞安府襄垣县界。"[①] 浊漳北源发源于和顺县八赋山西麓，"名小漳水，流经榆社县，合黄花岭水，至武乡县西五里合涅水，至襄垣县东北合浊漳。"[②]

浊漳河区域至今发现的考古遗存，最早显示为新石器时代中期，武乡县石门乡牛鼻子湾发现的石磨盘和石磨棒被认为是磁山文化的遗物。自此之后，考古文化不断增多，"据粗略统计，该地区发现并见诸报道的仰韶文化遗存地点有 38 处，庙底沟二期文化地点 52 处，龙山文化地点 56 处。"[③] 夏、商以来的遗址、遗物更是屡见不鲜，成为这一区域最早人类生活的见证。

在先民的生产、生活过程中，在人们与大自然交流、合作的过程中，产生了大量优美的神话、传说、故事。神农稼穑自古流传，各地至今仍保存有炎帝庙宇、碑刻。其女名曰精卫，自小于东海游而不归，后发誓填海，故事情节凄厉动人，表达了人们向自然作斗争的决心和勇气。后羿射日的故事也流传于屯留、长子等地。在平顺县浊漳河畔流传着大禹治水的故事，后人为了纪念大禹的功劳，修建了庙宇，至今仍得到人们的祭奉。牛郎织女的故事亦在沁县一带长久流传。"太古前里池头村有柴氏兄弟同爨业耕，一日弟往田，牛忽作人言，言其兄嫂饮食事，弟托取农具往瞰之，三往三验。已而兄弟将析居，牛谓弟曰：'尔若得我，必济于尔。'其弟果得牛，牛曰：'七月七日有仙女解衣来浴池中，尔于第七女衣试藏之，即尔妻也。'竟如其言，产男女各一。后女求衣，问牛，弗许。恳之再四，得衣而去。其夫乘牛往逐之，女取钗画地成河，遂不得度。女曰：'吾上方织女星也，今与尔缘断矣。欲再会，必来年七夕。'至今河池尚有遗迹。"[④] 襄垣、武乡、黎城、长治等地流传的昭泽王的故事，则更是本地域的特色民间信仰，具有较强的生

---

① 乾隆《沁州志》卷一《山川》。
② 民国《和顺县志》卷一《山川》。
③ 中国国家博物馆、山西省考古研究所、长治市文物旅游局编著：《浊漳河上游早期文化考古调查报告》，科学出版社 2015 年版，第 4 页。
④ 乾隆《沁州志》卷九《灾异》。

命力与吸引力。这些故事在历史的传承中逐渐沉淀下来，成为人们心灵上的承载，成为人们至今思索生活、探索人生的思想来源。丰富的历史资料，为人们解决问题提供了源源不断的思想资源。

这些故事涵盖着民众的愿望，他们将自己的认识融于故事一代一代流传下来。其中既有他们的畏惧，亦有他们的期望。还有大量的仪式与民俗，至今仍影响着民众的生活。并且成为他们丰富的精神财富，成为他们劳作之余的放松。在这些仪式中，民众通过不断的交流与沟通，彼此之间情感更加融合，对故事的理解亦逐渐深入，甚至于成为生活的重要组成部分。吵吵闹闹、争争夺夺，即透视着他们的期许与向往。

人们生于此、长于斯，用自己独有的表述方式记录下这些内容。方言，成为人们解读故事的基本工具，每一个音节的表达、每一个词语的流露，都体现出民众的心情。不仅如此，他们还将这些记忆通过碑刻的方式世代保存，流传到今天，成为他们思想和意识最好的记载。使得这片土地上的文化有了生机，成为灵动的符号，随着滔滔漳河水日夜抒发。我们的任务就是要把它听懂，把它记载下来，不断传承，留给后人。

为了生活，民众在此聚居，修建了房屋、沟渠、庙宇，形成了鳞次栉比、错落相间的村落，分布于山间溪畔。啾啾鸟鸣、淙淙水声、花开燕舞，构成了浊漳河流域独特的民众生活画卷。一件件柱头斗拱，一块块木雕石舫，一副副牌匾楹联，一方方石刻壁画，无不展示了民众的思想和智慧。目前，长治市拥有国家级文物保护单位66处，在全国同级别行政区域中遥遥领先。吸引了众多的学者、游客，他们每每游历于此，不免感慨万千，赞不绝口。这些既像淋漓酣畅的世外桃源，又是实实在在的生活过程。

20世纪30年代，日军发动了大规模的侵华战争，将中国人民带入了水深火热之中。中国军民同仇敌忾，与敌人进行了浴血奋战。就在浊漳河畔，义门、寨上、北村、砖壁、王家峪等成为八路军总部的驻扎地，指挥着华北和全国的抗战。在这块土地上，不仅有硝烟弥漫、战火连天的战争景象，更有军民鱼水、互帮互助的动人情谊，故居、战场、纪念碑成为历史最好的明证。

新中国成立之后，浊漳河畔也成为社会主义建设的典型。一代劳模申纪兰、李顺达成为时代的符号，他们的精神一直激励着后人不断前行，在改革开放的大潮中仍然砥砺前行。随着新农村建设的推进，乡村也发生了巨大改变，一批新的田园乡村、小康乡村纷纷展现在世人面前。悠闲舒适的田园生活，热情浪漫的时代村民招徕了远方观光的游人。

这些动人的故事、历史记忆、文化事象都需要我们不断传承。时代将重任落在我们肩上，我们就有责任和意识挑起重当，为传承漳河文明做出自己应有的贡献。

长治学院位于长治市区，距著名的漳泽水库不及10公里，林木荫茂，绿草丛生，长廊蜿蜒，小路幽深，万名学子，荟萃于此。多年来，我校一直坚持"以教学为本，以科研立校"的理念，于2002年成立了上党文化研究所，主要致力于区域社会的研究。2004年升本之后，加大了对科研方面的投入，并予以政策支持。先后成立了赵树理研究所、方言研究所、太行山生态与环境研究所、彩塑壁画研究所、比较政治与地方治理研究所等多个科研机构。2010年12月，在省教育厅的大力支持下，成立了山西省高校人文社科重点研究基地"太行山生态与旅游研究中心"，这既是时代赋予我们的机会，亦是我校学科整合的重要手段，表明了我们在科研上不断追求的信心和决心。

随着我省对高校建设的重视，开始实施"1331"工程。我校在此政策的推动下，响应上级号召，逐步出台了校级"1331"工程建设规划。2016年，正式启动"浊漳流馨"丛书计划。这一套丛书的撰写，是我校多年来学科整合的结果，是多年来科学研究方向的凝练，是众多教师发挥大学功能、理论联系实际的重要结晶。同时，亦向社会表明，我校教师不仅重视学术研究，更关注服务社会，在这一亩三分地上，我们要做好自己的工作，要向社会负责。

"浊漳流馨"丛书撰写工作，是一个系列工程，我们计划每辑五本，不断推出新的成果。我相信，长治学院及长治学院人，有能力将此项工作不断传承下去，为区域社会研究尽绵薄之力。

序　言

张　皓

民歌、民谣是广大人民群众在社会生活实践中集体创作并口头流传，逐渐形成和发展起来的文艺形式，是人民现实生活重要的表达形式。对民歌、民谣的研究，将构成解读历史的重要材料。民国以来，大家的关注点主要集中在古代歌谣，大多从文学和历史学的角度对古代歌谣进行解读和研究。中华人民共和国成立后，在20世纪50年代和80年代发起了收集歌谣的热潮；特别是在1984年，文化部、国家民委和中国民间文艺研究会联合发出通知，决定在全国范围内组织人力，在普查的基础上，编辑出版《中国歌谣集成》等民间文学三套集成。在《中国歌谣集成》中，产生了"时政歌谣"这一歌谣类型，"时政歌谣"开始进入研究领域。

晋东南地区，古称"上党"，历来文化底蕴深厚，具有悠久的歌谣发展历史，是抗战歌谣形成的文艺源泉。晋东南在抗日战争时期是太行、太岳根据地腹地中心区域，是八路军和日本侵略军激烈交战的地区，也是中共实行一系列政治经济社会改革的重要实验区域，激烈的战斗和深入的改革经验为晋东南抗战歌谣的形成提供了现实的时政土壤。在此基础上，形成了不胜枚举、成千上万首晋东南抗战歌谣。

晋东南抗战歌谣主题意蕴丰富，地域色彩鲜明，是生动呈现抗日战争历史的重要载体。抗日战争是一段厚重的历史，教科书呈现的抗日战争是宏大的、全面的场景，但又缺乏历史的鲜活性。而歌谣是民众情感的真实表达，从一首首抗战歌谣中我们能更深入地进入历史场景，感受普通百姓的生活，更好地体悟历史。

晋东南抗战歌谣还是研究抗日战争时期国家与社会关系的重要切入点。国家与社会关系理论一直是西方政治学、社会学研究的热点问题之一。近年来，历史学开始借用这一理论来探究历史中的中国国家与社会关系。这部著作的作者也借用该理论以晋东南抗战歌谣为切入点分析抗日战争时期中共与乡村关系。从中国历史发展来看，"皇权不下县"代表了国家力量与乡村社会的分野状态。抗日战争爆发，为中共政权力量进入乡村社会提供了可能。于是，歌谣这一民间艺术形式就成为中共力量进入乡村社会的重要方式，使之适应与宣传中共各项政策，成为改造当地歌谣的终极目标。从此之后，晋东南歌谣就不仅仅是民众的创造，民众心声的单纯表达，而带有了强大的政治意愿表达。

这部著作由六章组成：第一章晋东南抗战歌谣的文艺生态，阐述了晋东南抗战歌谣的产生背景，晋东南抗战歌谣的形成是历史性和现实性共同催生的结果。晋东南悠久的文艺传统是晋东南抗战歌谣产生的历史因素，晋东南地区激烈的抗战场景是晋东南抗战歌谣产生的现实因素。第二章晋东南抗战歌谣的主题意蕴，晋东南抗战歌谣不仅反映了抗日战争时期民众的日常生活和情感需求，如呈现民众生活，控诉日伪暴行等，也反映了中共各项政策，包括宣传抗日政策、讴歌抗战英雄等内容。第三章晋东南抗战歌谣的地域特色，剖析了晋东南抗战歌谣中所体现出的地域和文化色彩，地方饮食、地方方言、地域信仰等在晋东南抗战歌谣中都有不同程度的呈现。第四章晋东南抗战歌谣的传播方式，主要阐述晋东南抗战歌谣的主要传播路径，口口相传、剧团传播、活动传播构成了晋东南抗战歌谣的传播模式。第五章晋东南抗战歌谣的社会功能，这是该书的重点。本章从动员民众力量、改造乡村社会和承载集体记忆三个方面论述晋东南抗战歌谣的社会功能，认为抗战歌谣唤醒了民族意识，增强了民众抗战的决心和信心；通过歌谣，中共政治意识和政治话语进入乡村；歌谣的构建是影响民众历史记忆的重要因素。第六章晋东南抗战歌谣的时代转型，通过对晋东南抗战歌谣的现实透视，认为晋东南抗战歌谣正处于渐趋消亡状态，保护和挽救抗战歌谣这一文化遗产已经成为刻不容缓的事情。

这部著作还存在诸多缺陷与不足：第一，史料有待扩充。作者采用的资料主要包括文献资料和口述资料，但囿于现实因素，口述资料较为欠缺，造成课题预期对文本歌谣与口述歌谣的研究无从开展。第二，理论还需提升。作者采用了集体记忆这一理论对歌谣功能进行解读，但研究并未深入，尚待进一步提升。我相信，随着作者的深入研究，这些问题会得到解决。

目　录

绪　论 …………………………………………………………（ 1 ）
第一章　晋东南抗战歌谣的文艺生态 ………………………（ 11 ）
　　第一节　晋东南概况 …………………………………（ 12 ）
　　第二节　晋东南的文艺传统 …………………………（ 15 ）
　　第三节　抗日战争时期的晋东南（1937—1945）……（ 27 ）
　　第四节　抗日战争时期中共的
　　　　　　文艺政策（1937—1945）……………………（ 31 ）
第二章　晋东南抗战歌谣的主题意蕴 ………………………（ 50 ）
　　第一节　展现民众生活 ………………………………（ 50 ）
　　第二节　控诉日伪暴行 ………………………………（ 53 ）
　　第三节　呈现抗战场景 ………………………………（ 56 ）
　　第四节　号召民众参与 ………………………………（ 61 ）
　　第五节　宣传抗日政策 ………………………………（ 66 ）
　　第六节　讴歌抗战英雄 ………………………………（ 75 ）
第三章　晋东南抗战歌谣的地域特色 ………………………（ 81 ）
　　第一节　饮食文化 ……………………………………（ 81 ）
　　第二节　语言文化 ……………………………………（ 86 ）
　　第三节　风土文化 ……………………………………（ 88 ）
　　第四节　地方人事 ……………………………………（ 91 ）
　　第五节　信仰文化 ……………………………………（ 92 ）
第四章　晋东南抗战歌谣的传播方式 ………………………（ 95 ）
　　第一节　组织传播 ……………………………………（ 96 ）

第二节　人际传播 …………………………………………（121）
　　　第三节　大众传播 …………………………………………（123）
第五章　晋东南抗战歌谣的社会功能 ………………………………（127）
　　　第一节　动员民众力量 ……………………………………（128）
　　　第二节　改造乡村社会 ……………………………………（137）
　　　第三节　承载集体记忆（一）………………………………（148）
　　　第四节　承载集体记忆（二）………………………………（155）
第六章　晋东南抗战歌谣的时代转型 ………………………………（165）
　　　第一节　演唱群体严重缩减 ………………………………（165）
　　　第二节　社会功能发生转向 ………………………………（170）
附　录 …………………………………………………………………（174）
结　语 …………………………………………………………………（195）
参考文献 ………………………………………………………………（198）
后　记 …………………………………………………………………（205）

绪　　论

一　歌谣

1. 歌谣研究发展的历史

中国对歌谣的研究大致分为三个时期：古代时期、民国时期和中华人民共和国时期。对歌谣的关注，中国自古有之。在中国古代时期，大家关注的着力点在于歌谣的"言志"功能。秦汉之前，由于统治者认为民间歌谣能够观风俗、察得失，采集歌谣就成为一项重要的政治措施，于是形成了采集歌谣的制度，我国早在周代就有了采集民间歌谣的制度。据历史学家研究，采诗是我国氏族社会的遗风，周王朝的统治者继承了这一制度，设立了专门的采诗官员来负责收集歌谣，《礼记·王制》载曰："天子五年一巡守……命太师陈诗以观民风"，到汉代，出现了专门的采诗机构负责收集民间歌谣。之后，唐宋以后各种正史或者文学作品中以不同的方式保留了大量的古代民间歌谣。在采集的基础上，政府对民间歌谣加以修整以为统治服务。秦汉之后，儒学从自己的政治观念出发，把民歌集《诗三百篇》作为道德教科书来对待，在此基础上进行了大量的解释和阐述，这一程式一直延续到清代，清代著名经学家刘毓崧为《古谣谚》作序，他仍然认为诗歌的本质特点在于"言志"，风雅之诗是"言志"，民间歌谣也同样在"言志"，所不同的只是前者"著于文字"，后者"发于语言"罢了。"言志"就是民间歌谣和诗歌的根本。

民国时期是歌谣研究的黄金时期。20世纪初期，民国知识分子开始将目光投向民间，挖掘民间要素，在此背景下，歌谣从传统文化的边缘被拉到了学术的中心地带。民国年间的歌谣研究高潮体现在两个方面：一是对歌谣理论的丰富和发展；二是对民间歌谣的资料收集和整理。在歌谣理论方面，最重要的成就是朱自清《中国歌谣》的论述，其雏形为朱自清先生在1929—1931年的大学讲稿，后经整理于1957年由作家出版社出版过单行本。《中国歌谣》大量征引了《歌谣周刊》的材料，全面地梳理和批判继承了此前本土学者的种种理论学说，吸收了国外现代歌谣研究理论和成果，所论包括歌谣的起源、演进、分类和修辞等问题，形成了中国歌谣学的基本理论框架。[①]"《中国歌谣》以国学的传统为背景，将歌谣的地位进一步上升到国学并且融会进国学。《中国歌谣》是晚清以来歌谣研究的集大成之作。"[②] 在歌谣收集和整理方面，民国时期在民间歌谣的收集和整理方面最突出的成就就是发行了第一本有关歌谣的刊物——《歌谣周刊》，它是中国第一本民间文学刊物和民俗学刊物，在歌谣研究和民俗学研究中具有里程碑式的意义。该周刊由北京大学歌谣研究会于1922年12月17日北京大学建校24周年纪念日创刊，1925年6月28日停刊，约10年后于1936年4月4日复刊，1937年6月27日又停刊，前后共存在三年零九个月。《歌谣周刊》实际发行三年多来，征集歌谣成为其重要成就之一，歌谣因其自身的地域性、民间性等特点，收集工作难度不小，《歌谣周刊》的歌谣收集工作是歌谣研究的基础工作。在民国年间，一些刊物也刊登歌谣，如《北平晨报》《新生活》《民众文艺周刊》等，这些刊物大多是零散的或是以"歌谣"专栏、"民间文学"专栏的形式登载歌谣和相关文章，它们的影响力和研究成绩自然无法与《歌谣周刊》这一专门的歌谣刊物相比。《歌谣周刊》创刊后仅两年半的时间便征集了歌谣13339首，发表歌谣

---

① 马莉：《非物质文化遗产与历史变迁中的地方社会——以歌谣为中心的解读》，人民出版社2011年版，第64页。
② 徐建新：《民歌与国学——民国早期"歌谣运动"的回顾与思考》，巴蜀书社2006年版，第231—236页。

2226首。① 在收集歌谣的基础上,《歌谣周刊》开始确立了中国的歌谣学研究。"使中国歌谣学研究初具形态与规模并为以后的歌谣研究的发展奠定基础的则非《歌谣周刊》莫属。《歌谣周刊》确定了歌谣学研究的对象和目的,探讨了歌谣研究的方法、歌谣的性质、起源、分类、特征、功能和传播演变的规律,其中成绩最突出的是对歌谣研究的目的、歌谣收集整理的方法和歌谣研究方法的探讨。"②

中华人民共和国成立后歌谣研究在民国歌谣研究的基础上有了进一步发展。20世纪80年代前,新中国对歌谣的研究重点在于各地歌谣的收集和整理工作。1958年,由于中共和毛泽东本人的提倡,《人民日报》发表了《大规模地搜集全国民歌》的社论,《民间文学》杂志也发表了《郭沫若关于大规模搜集民歌问题答〈民间文学〉编辑部》的文章,采风活动在全国大规模地掀起,出版和编印的民歌集数以千计。20世纪80年代初,民间文学和歌谣学活动复苏,全国各地有大量民歌选集出版。1984年,文化部、国家民委和中国民间文艺研究会联合发出通知,决定在全国范围内组织人力,在普查的基础上,编辑出版《中国歌谣集成》等民间文学三套集成。同年,中国歌谣学会成立,出版不定期的《中国歌谣报》,这些资料的收集和整理工作为新中国歌谣研究和发展奠定了坚实的基础。80年代之后,歌谣初步进入研究领域,从20世纪80年代至20世纪末,这是新中国歌谣研究的起步阶段,研究方法还比较单一,主要运用文史结合的方法。进入21世纪,歌谣研究呈现出两个突出的特点,一是学术含量增加,二是多元化的研究方法正在形成。歌谣开始进入各种社会科学视野范畴下,传播学、社会学、历史学、文化人类学等学科的介入,丰富了中国歌谣的研究。③

2. 歌谣的定义

何谓"歌谣",中国自古定义不一,复杂多样。最早给歌谣下定义

---

① 朱爱东:《双重视角下的歌谣学研究——北大歌谣周刊对中国歌谣学研究的意义》,《思想战线》2002年第2期。

② 同上。

③ 闫雪莹:《百年(1900—2007)中国古代歌谣研究述略》,《东北师大学报》2008年第4期。

应该追溯到《毛诗》,《毛诗》中说"曲合乐曰歌,徒歌曰谣。"《初学记·采部上》引韩章句云:"有章曲曰歌,无章曲曰谣。"朱自清解释说:"章,乐章也","无章曲,所谓'徒歌'也。"① 清代杜文澜《古谣谚》凡例说:"歌与谣相对,有独歌、合乐之分,而歌究系总名,凡单言之,则徒歌亦为歌。"之后民国学者在"歌谣运动"中对歌谣的定义继续进行分析和发展,周作人认为:"歌谣"的字义与"民歌"相同,指"口唱及合乐的歌";民歌就是"原始社会的诗"。朱自清在《中国歌谣》中对歌、谣、谚、个人诗歌等的来源和区分做了简要分析,但并没有对歌、民歌、谣、歌谣等关键词做出释义,而是运用外来因素来释义歌谣,他较为认同英国学者Frank Kidson在《英国民歌论》中对民歌的释义,认为歌或者谣就是"生于民间,为民间所用以表现情绪,或为抒情的诉述者。就其曲调而论,它又大抵是传说的,而且正如一切的传说一样,易于传讹或者改变。它的起源不能确实知道,关于它的时代,也只能约略知道一个大概。"② 朱自清并没有厘清歌、谣、民歌之间的区分,认为歌谣同民歌相同。胡怀琛的专著《中国民歌研究》指出,民歌就是"流传在平民口头上的诗歌"。这样的诗歌,歌咏平民的生活、浸染着贵族的色彩,没有经过雕琢,"全是天籁"。可以看出,民国学者并没有对歌谣、民歌、谣等关键词做出明确区分,更关注他们的民俗学属性,认为他们来自民间,表达民众情感,传达民众心声,而其中的"民"更专指"大不受着文雅教育的阶层而言"。

而现代学者也是如此,他们无意关注歌、谣、民歌等词之间的异同,而关注它们在历史学和社会学视野中的意义,关注歌、谣、谚与俗民大众及社会的关系及文化史意义,较少留意它们之间形式上的分别,一般把它们作为一个整体来看待。余英时把歌谣看作相对于精英文化的通俗文化。谢贵安认为歌谣谚语是"风行于群众之中的一种潜流文化",是相对于统治阶级的主流文化而产生的,是下层群众的专用语。李传军则将之定义为一种公共舆论。称歌谣也好,谣谚也好,民谣也

---

① 朱自清:《中国歌谣》,复旦大学出版社2004年版,第1页。
② 同上书,第6页。

好，都包含了大致相同的取向，即对民谣民众性的把握。民谣的民众性在此有两个内涵，其一，民间歌谣是一种民众话语，在平民俗众中产生或传播、为民众所喜闻乐见的话语形式；其二，民间歌谣反映的是包括民众的生活、情感、体验，以及对社会世界认知在内的民间意识形态。① 因此，本书的歌谣定义也较为宽泛，形式包括歌、谣、谚等多种形式，只要是在晋东南地区民众中为民众所广泛流传的话语形式，本书全部收录在内。

二 抗战歌谣

歌谣划分的标准很多，杜文澜在《古谣谚·凡例》中曾"以时为标题""以地为标题""以人为标题"来划分民谣。顾颉刚在其所辑著的《吴歌·吴歌小史》中把歌谣分为儿歌和成人歌，其中成人歌又分为乡村妇女的歌、闺阁妇女的歌、男子（农工、流氓）的歌和杂歌。朱自清在《中国歌谣》一书中则列举了十五种分类标准。这些分类，显示了歌谣庞杂的题材内容、广阔的地域和恒久的历史跨度。②

但针对一定历史事件中的歌谣研究较为薄弱，向德彩《论社会运动中的歌谣》是其中卓越的代表，该文提出了社会运动中歌谣的分类方法，并以红色歌谣和红旗歌谣为例进行了分析，是对歌谣理论的创新和发展。该文认为：以往的歌谣研究鲜见社会运动的视角，但在大规模运动中，尤其是组织化程度较高、持续时间较长的社会运动中，总会产生伴随以该运动为中心的歌谣。歌谣依社会运动而产生，又对社会运动产生重要影响。歌谣话语是一定社会运动的重要组成部分，一定社会运动的宗旨、诉求。策略方法和纪律，乃至对运动本身的记录与宣传鼓动，往往都采用贴近大众话语形式和传播方式的歌谣来表述并得以广泛传播。因此，研究一定社会运动中的歌谣具有重要的历史意义，向德彩指出：对社会运动中的歌谣进行研究，就需要阐明歌谣产生的社会背景及其生产机制，歌谣表达的内容，歌谣包含的话语所反映的社会结构、歌

---

① 向德彩：《民间歌谣的社会史意涵》，《浙江学刊》2009年第4期。
② 向德彩：《论社会运动中的歌谣》，博士学位论文，上海大学，2013年。

谣的社会功能，等等。例如，在社会运动动员理论框架下，歌谣话语策略的选择如何引导了社会运动的方向，以什么样的情感来鼓动和凝聚大众，传播什么样的知识以改造运动参与者的认知结构使其符合运动发展的需要，这些问题都需要进入具体的历史事件过程来了解。[①]

主题歌谣类型中，学界研究较为深入的是"革命歌谣"，产生了诸多的研究成果，也引发了不少争论。例如史学界对革命歌谣的定义一直没有定论，有的从地域范围的角度出发，认为革命歌谣是指最早在革命根据地诞生后流传到全国的歌谣，如中央苏区歌谣、大别山山区歌谣、川陕革命根据地歌谣、晋冀鲁豫歌谣等；有的从内容上认为只要歌谣中包含了反帝反封建的思想，就属于革命歌谣，不论它是否产生在根据地。同时，对革命歌谣所反映的时间也难以统一，有的将土地革命时期的歌谣等同革命歌谣，有的认为抗日战争时期的歌谣也应该属于革命歌谣范畴。笔者认为较为妥帖的是桑俊《红安革命歌谣研究》一书中对"革命歌谣"一词定义的界定，在该书中著者认为，革命歌谣——只要歌谣反映的是人民在中国共产党领导下所进行的反帝反封建的武装斗争，无论它处于革命的哪一个时期，哪一个地域。[②] 书中对红安歌谣的背景、革命歌谣与地域文化的关系、革命歌谣在红色旅游与非物质文化遗产保护现状下的传承与保护等方面进行了探讨。

与"革命歌谣"相比，同为主题歌谣的一种类型，抗战歌谣虽也是研究者关注的对象，但学界似乎对于抗战歌谣的定义并没有具体的说明，不似革命歌谣，有着广义与狭义之分，有地域与时段的界定。从研究成果大体可以看出，大多数学者都有这样一个定义预设：认为只要反映抗日战争背景的民歌民谣均属于抗战歌谣的范畴。因为歌谣本身具有的流传不确定性、大众性等特点，具体考证抗战歌谣是否出自抗日战争时期已无从谈起，因此，反映时代内容成为定义是否属于抗战歌谣的标准。本著也采用这一定义前提预设。

学界对抗战歌谣从历史学、民俗学、传播学、社会学等角度对抗战

[①] 向德彩：《论社会运动中的歌谣》，博士学位论文，上海大学，2013年。
[②] 桑俊：《红安革命歌谣研究》，华中师范大学出版社2009年版，第2页。

歌谣进行了分析和探讨。如王兆辉是研究解放区抗战歌谣的主要学者，连续发文从各方面对解放区抗战歌谣进行研究和分析，从解放区抗战歌谣的主题意蕴、历史意义、传播方式、艺术特点等方面进行了深入研究，如《出版媒介场域对抗战歌谣的传播研究》[《重庆邮电大学学报》（社会科学版）2015年第3期]、《解放区抗战歌谣的历史意义》[《延安大学学报》（社会科学版）2012年第1期]、《解放区抗战歌谣的艺术特点》[《解放军艺术学院学报》2012年第1期]、《解放区抗战歌谣创作与流传的特征》[《湖南农业大学学报》（社会科学版）2012年第2期]、《解放区抗战歌谣的历史价值》[《抗战文化研究》2012年第00期]、《解放区抗战歌谣的主题意蕴》[《公共图书馆》2011年第3期]，等等。总体来看，王先生主要从文学、艺术学的角度对解放区抗战歌谣进行了分析与探讨。

在此基础上，学者从国家意志、国家记忆等方面进行了深入的分析，如下几个方面值得关注。

1. 从国家意志角度进行探讨

扶小兰《内化与自觉：抗战时期国家意志的民众化——以大后方抗战歌谣为视角》一文认为：大后方歌谣是抗战时期大后方民众革命心声和思想情感的概括和反映，真切地反映了他们对民族观念、国家意志的认同、内化与自觉践行的心路历程与实践轨迹，正是承载这种记录和反映的歌谣，进一步促进了大后方乃至全中国民众的民族觉醒与抗战意志，从而为取得抗日战争的完全胜利奠定了基础。[①]

2. 从历史记忆角度进行分析

林继富《河南桐柏抗战歌谣研究——基于历史记忆的视角》从社会历史记忆的角度认为：桐柏抗战歌谣记录着桐柏人民抗战时期的生活，是桐柏革命历史的重要内容，抗战歌谣是桐柏民众歌唱传统传承、发展的产物，歌谣描述的抗战人物、历史侧重情感的抒发，是桐柏民众

---

① 扶小兰：《内化与自觉：抗战时期国家意志的民众化——以大后方抗战歌谣为视角》，《求索》2013年第1期。

形成历史记忆的重要路径之一。①

3. 从社会动员和女性角度进行论证

侯杰、王小蕾《晋察冀妇女歌谣与抗战动员》从抗战歌谣中的女性声音、女性话语出发探讨歌谣与抗战动员的关系，该文认为：晋察冀边区流传的妇女歌谣，作为抗战动员话语的一种，对边区女性产生了很大作用。这些歌谣不仅表达了抗战动员者的思想主张，更诠释了边区女性在接受抗战动员及参战时的所思所感以及她们希望通过参战所要实现的目标。抗战女性歌谣反映出广大参战女性追求自我解放的呼声，也包含了抗战动员者对女性的同情、理解等意涵。② 总之，随着学界的不断努力，抗战歌谣的研究正在不断走向深入。

三 晋东南抗战歌谣

基于中国抗日战争的广泛性，抗战歌谣的研究不可能全国通一式，几乎所有研究都是以一定区域作为切入点，从上述抗战歌谣的研究中，我们可以看出，区域选择标准不一。以政治区域为标准，抗战歌谣可以划分为解放区抗战歌谣、大后方抗战歌谣、东北抗战歌谣等；以地理区域划分，抗战歌谣的类型就更为多样复杂，有的以省为例，有的以县为切入点。本著以地理区域——晋东南为切入点对抗战歌谣进行研究，原因有三：第一，晋东南地区现在包括山西省长治市和晋城市两个地级市，自古被称为"上党地区"，有着相似的社会经济文化背景，直到1985年才实行现有市管县体制③，相似的社会经济文化背景赋予了歌谣一定的相似性，可以看作一个整体进行研究。第二，晋东南地区是抗日战争中太行根据地、太岳根据地中心腹地，八路军总部所在地，有着丰富的抗战红色资源，保留了大量的抗战歌谣，这是本著能够成书的重要

---

① 林继富：《河南桐柏抗战歌谣研究——基于历史记忆的视角》，《民间文化论坛》2015年第5期。

② 侯杰、王小蕾：《晋察冀妇女歌谣与抗战动员》，《天津师范大学学报》（社会科学版）2014年第4期。

③ 晋东南地区具体行政演变详见王建华《自然灾害与民间信仰区域化分异——以晋东南地区成汤信仰和三嵕信仰为中心的考察》，《中国历史地理论丛》2018年第2期。

依据和资料来源。第三，同中有异，晋东南地区虽然社会经济背景相似，红色资源丰富，但是在其内部还是有着明显的区别。例如，方言的差异，习俗的差异，抗战中根据地、维持区、交战区的差异，这些差异有利于抗战歌谣研究的深化。

现在史学界已有部分学者开始关注晋东南抗战歌谣，对晋东南抗战歌谣的产生背景、史料价值等方面进行了研讨。如段友文《太行革命根据地抗战歌谣的时代特征》一文认为：正是太行根据地自身的自然地理系统和社会文化系统，为民间文艺的产生和形成提供了物质基础和能量储备，孕育了太行根据地抗战歌谣。① 赵艳霞《抗战歌谣的史学析——以武乡县为例》一文从史料理论方面重新解读了抗战歌谣，该文认为：产生于抗战时期的抗战民谣以其贴近生活的内容、富有情景化的表现方式，鲜明的时代价值取向成为抗战文化的主要内容之一，也成为抗战历史的重要遗存。在"新史学"史料理论的实践中，将民谣纳入历史学史料研究的范畴，是对现有文本史料、口述史料的有益补充，可以进一步拓展与丰富抗战史的研究。② 前者探讨了太行根据地抗战歌谣的产生因缘，认为太行根据地自身的自然地理系统和社会文化系统是这一区域抗战歌谣产生的深厚来源。后者从史料类型角度探讨了抗战歌谣与文本史料、口述史料的异同，认为抗战歌谣为抗战史的研究提供了另一个观察角度。综上可以看出，学界对晋东南抗战歌谣的研究还有待进一步加强，本著拟对晋东南抗战歌谣进行整体性研究，希望能深化此方面的研究。

以前，我们对抗战歌谣的关注基本是在文学史或者政治史的范畴内理解的，但是随着社会史理论的发展，更多的视野和角度使我们对抗战歌谣的诠释发生了变化。虽然"国家—社会框架的基本主旨是建构在近代西方市民社会的形成与王权相对抗的历史事实基础之上的，对市民社会的自主空间如'公共领域'的构成分析，使得这一框架的使用在西方社会学界具有相当特殊的历史时效与阶段性内涵"。但是，"我们仍

---

① 段友文：《太行革命根据地抗战歌谣的时代特征》，《民间文化论坛》2015年第5期。
② 赵艳霞：《抗战民谣的史学析——以武乡县为例》，《山西档案》2014年第4期。

应该看到,西方中国学界应用国家—社会框架开辟的地方史分析路径,仍为中国历史的研究带来了焕然一新的感受。"杨念群认为:"国家—社会的框架虽然没有在中国社会史界正式形成以方法论相号召的局面,但其切入角度已开始广泛影响社会史个案研究的选题角度。"① 在山西文艺领域,韩晓莉《战争话语下的草根文化——论抗战时期山西革命根据地的民间小戏》一文正是运用此理论进行研究的杰出代表,该文认为:处于战争话语下的民间小戏在结构和内容方面都随之发生了深刻变化,娱乐功能的主导地位被政治教化功能所取代。政治开始以一种前所未有的方式介入民间文艺中,融入到乡村生活中。② 本著拟以此视角对晋东南抗战歌谣进行分析,探讨政治在晋东南抗战歌谣的产生、流变和发展过程中的作用和影响,并在此基础上进一步分析改造后的晋东南抗战歌谣对乡村社会的影响。

---

① 杨念群:《中层理论——东西方思想会通下的中国史研究》,江西教育出版社2001年版,第103页。

② 韩晓莉:《战争话语下的草根文化——论抗战时期山西革命根据地的民间小戏》,《近代史研究》2006年第6期。

第一章　晋东南抗战歌谣的文艺生态

生态系统本是生物学理论，这一概念是由英国生态学家坦斯利A. G. Tansley 在1935年首先提出的，他指出："完整的系统，不仅包括生物复合体，而且还包括人们称为环境的全部物理因素的复合体"[①]，强调了生物与环境之间的相互作用的过程。之后，生态系统被广泛定义为："在一定的空间和时间的范围内，生物成分和非生物成分之间通过物质、能量或信息的交流，构成的一个相互依存、相互作用的生态学功能单位。"[②] 到了21世纪初，各学科交叉发展已经成为学术研究趋向，社会学、人类学、文学等领域开始把生态系统的理论运用到社会科学领域，生态系统理论开始渗入人类社会的经济、政治、文化等诸多领域，文艺生态系统这一概念应运而生。

文艺生态系统是文艺生态学的概念之一，它指的是以文艺为中心（系统目标）而与之关联的诸因素的系统性组合的整体，包罗了文艺活动及其相关因素的总和，因此，也可以被称为文艺的生态场，简称生场[③]。学者认为，文艺生态系统在以文艺活动为中心的格局中包括了自然、社会和文化三个基本层次，自然指的是生成了地球和人类的整个自然界系统；社会指的是狭义的社会，构成社会的经济、政治和物质生活方式等因素；文化也指的是狭义的文化，即通常与经济、政治并称的文化，主要包括各种社会意识形态和精神生产与生活的方式。这三个层次

[①] 曹凑贵：《生态学概论》，高等教育出版社2002年版，第17页。
[②] 鲁枢元：《生态文艺学》，陕西人民教育出版社2000年版，第51页。
[③] 曾永成：《文艺的绿色之思——文艺生态学引论》，人民文学出版社2000年版，第144页。

均能与文艺产生关联关系,"或者在相互影响和融会中与文艺发生生态关联,或者以交互作用形成的整体效应而与文艺发生生态关联。"① 在作者的粗浅理解中,上述所说的自然、社会、文化三个方面都与文艺有着不可分割的关系,自然、社会、文化影响着文艺的发展,文艺反过来也作用于自然、社会和文化。具体到一个区域,区域的自然、社会和文化特征是区域内文艺形式的发展、文艺内容变化的重要基础。本章就借用文艺生态学之生态系统理论,探讨晋东南抗战歌谣形成的社会基础和文艺基础。

第一节　晋东南概况

一　古代的晋东南

晋东南地区是指山西省东南部,历史上被称为上党地区,1958年设晋东南专区,为晋东南官方称谓之始,1985年晋东南专区被撤销。现今"晋东南"作为一个地理概念是指长治和晋城两市。长治市历史悠久,古称上党、潞州等,位于太行山和太岳山所环绕而形成的上党盆地中。属于暖温带半湿润大陆性季风气候,冬无严寒,夏无酷暑,雨热同季。长治市现辖十个县三个区和一个县级市:沁源县、沁县、武乡县、襄垣县、平顺县、黎城县、壶关县、屯留县、长子县、长治县、城区、郊区、高新技术开发区以及潞城市。晋城市全境位于晋城盆地中央,晋豫两省交接处,地理位置优越。属于温带季风气候,四季分明。现辖一个市、四个县和两个区:高平市、陵川县、沁水县、阳城县、泽州县、城区、经济技术开发区。

"上党居太行之巅,地形最高,与天同党","其山以太行山为宗群,群山皆分脉络"(《潞安府志》卷4),可以看出,晋东南地区地处太行山南麓,境内崇山峻岭,有大小山峰千余座。多山的地理环境造成

---

① 曾永成:《文艺的绿色之思——文艺生态学引论》,人民文学出版社2000年版,第146页。

了晋东南的出行困难，三国曹操在建安十一年（205年）征高干时，曾对此地的艰难作了《苦寒行》："北上太行山，艰哉何巍巍！羊肠坂诘屈，车轮为之摧。树木何萧瑟，北风声正悲……"唐朝白居易初进上党时，也曾大叹："尝闻此中险，今我方独往，马蹄冻且滑，羊肠不可上。若比世路难，犹自平如掌。"

晋东南历史悠久，所在上党地区属于黄河流域中原文化，是中华民族的摇篮地之一。在3000多年的历史中，晋东南民众用自己的辛勤劳动创造了灿烂的物质文明和精神文明。晋东南地区是典型的男耕女织的自然经济，黍、粟在明清以前是这一区域的主要农作物，清代引进小麦、玉米种植，至此成为新的主要粮食作物。除此之外，上党地区还拥有繁荣的手工业经济，主要是丝织业和冶铁业，潞绸曾与苏杭丝绸平分秋色，成为北方丝绸业生产、交换的中心；铁货运销欧亚，驰名华夏，为一时之冠。①

但是，由于特殊的战略优势地位，加之群山环抱，交通闭塞，自给自足的自然经济虽然稳固，但商品经济始终处于萌芽状态，制约了晋东南商品经济的发展。

二 民国的晋东南

1917年9月3日，北洋政府任命阎锡山为山西省省长，山西历史进入了一个新的历史时期。在这一时期内，阎锡山将山西军政大权集于一身，既是握有山西军事实权的督军，又是拥有山西行政实权的省长，在山西一步步营造起了一个"阎"字号政权。

阎锡山独掌山西军政之后，面对北洋各派系争霸称雄，政治局势纷繁复杂的现实，为了抓住机遇，自我扩张，阎锡山于1918年提出了"保境安民"的口号，声称严守中立，宣布奉行所谓"三不二要主义"，即不入党、不问外省事、不为个人权利用兵，要服从中央命令、要保卫

---

① 王占禹等：《上党经济史》，山西经济出版社1991年版，第8页。

地方治安。① 从此，在这一思想的指导下，阎锡山致力于山西政治的革新，经济的发展。

阎锡山统治山西时期，在政治和经济方面的改革主要体现在"村本政治"和"六政三事""厚生计划"。村本政治实质上就是企图将国家权力深入社会底层的尝试，其中最重要的一项措施是逐步实行编村制度。这一制度的基本内容就是将约每百户设定为一编村，小的自然村联合起来，大的市镇分治。村下设闾，闾下设邻。每闾管五邻，每邻管五户。闾设闾长，邻设邻长。编村是在自然村的基础上而来的，和自然村一样，是村民活动的中心，但是它比起小的自然村更大，人口更多，整合度更高。不仅如此，阎锡山为使编村成为"有机体，有精神，有物质，能量具备，运用敏治"的政治活体，还要求编村设立相应的机构，即每个编村建立"村公所""息讼会""监察会""村民会议"以及"保卫团"，并对这些机构的职责做了明确规定。从晋东南地区各县县志中，我们可以看出，"村本政治"在晋东南得到了有效的贯彻实施。如《沁源县志》中明确记载：各个编村所设"保卫团"机构"每日轮流值日，与邻村会哨，换岗查路，夜则打更以防患未然②"。

"六政三事"即指水利、种树、蚕桑、禁烟、天足、剪发六政和种棉、造林、牧畜三事。针对"六政三事"，晋东南各地还成立了棉业品评会试验所、蚕桑促进会、牛场、羊场等，"征集各区棉蚕作成品，品评优劣，以资倡种"，而且，各地的水利、牧畜、造林、蚕桑、种树等都有明显改观。如武乡县，"十里桑麻腰带郭""夏来桑柘长，秋至禾黍盈""妇女纺织之风一时盛行，山乡僻壤，草屋茅檐，纺声隆隆，机声扎扎"，种植各种树76832株，造林百余亩，农家平均养牛1.1头、马0.19匹、绵羊4只、鸡3只。③

"厚生计划"即指"发展实业之六大计划"，包括炼油计划、炼钢计划、机器计划、电气计划以及农业计划和林业计划。之所以兴办工矿

---

① 山西省政协文史资料研究委员会：《阎锡山统治山西史实》，山西人民出版社1984年版，第61页。
② 民国《沁源县志》卷二，兵防略，第60页。
③ 王占禹等：《上党经济史》，山西经济出版社1991年版，第145页。

企业，从客观条件上看，主要是因为山西的煤炭、铁等矿产资源相当丰富，可资利用。初始，在晋东南开办了不少大大小小的煤厂，例如，壶关县韩之铭在潞城西沟创办了机器煤窑，沁源县姚允中在高平县马村兴办了机器煤窑，河南工人王某在晋城创办了四义煤窑，等等。[①] 在持续多年的开矿热潮中，一些颇具规模的煤矿相继出现，其中，裕丰公司是晋东南地区规模较大的煤矿企业，该公司采用机器生产，在晋东南煤矿发展史上前所未有，它有四节卧式锅炉1部，三节卧式锅炉3部，50马力汽绞机一部，水泵数十台，生铁轨道数百米，等等。采煤采用残柱式采煤法，采中层和上层煤，井上运输用人力推大筐于生铁轨道上，提升用汽绞车，水泵排水，自然通风。该企业有工人400余人，采煤分两班作业，每班工作12小时，到1932年，平均日产120吨。该企业从1931年建成投产到1943年拱手让与日本，其间生产12年，除去各项费用外，资金增长了约20倍。[②]

总体而言，"村本政治"的实施为稳定山西农村社会，发展山西地方经济创造了有利的、安定的政治环境。梁漱溟先生在考察晋省时，曾发表演说："山西这地方，无论如何，我们总可以赞美，地方政府有一种维持治安的功劳。别的地方如广西、广东、湖南、四川、陕西，哪处不是民不聊生？连我们最低要求的生命还保不住，还讲什么别的权利！"[③] "六政三事"和"厚生计划"促进了晋东南经济的发展，对改良社会风气起到了一定的作用。到抗日战争前夕，晋东南地区的大量粮食和农副产品经黎城东阳关、平顺玉峡关等地流向太行，换回必需的日用品，促进了晋豫两省的经济往来。

第二节　晋东南的文艺传统

山西是我国文化发展较早的地区之一。自古以来，就有"尧都平

---

① 刘建生、刘鹏生：《山西近代经济史》，山西经济出版社1995年版，第373页。
② 王占禹等：《上党经济史》，山西经济出版社1991年版，第156页。
③ 《梁漱溟先生在晋讲演笔记》，山西省教育会杂志临时附刊，第22页。

阳"（今临汾市）、"舜都蒲坂"（今永济市）、"禹都安邑"（今夏县）的传说。从出土文物中，可以看到这里有4000多年前新石器时代的陶埙，夏代的石磬，春秋时的甬钟，战国时的编钟、编磬。在侯马出土的东周时的晋国铸铜作坊中，还发现有铸造编钟的陶范（模子）。这些都说明山西音乐的发展是比较早的。山西民歌有着悠久的历史，"日出而作，日入而息，凿井而饮，耕田而食，帝何力于我哉！"（《击壤歌》）"立我庶民，莫匪尔极，不识不知，顺帝之则。"（《康衢童谣》）相传都是尧时的民歌、童谣。"南风之熏兮，可以解吾民之愠兮！南风之时兮，可以阜吾民之财兮！"（《南风歌》）相传是舜时歌唱运城盐池和人民生活关系的民歌。我国最早的诗歌总集《诗经》中的《唐风》和《魏风》，大多是产生在山西地区的古老民歌。这些民歌，如《唐风》中的《椒聊》《葛生》《绸缪》《鸨羽》等，《魏风》中的《硕鼠》《伐檀》《十亩之间》《汾沮》《葛屦》等，所反映的社会生活内容非常广泛，它们或歌咏劳动生活，或揭露统治者的荒淫无耻，或倾诉人民生活的痛苦，也有不少是反映婚姻或爱情生活的。从这些民歌中我们可以看到古代劳动人民，不仅是"饥者歌其食，劳者歌其事"，用民歌来歌咏他们的生活，抒发他们的感情，而且通过民歌，去抨击不合理的社会现象，表达他们对压迫的反抗和对美好生活的向往。

上党历来富庶，文化底蕴深厚，曲种丰富，谓之"曲艺之乡"。上党梆子、上党落子，壶关秧歌、襄武秧歌、沁源秧歌、干板秧歌、武乡琴书、老州调、屯留道情、柳调、潞安大鼓、襄垣鼓书、长子鼓书、上党八音会等曲种不下十余种。

一　沁源秧歌

沁源秧歌，是在抗日战争中由民间歌舞发展成的一个具有浓郁地方特色的小剧种，当地人称之为"沁源小调"。

沁源秧歌最初流行于沁源县的城关、郭道、韩洪、麻仓一带。它的历史最早可以追溯到200多年前。沁源秧歌最初的形式比较简单，是一种自唱自乐的民间歌舞，演出者手持纸扇或腰挂腰鼓边唱边舞，并没有正式的班社，只是在逢年过节的时候打"地圪圈"演出。伴奏的器乐除了打击乐外，并无弦乐，也无行当之分。演出的节目内容也大多是源于民间生活中的一些小故事，如《偷南瓜》《收草帽》《怕老婆顶灯》等。沁源秧歌在抗日战争中得到了很大的发展，其中最具有代表性的就是抗战中成立的绿茵剧团。1942年沁源县抗日军民在党的领导下，为围困日寇侵略者而展开了斗争。之后，由于斗争形势的需要，沁源县城关便将老百姓全部转移到了山沟里。党领导为了能更好地组织这些群众抗日，便决定把一些会唱秧歌的民间艺人组织到一起，成立沁源"难民剧团"。后来，将"难民剧团"改名为沁源绿茵剧团。这个剧团成立后便根据毛泽东同志《在延安文艺座谈会上的讲话》精神积极地进行创作，为当地人民表演了许多剧目，如《回头看》《虎孩翻身》《挖穷根》等，这些节目曾在太行、太岳一带轰动一时，深受广大军民的喜爱，充分地发挥组织群众、宣传抗日的作用。朱穆之同志在1946年边区文化工作者座谈会上所做的题为"群众翻身，自唱自乐"的发言中也曾说："太岳的沁源绿茵剧团，他们在群众转移山沟，敌人围困艰苦环境下，以被单当幕布，以脸盆当锣鼓，坚持演出，群众虽然极为困苦，但因他们所演的戏，写出了群众英勇斗争的生活，鼓舞了群众，大家非常欢迎。"（此文原载1946年6月《北方杂志》专刊号）这充分表明了沁源秧歌为宣传抗战发挥了重要的作用，同时，沁源秧歌本身在这一时期也获得了很大的发展。后来，绿茵剧团改组为太岳区文工团。在太原解放后，便迁到了太原，建制几经变化后，当年的文工团已经不复存在。直到1960年，沁源县才又重新成立绿茵剧团，这一时期剧团为顺应时代的发展，表演了如《刘四姐》《汾水长流》这样的现代戏，获得了民众的赞扬。但是后来又遭受了"文化大革命"的破坏，直到1978年才重新发展起来。

  沁源秧歌的音乐属多调式民歌体，形式短小活泼，表演自然生动，具有浓厚的生活气息。虽然曲调比较简单，但真切感人，柔和细腻，委婉动听，善于表现反映现实生活的剧目，如《梳妆台》《观灯》《摸牌》等。

二 泽州秧歌

泽州秧歌也称州腔秧歌，起源于高平县的东南乡，又因为高平人唱得地道，所以不少人叫它高平秧歌。由于在演唱中，除用梆板击拍子外，没有文场伴奏，故又名干板秧歌。

泽州秧歌的历史最迟可以追溯到清朝的嘉庆、道光年间，在清同治六年（1876年）《高平县志》中记载：高平县知事龙汝霖提出的"十劝""二十禁"中就提到禁唱秧歌。以此推算，泽州秧歌的历史至少也有近200年了。而当时的泽州秧歌还是一种简单的故事演唱形式，民间艺人把生活中的小故事，以近似"顺口溜"的形式编成故事，在元宵节或庙会时打起地摊演唱。大约到了同治年间，泽州秧歌的演唱从地摊走上了舞台，逐渐成为一种戏曲剧种。在20世纪初的时候，泽州秧歌步入了繁荣时期。高平的班社犹如雨后春笋，蓬勃涌现。晋城东北一带几乎村村都有表演秧歌的民间艺人。后来由于军阀混战，民不聊生，再加上日本帝国主义的入侵，使得泽州秧歌在沦陷区历经凄风苦雨，濒于灭绝。但是，在抗日根据地，泽州秧歌则由于政府和人民的共同努力而被一直保留了下来，并在政府的组织下积极地发挥着宣传抗日的重要作用。在1945年抗战胜利后，民间艺人又编排了诸如《小二黑结婚》《王贵与李香香》等现代戏，及时地配合了解放战争和土地革命运动，为民主革命做出了重要的贡献。在新中国成立初期，泽州秧歌得到进一步的发展，人民作家赵树理同志在1956年，为泽州秧歌写了大型现代戏《开渠》。之后则因为"文化大革命"的影响被完全禁锢起来，直到粉碎"四人帮"后才重获新生。

从晚清至今，泽州秧歌的发展经历充分地展现出它顽强的生命力。除了政府和人民的共同保护之外，其自身的特点也是流传悠久的重要原因。泽州秧歌的韵调、节奏都和高平当地的说唱快板"打叉"接近，开口就唱，演唱不用丝弦管簧伴奏，一唱到底，全剧不加对白，构成了泽州秧歌显著的艺术特色。它的歌唱不只用叙事抒情，人物之间的对话寒暄也均用唱词表现，甚至连人物的举手投足都伴之以说明性的唱词。总之，泽州秧歌具有生动、活泼、风趣、形象、口语化的歌唱特点。并且它的演出剧目大多是由民间艺人自编自演，内容多贴近人民的生活，抒发人民的情感，反映人民的愿望。因此，泽州秧歌深受人民的喜爱，遍布于原泽州府晋城、高平、陵川、阳城、沁水等地。

三 陵川县平腔秧歌

在太行之巅的陵川县，流行着一种为当地人民所喜爱的平腔秧歌。在《陵川县志》（1963年）中记载：平腔秧歌也叫混场秧歌。并且因为它发源于陵川县西北三十五里的东沟村，又一向为东沟所特有，所以又称"东沟秧歌"。

据当地老人的回忆，他们的曾祖父辈就听老人说过唱秧歌的事情，因此可以推断出平腔秧歌最少有一百七八十年的历史。起初是在每年的春节和元宵节期间，群众在街头、院里闹红火，载歌载舞，自唱自乐，这种形式俗称"地不轮"，即平腔秧歌的前身。平腔秧歌最初只在东沟本村演唱，后来由于大量的外地工人到东沟村来开采煤炭，在空闲之余，也学唱秧歌自娱自乐，渐渐地便将平腔秧歌带到了全县各地。到清末民初时，陵川全县已有300多个业余的秧歌剧团了。之后，平腔秧歌得到了极大的发展，涌现出了许多扬名县外的秧歌艺人。抗战爆发后日伪占领了陵川，在这一时期，由于社会动荡、人心不安，平腔秧歌也被迫停止了活动。直到1945年陵川解放后，平腔秧歌才恢复与发展起来。许多民间艺人不仅整理了大量的传统剧目，还新编了《王三参军》《招待所》等反映现实、歌唱时代的现代剧目。此外，不少业余秧歌剧团还到部队驻地慰问演出，从而极大地鼓舞了士气。在新中国成立以后，东沟、寺南岭等村仍在表演平腔秧歌，但后来由于"文革"的影响而惨遭破坏，直到粉碎"四人帮"后才又重新活跃起来。

平腔秧歌的音乐为徵调式。它虽然是一个小剧种，却是生、旦、净、末、丑，各有各的唱法。它的特点是行腔用调时不鼓不锣，不配弦乐，锣鼓家伙仅用于上下场和起送板。一个戏里，只有唱词，没有道白，或者仅有一两句念白。虽然曲调比较简单、狭窄，但朴素纯厚、别有风味，演唱起来，十分动听。平腔秧歌上演的传统节目，有《金簪记》《空棺记》《兄妹吵厅》等大本头和连台本戏。还有《打酸枣》

《采桑》等折子戏。其中大多是表现家庭与婚姻爱情等方面的内容，一般都具有鲜明的反封建倾向。唱词通俗易懂，生活气息浓厚，深受群众欢迎。"文革"以后，不论是在表演形式上，还是在表演内容上都得到了进一步的发展，编排了大量反映现实生活的秧歌戏，其中最具有代表性的就是配上弦乐伴奏的《双订婚》。

四　高平清场秧歌

清场秧歌流行在高平县的府底、南平以及与高平交界的陵川、长治、晋城部分村庄。为区别于当地的混场秧歌，故取名为"清场秧歌"。

关于清场秧歌的产生，其说法众多，大体有两种：一种说法是山东人逃荒到高平等地，从而把清场秧歌也带到这些地方传了下来；另一种说法则认为它是土生土长独自发展形成的。而对于清场秧歌产生的年代，更是众说纷纭，根据高平老一辈人的回忆进行推断，清场秧歌很可能是在清代的嘉庆、道光年间形成的，到现在至少有160多年的历史了。

清场秧歌并没有专业的演出团体，每逢过年过节、庙会时，群众便自发地组织演唱。它的唱词，是上下句结构，多是十字句，也有七字句，唱词通俗易懂，简洁明朗，因此深受群众的喜欢。清场秧歌是宫调式，色彩比较明朗，没有丝弦乐队，只有打击乐伴奏。并且以唱功戏为主，做功戏不多，重唱是它的主要特点。清场秧歌的传统剧目，多是连台神话本戏，也有少数家庭、爱情戏，如《眼前报》《错魂魄》《出潼关》等。此外，清场秧歌在发展过程中受上党梆子的影响很大，因此许多曲牌、锣鼓经是由上党梆子中吸收过来的。所用的服装、道具及表演等，也都与上党梆子基本相同。

五　乐乐腔

乐乐腔，是一个来源于民歌，流传于民间，由农民自唱自乐的地方小剧种。因剧目中小戏、折子戏多，喜剧、闹剧多，因此叫作"乐乐腔"。据传早在明末清初，乐乐腔就在晋南的浮山、襄汾、临汾和晋东南的沁水、阳城一带广为流传。起初，它只有以民歌为基础的、简单的唱腔和曲牌，以地摊说唱的形式进行表演。之后，艺人们大量吸收民歌丰富的表演形式，到明朝末年，乐乐腔已逐渐形成为比较完整的小剧种。在清朝的同治年间，乐乐腔发展到鼎盛时期，全县的乐乐腔班社层出不穷，并涌现出众多有名的艺人。但是在清光绪年间（1875—1908年），浮山遭受了两次大旱灾，成千上万的老百姓包括许多表演乐乐腔的艺人们都挣扎在死亡的边缘上，因此，乐乐腔也受到了极大的摧残，由盛变衰。灾荒之后，从事表演乐乐腔的艺人们又重新组织起来，收集整理遗失的剧目和曲牌，但是当年的盛景无法再度重现。而现存的少量的曲调和锣鼓是通过"同乐会""八音会"和"干板秧歌"三个渠道流传下来的。全国解放后，由于党十分重视对于民间艺术的挖掘和保护，于是浮山县文化馆组成挖掘小组，深入乐乐腔流传时间较长的南张、西河等村，走访村中的老艺人，最终经过党和人民的共同努力，又挖掘出一些剧本和曲牌，并进行试排。在1962年的"三八妇女节"上乐乐腔在浮山进行正式演出，受到了人民的赞赏，从而使得濒临失传的乐乐腔重新复活。但是在"十年动乱"中，乐乐腔再一次遭受破坏，直到粉碎"四人帮"后政府才重新开始对乐乐腔的保护工作。

乐乐腔中喜剧、闹剧较多，所以，整体曲调欢快、悦耳动听。在表演形式上有"戏"有"舞"。并且在发展过程中与其他剧种相互影响，相互吸收，例如蒲剧、眉户、上党落子等，这些剧种都与乐乐腔之间发生着或多或少的联系，在这一过程中乐乐腔不断弥补自身的不足，从而进一步促进了自身的发展。

六　上党落子

上党落子流行于山西省晋东南地区和晋南的安泽、洪桐、晋中的榆社、左权等地。上党落子起源于清道光年间。清道光年间，河北武安一带连年大旱，有一名叫喜顺的贫苦农民，逃荒至黎城，靠打短工度日。在贫苦的生活中，仍需要精神的支撑。他颇有艺术底蕴，精通武安落子。在同当地人的交往中，逐渐吸收了本地戏曲特色和本地方言，形成了具有本地特色的黎城落子。道光二十五年（1845年），黎城人李锁柱组织起"同乐会"，这是最早的黎城落子班社。之后，在黎城、潞城等地纷纷开始出现黎城落子班社，黎城落子呈现出欣欣发展之势。因受到上党梆子等既有存在戏曲班社的阻碍，黎城落子发展初始并不顺利，清光绪十年（1884年），为摆脱落子戏不能参加本地迎神赛社演出的限制，黎城落子进行了较大程度的改革，大胆吸收了上党梆子音乐元素，同时在服装、道具、表演程式上也进行了较大程度的突破，这是黎城落子历史上的一次大飞跃。在此之后，黎城落子的发展渐趋高涨，直至达到巅峰状态。截至民国二十四年（1935年），黎城落子的演出剧目已经扩展至100多出，是活跃在晋东南的受人欢迎的民间艺术表现形式。

七　上党二黄

上党二黄是流行于上党地区的一种皮黄腔，当地人又称它为"土二黄"或"黄戏"。关于"皮黄"流入上党地区的时间有多种说法，大体上有两种，其一，在清同治、光绪年间，艺人逃荒，使得"将上党戏带出去，把二黄戏换回来"。其二，根据1955年出版的《华东戏曲剧种介绍》（第五集），《山东化的山西梆子》一文中记载，在清同治、光绪年间，二黄也被"带出去"，而并非是说法一的"带回来"。同时，根据1958年在晋城青莲寺的佛殿中发现的两屏，其上记载着清嘉庆、道光年间戏班表演的剧目，剧目中就有皮黄戏。因此，可以推断出皮黄传入上党最少也有200多年的历史了。关于黄戏从哪里传入上党的说法也不一致。因为黄戏在表演形式上与南、北皮黄均有相似之处，所以形成了黄戏是由南方或者是北方传入的两种观点。

上党二黄虽属一个独立的剧种，但并没有独立的演出团体，它从属于上党梆子，是上党梆子昆、梆、罗、卷、黄五种声腔之一。由于它长期与上党梆子同台演出，所以在使用乐器、表演形式等方面都深受上党梆子的影响。在表演剧目上，折子戏多，整本戏少，没有连台戏。留存至今的传统剧目有90多出，如《清河桥》《苦肉计》《挂龙灯》《白鼠洞》等。解放前，多演传统的历史朝代戏。解放后，上党二黄在"百花齐放，推陈出新"的方针指引下，不仅移植上演了《三打祝家庄》《打金枝》，还自编了《一棵苹果树》等现代戏，从而丰富了人民的生活。1979年，晋城县成立了上党二黄剧团，剧团对原本一些单调的唱腔、曲牌进行了改革，从而为古老的上党二黄注入了新鲜的血液，增加了发展的动力。

八 晋东南的对子戏

对子戏，是在解放前广泛流传于晋东南长子、潞城、平顺、壶关县等地的一种专门为迎神赛社演出的戏曲剧种。由于该戏在最初演唱时是甲乙两人一问一答的对话形式，所以称为"对子戏"。又因为对子戏的演员大多由民间乐队里的乐手（吹鼓手）兼任，而人们称吹鼓手为"乐户"，所以对子戏也被称为"乐剧"。这个剧种在抗日战争时期还偶有活动，到解放战争时期就绝迹了。

对子戏没有固定的班社，它是由许多个民间乐队临时组织到一起进行演唱的。这种乐队平时分散成一些小的乐队，为民间婚嫁丧事演奏。等到迎神赛社时便聚到一起，演对子戏。一台对子戏需要50人左右才能完成，演出时每个乐队只担负一个行当。对子戏的主要目的就是敬神。旧社会的统治者为了巩固自己的统治地位，往往会付出高昂的价格来请人演唱这种戏剧，以祈求神灵的保佑与庇护。对子戏只演武打戏，不演生旦文戏。表演时只有打击乐，没有弦乐。唱戏不达调子，念白的运用也很自由。总体来说，表演比较简单。在脸谱的运用上和上党梆子较为相像，最初都用假面具，之后才逐渐变为画脸谱。在服装上更是奇特，演员们所穿的服装长度前后不一，前面如同我们现代人所穿的衣服长度，后面则延长至脚跟。对子戏的剧目很丰富。根据现有的资料记载有《三战吕布》《李世民》《太极图》《霸王别姬》等。对子戏除了演这些正本戏外，还兼演一些类似相声的节目。

对子戏赛场敬神时以台下"贡盏"为主，台上演戏为辅。大赛期间，除早、中、晚一天三开演外，其余活动是为神贡盏，贡盏就是给神进献食品。凡大赛，都是由数村联合分年轮流进行的，每年赛一次。大赛由支付费用的村社主办。但不管是哪个村社主办，大赛地址是固定的。大庙的庙院内正中南边有一戏台，庙院大门外东西两边各有一个戏台。大赛时，只有对子戏才能在庙院内的戏台上对着神殿演出，其他戏必须在庙门外东西戏台上表演。在三天大赛演出中，只有等到对子戏演罢或开演以后，其他戏才能演。对子戏上台演出都是在吃饭时间进行，并且有一定的演出时长规定。

九　襄武秧歌

襄武秧歌是襄垣秧歌和武乡秧歌的总称，是流行于晋东南北部地区，具有浓厚乡土气息的地方戏曲剧种。襄垣秧歌的起源未见文献记载，据一些老艺人口传和流传下来的一些唱词考证，在300多年以前的清代初期，它就开始萌芽了。当时统治者强施法令："蓄发者杀毋赦"，地方官吏大肆横行，农民们不平则鸣，便在田间劳动和修建房屋打夯时，唱出了自己的悲情苦衷。

辛亥革命以前的六十多年，是襄武秧歌形成的初期，一些半职业班社除在襄垣、武乡本地活动外，有时还到外县演出。在襄武秧歌的形成过程中，一个名叫张金川的老艺人发挥了重要作用。此人原系河南沁阳的一个铁匠徒工，光绪三年（1877年）从河南沁阳逃荒至襄垣县，落户上良村，在此期间师从赵满有学唱襄垣秧歌。光绪六年（1880年），随师至长治县西火一带学习打铁技术，其间学会了西火秧歌。通过对老艺人的口述分析，基本可以看出，是张金川把襄垣和西火两种秧歌进行了杂糅和创造，使襄武秧歌得到了广泛的传播和群众的认可。光绪十年（1884年），由襄垣上良艺人王福锁发起，集中了襄垣的西营、上良、下良、韩庄等村和武乡的上合、下合等18个村的名艺人，组成了第一个秧歌职业班社——"十八村秧歌班"，襄武秧歌进入有组织发展时期。到抗日战争前夕，是襄武旧秧歌发展的全盛时期，主要表现在班社和上演剧目的增加。班社方面，在此期间，不仅襄垣和武乡两县有襄武秧歌班社，而且开始突破地域的界限，扩展至沁县、屯留、长治、长子等晋东南各县，形成了一定的影响力。上演剧目方面更是较之前有很大程度的提升，演出剧目增加至近百个。

十　上党梆子

上党梆子是山西四大梆子之一。因其流行于晋东南（古秦汉时期的上党郡地区）而得名，关于上党梆子的起源，有多种多样的说法。一般传说是在明末已经形成于泽州（今晋城）、阳城一带。还有人说是从明朝沈王宫中传出来的。王宫当然不可能创造出一种戏曲来，但是把民间艺术拿来加工则是可能的。

清乾隆三十五年（1770年），《潞安府志》卷八载，当时的长子县知县王巨源曾禁"丧葬演戏"，在当时，一般富家贵族在举行丧礼的时候都要用职业的戏班（所谓梨园）演唱送葬，表达对逝者的追思。这一"盛况"已经达到被官府明令禁止的程度，可见18世纪上党地区上党演剧是多么的繁荣。据老艺人介绍，上党梆子在清朝咸丰同治年间已经非常昌盛。壶关的十万班曾进京演出。十万班进京归来后特别讲究行头排场，可以看出在京城博采众长，对梆子进行了一定程度的改进。由于排场的宏大，深厚的根基，上党梆子曾经显赫一时，至今有些老艺人说起十万班来，还是兴致勃勃，赞不绝口。到了20世纪初，上党梆子的职业班社总共有三四十个，从业人员达到了一千五六百人。后来，由于军阀混战，农村生活困苦，上党梆子呈现出日渐衰微之势。

十一　壶关秧歌

壶关秧歌是闻名于上党地区的一种地方小戏，因其起源于长治县西火一带，又称"西火秧歌"。

元朝大德年间，上党盆地的冶铁业比较发达，到了明清时期，制铁业也迅速发展起来，冶铁工厂和制铁作坊遍及长治、壶关等地。长治与壶关毗邻的荫城镇成为铁器产品购销交易的集散中心，有"千里荫城、日进斗金"之说法。明末清初，这里的制铁作坊星罗棋布，到处都有。长治县的西火、荫城一带盛产铁器，铁匠铺子很多。一个炉子一般由3—4个人进行操持，一个师傅掌小锤，是指挥者，一个人操大锤，另外一人拉风箱。师傅的小锤是指挥棒，它的敲击点数和各种不同的节奏组合、轻重等都是一种命令，它在告诉另外两三个人风箱和大锤的快慢和力度变化等。天长日久后，这种配合就成了一种默契，这种默契的组合，一方面是生产工艺的需要，另一方面也减轻了一些劳动时的枯燥感。后来，人们为了排遣一些烦躁并调节一下气氛，由师傅在固有的节奏中唱一句闲词。师傅唱的闲词是即兴的，他唱一句，其他二人和一句。这一唱一和的不断重复，就形成了最早的西和干板秧歌调的雏形。在传播过程中，壶关人又把本地的风土人情，奇闻逸事编成剧本，用壶关方言土语进行演唱，这样，便逐渐形成了"壶关秧歌"。

壶关秧歌大约初兴于清嘉庆时期，同治年间达到鼎盛。起初只用坐唱、清唱、就地说唱等形式进行演出，到了光绪年间才正式搬上舞台，这一时期，在壶关的石坡、川底、西关壁、盘陀底等数十个村庄成立了秧歌班社，每个班社都有二十多个节目，是壶关秧歌的鼎盛时期。

十二 长子道情

道情，也被称为道腔或者道曲，是古代道教宣传者宣传教义过程中发展起来的一种民间艺术形式。据老艺人所讲，长子道情起源于元末明初，朱元璋起义之时，刘伯温指派一大批门徒周游四方，用道情宣传鼓动群众。朱元璋祖籍虽为安徽凤阳，但因其在长子长大，所以，专门派了四五个门徒来长子进行宣传动员工作，这就是长子道情的起源。

长子道情基本上是一种快板形式，没有唱腔，也无音乐伴奏。

根据上述，可以看出抗日战争前晋东南民间小调有如下几个特点。

（1）广泛性。上述介绍了晋东南12种民间曲艺形式，几乎县县有流行于此的民间小调。而且，每种曲艺形式都受到了当地百姓广泛的欢迎，百姓参与程度非常高。例如上党梆子曾经繁荣到被官府明令禁止的程度，"长治县近年来禁止演唱秧歌。又复盛行。杨知事以演唱此种淫腔滥调，诱惹男女纷纷往视"[①]；到清末民初时，陵川全县已有300多个业余的陵川平腔秧歌剧团；截至民国二十四年（1935年），黎城落子的演出剧目已经扩展至100多出。这些都说明了，晋东南民间戏曲已经渗透百姓日常生活中，成为他们生命中不可或缺的存在。

（2）产生年代大体相同。几乎所有晋东南小调均没有确切的文献记载，其产生时间几乎全部依据老艺人口传、口授。根据他们的讲述，现存晋东南小调大多产生于清朝中晚期，嘉庆、道光年间尤盛。原因甚多，抑或源于口述史料的局限性，抑或源于嘉庆、道光年间的社会生

---

① 《山西省政公报》1928年第2期，第56页。

活，皆而有之，这不是本书探讨的重点，因此在此不作详细考证。

（3）乡土性。这是晋东南小调最大的特点。晋东南小调大多都是普通民众日常生活的衍生品。从来源上看，他们完全来源于普通百姓的生活。例如，壶关秧歌就是在制铁工艺敲击大锤和手拉风箱的默契配合过程中产生的，一敲一拉的节奏形成了旋律，进而产生音乐。从内容上看，他们反映普通百姓的现实生活，大多改编自民间生活的一些小故事。从语言上看，所有晋东南小调中都存有大量的民间方言土语。从演出时间、场所上看，皆是与民众生活密切相关的时间、地点。因此，可以看出，晋东南民间小调充满了浓郁的乡土气息，充分反映了群众的现实生活。

（4）融合性。现存晋东南小调大多是各种曲艺形式结合的产物，形式多种多样，有本地小曲与本地小曲的结合，也有本地曲艺与外地曲艺的结合，甚至还有本地音乐同王宫音乐的结合，这充分说明了晋东南小调博众家之长，采众家之精的融合性。如上党落子是河北武安落子和黎城本地戏曲结合的产物；壶关秧歌乃采西火秧歌同壶关方言土语的精华；襄武秧歌是对襄垣和西火两种秧歌进行杂糅的基础上产生的。

可以看出，晋东南有着厚重的歌谣发展历史，虽然历经岁月沧桑，但歌谣焕发着新的生命力，不断融入新的成分和元素，成为当地百姓不可或缺的精神食粮。随着抗日战争的到来，晋东南抗战歌谣的产生顺理成章。

第三节　抗日战争时期的晋东南（1937—1945）

1937年，以国共合作为基础的抗日民族统一战线正式形成。中共中央军委根据国共谈判的协议和洛川政治局扩大会议的决定，命令八路军开赴山西前线对日作战。山西成为抗日战争的北方主战场，山西人民为抗日战争的胜利做出了卓越的贡献。学者对山西在抗战中的作用做了如下总结：首先，山西抗日根据地是抗日战争的主战场和多种游击战法的发祥地，是开拓华北、华东和华中根据地的出发地，是我党积累治国理政经验最为丰富的试验田。其次，山西培育了大批高素质的党员干部队伍，山西军民在抗战中做出巨大贡献，培养锻炼了数以万计治党、治国、治军的文武英才。再次，山西是拱卫陕甘宁边区大本营的战略屏障，也是打退第一次反攻高潮的中心和战略反攻的重心，山西抗战军民付出了沉重的代价，日军在根据地烧杀抢掠，犯下不可饶恕的滔天罪行。最后，山西还孕育了伟大的太行精神、吕梁精神，英雄的八路军和山西人民用鲜血和生命凝聚成了光耀千秋的红色文化，浇注了不朽的抗日丰碑。[①]

具体到晋东南，中共中央北方局于 1937 年 10 月中旬，对华北各地党的领导机构进行调整：从山西省委抽调部分干部，分别到晋西北、晋东北（晋察冀）、晋东南（晋冀豫）地区工作。中共晋冀豫省委由李菁玉任书记，李雪峰任组织部部长，徐子荣任宣传部部长。根据北方局指示，省委随 129 师师部活动，对外称"129 师编辑部"。在晋冀豫省委和 129 师共同努力下，为开辟晋东南革命根据地提供了组织上的准备。

1937 年 11 月 13、14 日，129 师师部在和顺县石拐镇召开全师党员、干部会议，史称石拐会议。会议决定全师化整为零，分散到各地发动群众，开展游击战争，并决定各团的每个营都抽出一个连，到指定地区同地方党组织与游击队一起活动。根据石拐会议的精神，129 师师部一方面命令各团以营或者连为单位，开展游击战争，打击进犯敌人；另一方面抽调大批干部，组成工作团和游击支队，分散到晋冀豫的广大地区，和地方党组织相结合，发动群众，组织群众，武装群众，创建抗日根据地。于是，129 师先后派遣师政治部副主任宋任穷、组织部部长王新亭、宣传部部长刘志坚等，率领工作团和步兵分队，分别到晋东南地区的沁县、长治、陵川、晋城、武乡、襄垣、平顺、沁源、屯留等地开展工作（这一带属于山西省第三、第五行政区，是抗战开始后抗日救亡运动开展较早的地方，也是牺盟会工作基础较好的地区）。

抗日战争爆发后，山西阎锡山将全省划为七个行政区，晋东南属于第三、第五行政区。第三行政区包括沁县、沁源、安泽、襄垣、黎城、武乡、榆社、辽县、和顺、昔阳、祁县、太谷、榆次 13 县；第五行政

---

① 高春平：《山西抗战全史》（上册），商务印书馆 2015 年版，第 15 页。

区包括长治、长子、屯留、壶关、潞城、平顺、晋城、阳城、高平、陵川、沁水、浮山12县。与行政区的区划相适应,牺盟会也建立了沁县、长治两个中心区。1937年10月,薄一波率决死一纵队到达沁县,于11月初就任第三行政区主任。1938年6月,戎伍胜率领决死三纵队接任第五行政区主任。以上牺盟会的活动有利地促成了中共在晋东南的进入与发展。"在开辟晋东南根据地初期,主要依靠八路军做支柱,地方党组织和派到各地的八路军工作团、游击支队,同牺盟会、决死队结合,并利用山西原有的政权形式和统一战线关系,大力宣传发动群众,建立各种抗日群众组织,动员群众积极参加抗战。"[①]

总体而言,晋东南区域在抗日战争中属于中共、日本、阎锡山政权三方彼此吞并,不断分化的复杂区域,在辖区内,同时驻扎中共政权、阎锡山政权、日伪政权是常见的事情。在这一区域,八路军带领晋东南民众进行了艰苦卓绝的斗争,并在晋东南地区扎根、宣传、动员。如下表所示:八路军总部自1938年2月19日自沁水县城进入晋东南后,直到1940年11月5日自黎城仟杵村离开,八路军总部在晋东南地区待了将近两年九个月。

驻地名称	起止时间	共住天数(天)
山西省沁水县城	1938.2.19—1938.2.20	1
山西省高平县城	1938.2.20—1938.2.21	1
山西省高平县北陈村	1938.2.21—1938.2.26	5
山西省高平县东山底村	1938.2.26—1938.2.27	1
山西省沁水县梅沟村	1938.2.27—1938.2.28	1
山西省沁水县榆社村	1938.2.28—1938.3.1	2
山西省浮山县山交村	1938.3.1—1938.3.3	2
山西省安泽县南孔滩村	1938.3.3—1938.3.10	7
山西省安泽县英寨村	1938.3.10—1938.3.11	1
山西省屯留县中村	1938.3.11—1938.3.12	1

---

① 太行革命根据地史总编委会:《太行革命根据地史稿》,山西人民出版社1987年版,第19页。

续表

驻地名称	起止时间	共住天数（天）
山西省屯留县西村	1938.3.12—1938.3.13	1
山西省沁县郭村	1938.3.13—1938.3.14	1
山西省沁县白家沟村	1938.3.14—1938.3.15	1
山西省沁县小东岭村	1938.3.15—1938.4.12	27
山西省武乡县马牧村	1938.4.12—1938.4.14	2
山西省武乡县义门村	1938.4.14—1938.4.20	6
山西省武乡县寨上村	1938.4.20—1938.5.23	33
山西省沁县南底水村	1938.5.23—1938.7.31	69
山西省襄垣县苏村	1938.7.31—1938.8.8	8
山西省屯留县故县镇	1938.8.8—1938.12.21	135
山西省潞城县北村	1938.12.12—1939.7.7	199
山西省襄垣县普头村	1939.7.7—1939.7.11	4
山西省黎城县河南村	1939.7.11—1939.7.14	3
山西省黎城县霞庄村	1939.7.14—1939.7.15	1
山西省武乡县砖壁村	1939.7.15—1939.10.11	88
山西省武乡县王家峪村	1939.10.11—1940.10.5	359
山西省武乡县砖壁村	1940.10.5—1940.10.14	9
山西省武乡县石瓮村	1940.10.14—1940.10.15	1
山西省黎城县西井镇	1940.10.15—1940.10.15	1
山西省武乡县拴马村	1940.10.22—1940.10.23	1
山西省武乡县宋家庄村	1940.10.23—1940.10.24	1
山西省武乡县砖壁村	1940.10.24—1940.11.4	11
山西省黎城县仟仵村	1940.11.4—1940.11.5	1
河北省涉县茅岭底村	1940.11.5—1940.11.6	1

资料来源：《八路军总部在麻田》，山西人民出版社1990年版，第453—454页。

在两年九个月的时间里，晋东南各地人民在中共和八路军总部的指挥和领导下进行了艰苦卓绝的反侵略斗争，发动了多次反侵略行动。如黎城的黄崖洞保卫战，在此役中，八路军总部按照"以守为攻、以静制动"的稳打原则，依托有利地形，打退敌人多次进攻。在这次战役中，日伪军损失 2000 多人，敌我伤亡之比为 6：1，被中央军委认为是"最成功的一次，不仅我军受到损失少，同时给了敌人数倍杀伤，应作为 1941 年以来反扫荡的模范战斗"。还有诸如武乡的关家垴战役，晋城的关爷顶阻击战、安岭山战役等，这些战役不仅打破了敌人的战略企图，最重要的是体现了晋东南民众不畏强敌的勇敢抗敌决心。并且，在历次反侵略斗争中，涌现出了许多可歌可泣的民族英雄及其事迹，如武乡地雷大王王来法，民兵英雄马应元，襄垣的独立营营长赵永堂，黎城的民兵英雄康老虎，晋城的抗日烈士邵东林，等等。晋东南地区的民众为抗日战争的胜利付出了巨大牺牲，据不完全统计，抗日战争时期，晋东南地区伤亡人数为 654218 人，其中直接伤亡人数为 297364 人，死 191676 人，伤 66093 人，失踪 39631 人；间接伤亡人数为 356854 人，被俘捕 35398 人，灾民 284280 人，劳工 37176 人；毁坏房间 2826166.5 间，损失粮食 7068821083 公斤，抢劫禽畜 7375559 头（只）。①

第四节　抗日战争时期中共的文艺政策（1937—1945）

文艺工作是抗战时期坚持抗战、抵御外敌的重要武器，在抗日民族战争中，有力地配合了军事、政治、经济等各方面工作，发挥了至关重要的作用。抗日根据地的文艺工作其本身是对两种文化的斗争过程。其一是对敌人的奴化思想、政治宣传的汇集与粉碎；其二是对传统农村封建、落后、愚昧意识的肃清与改造。所以抗战时期，太行根据地的文艺主要作用在于：一方面要同落后、反动文艺作战；另一方面要动员一切可以动员的文艺力量，开展广泛的政治文化启蒙工作，发展抗日的、民主的、大众的、科学的新民主主义文艺。

一　中共文艺政策的形成和发展

抗战时期中共文艺政策的形成与发展分为两个阶段：第一阶段，《讲话》发表前，代表政策主体的中共重要领导人发表有关文艺问题的

---

① 高春平：《山西抗战全史》（下册），商务印书馆 2015 年版，第 385 页。

重要讲话和著作，是《讲话》的基础；第二阶段，《讲话》发表后，《讲话》标志着中共文艺政策体系的构建，文艺活动发展更加成熟。

（一）中共文艺政策的形成

土地革命时期，中共实行了普罗文艺政策。普罗文艺的斗争任务是"要在思想上武装群众，意识上无产阶级化"，来面对国民党的"文化围剿"。抗日战争时期，中共文艺由"普罗文艺"转变为"抗日文艺"①。

1936年11月22日，毛泽东同志作《在中国文艺协会成立大会上的讲话》，由毛泽东提议、全体会员通过成立了"中国文艺协会"，它是为在抗日民族统一战线的目标下，"从文的方面去说服那些不愿停止内战者，从文的方面去宣传教育全国民众团结抗日……发扬苏维埃的工农大众文艺，发扬民族革命战争的抗日文艺。"②"抗日文艺"的提出，标志着毛泽东文艺统战思想的形成，和中共文艺思想进入了一个新阶段，推动了新文艺工作的开展。

1938年3月，"中华全国文艺界抗敌协会"成立。它是党领导下的文艺界抗日统一战线组织，信守"坚持抗战、坚持团结、坚持进步"③的方针，提出了"文章下乡、文章入伍"等口号，号召文艺工作者奔赴前线、深入群众，为抗战服务。这充分体现了党的文艺统一战线政策。

1938年10月14日，毛泽东同志在《中国共产党在民族战争中的地位》中提出"洋八股必须废止，空洞抽象的调头必须少唱，教条主义必须休息，而代之以新鲜活泼的、为中国老百姓所喜闻乐见的中国作风和中国气派"④。文艺创作并不是简单的照搬模仿，我们需要有自己的创造，同时这个创造并不是空想没有内容的，它的内容是社会生活，是老百姓需要的、能够接受的东西，这样才具有意义。在邓静学者的论

---

① 张志伟、栾雪飞：《抗战时期中国共产党的文艺政策及其特点》，《社会科学战线》2012年第6期。
② 毛泽东：《毛泽东文集》，人民出版社1993年版，第462页。
③ 马生龙、李宗强：《党的文艺政策八十年》，《理论导刊》2001年第9期。
④ 毛泽东：《毛泽东选集》，人民出版社1991年版，第534页。

文中对毛泽东同志的论述提道,"这个论述与后来在抗日根据地和大后方开展的轰轰烈烈的'民族形式'的讨论不无关系……这也基本符合共产党一贯以来在文艺大众化的运动原则,即文艺群众化。"① 在文艺创作的形式和内容上,要"民族形式",同时不能脱离抗战实际。

1940 年 1 月,在陕甘宁边区文化协会第一次代表大会上发表题为《新民主主义论》的讲演,指出中国共产党要建设新民主主义文化,"无产阶级领导的人民大众的反帝反封建的文化",是"民族的科学的大众的文化"。"它是反对帝国主义压迫,主张中华民族的尊严和独立的",主张我们的文化是民族文化,反映我们的革命内容。同时对于外国文化,要取其精华,去其糟粕,根据中国革命的具体实际吸收外国文化有益的部分;"它是反对一切封建思想和迷信思想,主张实事求是,主张客观真理,主张理论和实践一致的",这种文化是科学的;"它应为全民族中百分之九十以上的工农劳苦民众服务,并逐渐成为他们的文化",这种文化是大众的、民主的,文化工作者不能脱离群众,否则就成了"无兵司令",有了群众,革命文化才能无限丰富。② 《新民主主义论》中关于新民主主义文化的论述,对于《讲话》的形成奠定了基础,它指明了今后文艺发展的方向,指出了文艺创作是何内容、创作形式如何选择。

周恩来对鲁迅的崇高评价,为抗日根据地文艺工作者指明了学习鲁迅的正确方向。在鲁迅逝世二周年纪念会上,周恩来同志提道,"只有主观上抓住最现实的生动材料,起了极深刻的反映,能产生出成功的作品……今天读抗战文学,读现实文学,也便是需要这样的作品,才能动员大众,深入人心,而后在方法上、技巧上,也便能更适合现在,更大众化,更通俗化"③,在文艺的创作方法上,坚持现实主义的创作方法。

---

① 邓静:《略论〈在延安文艺座谈会上的讲话〉之前中国共产党的抗战文艺政策》,《重庆工学院学报》(社会科学版) 2007 年第 5 期。
② 毛泽东:《毛泽东选集》,人民出版社 1991 年版,第 694 页。
③ 邓静:《略论〈在延安文艺座谈会上的讲话〉之前中国共产党的抗战文艺政策》,《重庆工学院学报》(社会科学版) 2007 年第 5 期。

(二) 中共文艺政策的发展

1940年1月毛泽东在延安《中国文化》创刊号上发表了《新民主主义论》，论证了中国革命文化的发展规律，提出了革命文化的纲领。毛泽东指出："现阶段中国新的国民文化的内容，既不是资产阶级的文化专制主义，又不是单纯的无产阶级的社会主义，而是以无产阶级社会主义文化思想为领导的人民大众反帝反封建的新民主主义。"

1941年7月萧军向毛泽东提出"党要制定一个文艺政策"[①] 的建议，经过9个多月的调查研究和充分准备，1942年5月2日在杨家岭中共中央办公厅大礼堂召开延安文艺座谈会。在这次会议的开始和结束共开了三次会议、两次讲演，分别是5月2日的"引言"和5月23日的"结论"，题为《在延安文艺座谈会上的讲话》（以下简称《讲话》）。主要任务是"研究文艺工作和一般革命工作的关系，求得革命文艺的正确发展，求得革命文艺对其他革命工作的更好的协助"，完成抗日战争的胜利。文艺座谈会的召开，《讲话》的发表，构建中共文艺政策体系，确立起文艺政策合法性权威性的地位。

在《讲话》中，毛泽东同志明确提出了党的文艺总政策"为人民大众服务，首先为工农兵服务"[②]，我们文艺工作的对象是人民大众。"什么是人民大众呢？最广大的人民，占全人口百分之九十以上的人民，是工人、农民、兵士和城市小资产阶级。所以我们的文艺，第一是为工人的，这是领导革命的阶级。第二是为农民的，他们是革命中最广大最坚决的同盟军。第三是为武装起来了的工人农民即八路军、新四军和其他人民武装队伍的，这是革命战争的主力。第四是为城市小资产阶级劳动群众和知识分子的，他们也是革命的同盟者，他们是能够长期地和我们合作的。这四种人，就是中华民族的最大部分，就是最广大的人民大众。"[③] "为千千万万劳动人民服务"这个问题，首先需明确立场问题，"必须站在无产阶级的立场上，而不能站在小资产阶级的立场上"，真

[①] 王治国：《党应当制定一个文艺政策》，《毛泽东邓小平理论研究》2012年第9期。
[②] 毛泽东：《毛泽东选集》，人民出版社1991年版，第847页。
[③] 同上。

正从理论和实践上加以解决。许多小资产阶级分子"对于工农兵群众，则缺乏接近，缺乏了解，缺乏研究，缺乏知心朋友，不善于描写他们；倘若描写，也是衣服是劳动人民，面孔却是小资产阶级知识分子。"①为什么为人民服务的问题他们并没有从根本上解决，是不符合时代发展的要求，必须明确地解决，这就要求"一定要把立足点移过来，一定要在深入工农兵群众、深入实际斗争的过程中，在学习马克思主义和学习社会的过程中，逐渐地移过来，移到工农兵这方面来，移到无产阶级这方面来。"② 文艺工作者一定要在立场上站在工农兵一边，把立足点移到工农兵上来，深入工农兵群众，了解、熟悉他们，作出表现他们的文艺作品，开展适合社会、适合他们的文艺活动，从而促进时代发展。

　　文艺发展政策是"普及第一、提高第二，普及与提高相结合，提倡民族形式与革命内容的结合和统一"③。明确了服务对象，毛泽东同志接着提出了"如何服务"的问题，也就是普及与提高的关系问题，了解两者的正确关系，需从工农兵出发。"我们的文艺，既然基本是为工农兵，那么所谓普及，也就是向工农兵普及，所谓提高，也就是从工农兵提高。"④ 普及的内容，是工农兵自己需要的、便于接受的东西；提高的基础，是从工农兵群众的基础上提高。这就要求文学家、艺术家到群众中去，到斗争中去，了解群众，获得一切文学和艺术最原始的材料，反映实际生活，造就文学作品或艺术作品。

　　"最原始的材料"需考虑我们的斗争环境。我们当时政治的首要问题是民族解放，面对日本帝国主义的侵略，需要军民同心同德，打击敌人。在《讲话》中明确文艺为抗战服务的任务，"要使文艺很好地成为整个革命机器的一个组成部分，作为团结人民、教育人民、打击敌人、消灭敌人的有力的武器，帮助人民同心同德地和敌人作斗争"⑤，因此，

---

① 毛泽东：《毛泽东选集》，人民出版社1991年版，第847页。
② 同上。
③ 育民：《论党的文艺政策的诞生和成熟》，《广西师院学报》（哲学社会科学版）1998年第4期。
④ 毛泽东：《毛泽东选集》，人民出版社1991年版，第847页。
⑤ 同上。

文艺工作者通过揭露日本帝国主义的残暴，团结军民，打击日寇，实现民族解放。

文学家政策是"对党外作家坚持执行抗日民族统一战线政策"①。在《讲话》中指出"文艺界的统一战线问题"②，党的文艺工作者"应该在抗日这一点上和党外的一切文学家艺术家（从党的同情分子、小资产阶级的文艺家到一切赞成抗日的资产阶级地主阶级的文艺家）团结起来"③。政治上建立抗日民族统一战线，艺术上亦要如此。

《讲话》还论述了文艺与政治、文艺遗产的批判与继承问题。总的来看，《讲话》以其科学性、系统性、完整性体现了党的文艺政策方针。"政策是一种带有命令意味的权威"④。文艺政策的精神力量也影响到了太行抗日根据地文艺方针的制定和文艺活动的开展。1943年11月7日，中共中央宣传部作出了《关于执行党的文艺政策的决定》（以下简称《决定》），《决定》指出毛泽东同志《讲话》规定了党对现阶段中国文艺运动的基本方针，号召全党应深刻认识《讲话》的全部精神，在文艺界掀起一次思想解放运动，并指出，由于根据地的战争环境与农村环境，文艺工作各部分中以戏剧工作与新闻通讯工作作为最有发展的必要与可能。⑤

二 抗战时期晋东南文艺政策演变

抗战爆发后，中国国内的文化思潮风起云涌，各种潮流此起彼伏，其中主要的是日本侵略者所实行的奴化运动，国民党的文化运动及中共领导的新文化运动。相较于前两者，中共根据地的文艺政策体现出更为鲜明的大众性与进步性。1941年，彭德怀在晋东南文化界纪念"五四"运动大会上强调：抗日根据地文化运动的方针与任务"是提倡民主的、

---

① 育民：《论党的文艺政策的诞生和成熟》，《广西师院学报》（哲学社会科学版）1998年第4期。
② 毛泽东：《毛泽东选集》，人民出版社1991年版，第847页。
③ 王治国：《党应当制定一个文艺政策》，《毛泽东邓小平理论研究》2012年第9期。
④ 朱丕智：《文艺与文艺政策》，《西南师范大学学报》（哲学社会科学版）1997年第5期。
⑤ 中共中央党校党史教研室：《中共党史参考资料》（五），人民出版社1979年版，第188页。

大众的文化";"提倡科学的，拥护真理的文化";"提倡民族独立与解放信心的文化";"提倡马列主义批评地接受外来文化和中国固有文化"。同时提出，"要广泛吸收各种抗日文化人到根据地里面来。要把太行山建立为华北新文化运动的根据地，领导及推动全华北的抗日民主的新文化。"①

（一）晋东南根据地文艺政策演变过程

第一阶段：从 1937 年 11 月八路军进入太行山区到 1939 年元旦《新华日报》华北版创办。

这一时期敌人的军事侵略与奴化政策已经同步实施，大批青年学生与文化人士来到农村。农村开始逐步成为文艺斗争的又一个主战场。这一时期文艺活动的内容以战争动员，提高民族意识，坚持抗战为主。主要通过口头宣传等突击形式来进行文艺运动，尚未建立统一的文化部门，也没有统一的文化方针，形成具体的文艺政策方针；文艺活动主要在党组织及各个群众团体的发动和组织下开展，虽富有战斗气息，但缺乏组织性，规模比较小，且较为零散。

1938 年 12 月 3 日至 25 日，中共晋冀豫区委召开各特委宣传部联席会议，会议总结了半年来的宣传教育工作，提出了晋冀豫区宣传教育工作的任务：通过教育宣传提高民族自尊心与自信心，启发群众"国家主人翁"的自尊心；加强宣传教育工作，进一步提高全党理论水平，加强群众中的理论基础。会议要求"要加强领导文化工作，使之逐渐统一；要整理与研究古今中外的文化，扬弃落后的，接受进步的；要注意文化人的团结工作"②。

第二阶段：从 1939 年元旦《新华日报》华北版创刊后到 1942 年 1 月太行文化人座谈会。

这一时期文艺运动由突击姿态变为有条件的建设姿态。对文艺工作

---

① 《彭副总司令在晋东南文化界"五四"纪念会上的讲演》，载《山西文艺史料》（第一辑），山西人民出版社 1959 年版，第 10 页。
② 《中共晋冀豫区委宣联会总结》，载山西省档案馆编《太行党史资料汇编》（第一卷），山西人民出版社 1989 年版，第 499 页。

的正规化、制度化建设提上议程。

1939年2月,中共中央北方局宣传部部长李大章,就1938年以来的宣传工作进行总结,指出在宣传工作中建立、健全各级宣传机构,改善宣传方法,改进宣传技术。在面向广大农民群众的宣传中"必须配合以更广泛的个人或集体的口头宣传;必须互相配合以最易使人感动刺激的戏剧、歌曲和音乐的宣传"。① 在晋冀豫区委宣传部的领导下,太行山剧团、宣传部艺术宣传组积极开展工作,制作艺术宣传品,迎接敌人的进攻。② 与此同时,太行出版社、戏剧协会、青年文艺协会先后成立,利用最通俗的、为群众所易接受的宣传方式,号召与推动剧团,兴起文艺运动。这一时期,对民众的宣传动员尚处于宣传工作的从属工作,具体的文艺方针还未形成。

1939年9月,时任中共北方局宣传部文化科科长的李伯钊在中共晋冀豫区第一次代表大会上发言,提出抗战以来,各种文艺团体建立,初步团结了晋冀豫区的文艺工作者。抗战文化工作在部队中、群众团体中、民众中得到普遍发展,产生了新的文化艺术工作者,抗日文化统一战线初步形成。目前抗战文化运动的方针是"继续发挥一切新旧文化力量,发挥抗战文化运动的积极成绩,加紧抗战文化工作者的团结和培养文化界的民主作风,进行抗日的、民主的启蒙运动"。在实际工作中,"切实建立统一战线工作,团结新旧文艺人才,互相学习互相改进","保卫并发扬祖国文化的优秀传统,综合世界好的文化成果,锻炼建设起中国的新文化"。③

1939年12月7日,中华全国文艺界抗敌协会晋东南分会宣告成立。协会提出,敌人不仅动用兵力扫荡根据地,同时利用一切文艺形式,灌注毒素来麻醉欺骗民众,协会要求文艺工作者"带着笔到群众中去,到

---

① 李大章:《关于各地宣传工作的一些意见》,载山西省档案馆编《太行党史资料汇编》(第二卷),山西人民出版社1989年版,第85页。
② 《中共晋冀豫区委宣传部工作报告》,载山西省档案馆编《太行党史资料汇编》(第二卷),山西人民出版社1989年版,第176页。
③ 李伯钊:《新阶段中的文化运动》,载山西省档案馆编《太行党史资料汇编》(第二卷),山西人民出版社1989年版,第545页。

战壕里去""发扬民间文艺,接受遗产,创造有中国气派的、为民间所喜闻乐见的、富有民族性的民族形式的新文艺"。① 持久、深入和完整的文艺工作正在形成。

1940年10月,晋东南文化界第二次代表大会总结了《抗战三年来的晋东南文化运动》,提出了敌后文化五个形态,"文化运动具有农村的特点""战争动员""思想上的统一战线""面对敌人的奴化宣传作肉搏战的""走向新民主主义的道路的"②。而文艺运动就是要遵从现实主义,从抗战出发,深入农村,团结各阶级,动员民众参战,提高民族意识。

在报告提纲中提到,晋东南文化教育界救国总会是文化部门的联合领导机关,其工作方针是:促成文化统一战线,使本区文化人、知识分子团结起来,群策群力,以特殊武器贡献抗战;推动组织各文化团体、各级文化组织,以组织力量进行推动工作;对敌伪进行有计划有领导之宣传战;发展深入的大众文化运动,提高大众文化政治水准,推进识字运动,提倡义务教育,辅助政府实施文化教育政策。③ 这一机关的成立,对于本区的文艺运动具有重要意义,扩大了文化统一战线,不管是文学还是戏剧,都开始尝试利用旧形式和地方形式:重视文学力量,在内容上要反映抗战现实;兴起戏剧运动,要团结旧艺人以及旧剧团;深入群众,戏剧不仅仅是单纯的宣传工具,而要与群众的生活发生密切联系。

1941年5月1日至3日,晋冀豫区文化界"五四"纪念大会在太北举行。文联、音协、美协、新华日报社等文化界代表千余人出席会议。彭德怀在会上作政治报告,中共中央北方局宣传部部长李大章作《敌后根据地文化政策》的报告。会议的基本精神是:反对日本侵略者的奴化文化与亲日派、反共顽固派的新专制主义文化;努力建设新民主

---

① 《中华全国文艺界抗敌协会晋东南分会成立宣言》,载《山西文艺史料》(第一辑),山西人民出版社1959年版,第3页。
② 《抗战三年来的晋东南文化运动》,载山西省档案馆编《太行党史资料汇编》(第三卷),山西人民出版社1994年版,第686页。
③ 同上书,第689页。

主义的新文化；扩大与巩固抗日文化统一战线。大会期间同时举办文化展览会、美术展览会和木刻展览会①。会议提出"建设新民主主义的新文化"，有利于新民主主义文艺理论建设的提出。

1941年8月5日，中华全国文艺界抗敌协会晋东南分会第二届大会召开，会后发表宣言，确定了之后工作的方向："首先，我们要进一步地深入开展全区文艺运动，真正深入到兵营中、乡村中、工厂中；有计划地帮助和培养工农兵大众作家、文艺通讯员，我们每个文艺工作者应该团结自己周围的所有文艺爱好者，成立各种文艺组织，使鲜明的新民主主义文艺运动的旗帜招展于各地。其次，……今后应进一步地尽一切努力提倡鼓励文艺的创作，培养大众作家，适当地鼓励大型作品的写作，使文艺运动在普及中逐步得到提高。"②

同年9月，晋冀豫边区对1940年以来一年的文化运动进行总结。总结认为，晋冀豫边区的文艺运动与晋察冀相比仍有较大差距，与边区其他部门相比也远远落在后面。"以之作为武器是不能满足客观需要的"③，抗日根据地的日益发展，要求新的文化与政治、经济、军事各方面相配合。会议提出，文艺工作在组织方面，"加强文艺的组织活动，使新文艺在工农兵大众中生根壮大；提拔从工农兵下层大众中出身的作家与干部，另一方面团结与改造旧艺人，在政治上提高他们；统一领导与具体帮助目前已有的文艺小组等团体，诗歌社，使之充实发展；发动大量写作，自由讨论，集体写作，报告座谈等活动。"表明中共在文艺组织的领导与组织间协调配合问题上的认识进一步强化。在创作方面，会议强调"应加强批评工作，研究新民主主义、现实主义的创作方法，建立新民主主义的文艺理论；与一切不正确倾向作斗争，纠正一切不良偏向；提高创作的技术水平，使通俗性与艺术性统一，政治性与艺术性

---

① 山西省档案馆：《太行党史资料汇编》（第四卷），山西人民出版社1994年版，第1010页。

② 《中华全国文艺界抗敌协会晋东南分会第二届会员大会宣言》，载《山西文艺史料》（第一辑），山西人民出版社1959年版，第37页。

③ 《晋冀豫边区一年来文化运动总结》，载山西省档案馆编《太行党史资料汇编》（第四卷），山西人民出版社1994年版，第775页。

统一起来"①，进一步明确了政治和艺术统一原则。此次会议是边区政府一次深度化、客观性的分析，是根据地文艺政策理论化的一次总结。

第三阶段：从1942年1月"太行文化人座谈会"到1945年抗日战争胜利。

文艺工作在毛泽东文艺思想指导下和太行文化人座谈会的指导思想中进入了深入发展的时期，文艺政策更加具体完善。

随着抗战文艺的发展，根据地涌现出一大批优秀的文艺成果，但与根据地其他建设相比，文艺工作仍不能满足根据地客观形势与政治发展的要求。1941年冬，黎城离卦道事件被平息后，时任中共太行分局委员兼组织部部长，太行区党委书记兼太行军区政委的李雪峰提出，根据地的文化教育工作存在严重脱离实际、脱离群众的问题，要求改变文化教育工作的方向，改变脱离群众的倾向。为了转变根据地文化人的思想作风，"给当前文化运动呈现的病态来一个对症下药"②，1942年1月16日至19日，由129师政治部、中共晋冀豫区党委联合举办了晋冀豫区文化人座谈会。全区22个文化团体代表和八路军总部、129师、太行军区、晋冀鲁豫边区政府、太行区6专28个县、新华日报社、太行抗战学院、鲁迅艺术学校等机关团体代表，以及文化界名流杨献珍、何云、徐懋庸、罗青、高沐鸿等近500人到会。敌占区、接敌区文化人士、士绅40人参加座谈会。③ 座谈会上，129师政委邓小平提出："1. 文化工作者应该服从每一个具体的政治任务，应该是文化运动的指针。过去本区的文化工作，缺乏和政治任务取得密切联系，常常赶不上政治任务的需要，有时甚至发生脱节现象。2. 广泛发挥文化工作的批判性，过去某些作品，往往颂扬多于批判，没有成为有力的战争武器。3. 认真动员根据地、敌占区一切新旧老小文化人、知识分子到抗日文化战线上来，过去这种工作，注意很差，一方面固然因为各有成见，但有很多是被关门主义的错误所挡住了。4. 要为广大群众服务，必须了解群众，

---

① 《晋冀豫边区一年来文化运动总结》，载山西省档案馆编《太行党史资料汇编》（第四卷），山西人民出版社1994年版，第778页。
② 《对症下药——新华日报社论》，《新华日报》（华北版）1943年1月12日。
③ 山西省档案馆：《太行党史资料汇编》（第五卷），山西人民出版社2000年版，第1074页。

要接近群众，才能够提高群众，过去有很多脱离群众的现象，作品还不能够普遍地为群众欢迎。5. 希望每个文化工作者，要作一个村的调查工作，来丰富作品的内容。"①

邓小平同志的讲话为根据地文艺工作的开展指明了方向，将这一阶段文艺政策的重点落在了强调文艺工作与现实对敌文艺工作相结合，主要面向落后群众，重点克服文艺工作脱离现实与脱离群众的现象之上，对调整晋冀鲁豫边区文艺工作者的文艺思想发挥了重要作用。

邓小平在"太行山文化人座谈会"上的讲话精神同毛泽东《讲话》基本契合，集中反映了这一时期中共文艺政策与文化导向。针对延安文艺座谈会上提出的"为人民大众服务，首先为工农兵服务"文艺总政策，太行山文化人座谈会上提出了"为群众服务，到群众中去"，解决了文艺为群众服务问题；在文艺的内容上，都提出了"文艺为抗战服务"，解决了文艺配合现实斗争问题；在文艺发展的意义上，延安文艺座谈会是解放区文艺发展的里程碑；而"太行山文化人座谈会则是在延安文艺座谈会之前召开的、曾经有力地推动了解放区文学发展的一次重要文艺会议，其意义足以载入史册"②。先后召开的两次会议，清晰而完整地表达了这一时期中共的文艺思想，并在实践中深刻地影响了太行根据地文艺形式与文艺工作。

1942 年 5 月上旬，随着党内整风运动的开展，晋冀豫边区文联、文协、剧协、美协、音协等文化团体联合举办了文风检查座谈会。对根据地文化艺术方面存在的问题进行剖析，指出文艺创作方面，存在过分追求形式的弊病，缺乏现实主义内容。故事结构公式化，任务描写脸谱化；团体之间存在宗派主义色彩，互争高下，很少取长补短；文化工作者眼睛向上，没有切实照顾到群众的现实生活；文化运动本身存在发展不平衡现象，重文艺而轻理论。

1943 年 1 月 2 日，太行区文化界救国联合会、中华全国文艺界抗敌

---

① 《四二年晋冀豫区文化人座谈会纪要》，载《山西文艺史料》（第一辑），山西人民出版社 1959 年版，第 38 页。

② 王维国：《邓小平与太行山文化人座谈会》，《党的文献》2004 年第 4 期。

协会晋东南分会联合举行文艺工作者座谈会,总结1942年太行区文艺创作运动,提出在文艺大众化方针下,掀起1943年文艺创作高潮,展开文艺阵地上的对敌攻势,提议努力培养农村写作者,广泛进行报告文学、街头诗的创作,开展诗歌朗诵运动。①

1945年4月22日,磐石在太行区第一次文教会议上做总结报告,进一步明确了新的发展方向和任务,主要是解决了为谁服务与如何服务的问题。"文教工作是结合着抗日发动、减租生产、时事教育、整风运动——从群众的实际需要出发,为群众服务,才能逐步前进与提高,才能改造旧的文化工作者,产生新的文化工作者,否则一定会失败"②,通过审视文艺工作者的修养问题,开展整风大会,表现出要为革命要为群众服务的精神,这是以前文艺座谈会上所没有的。

这些工作报告和总结会议中对于文艺政策的内容有了系统的阐述,我们也清晰地看到了文艺政策的制定发展过程。从最初的宣传工作,到文艺方针的制定,是一个慢慢成熟的过程,"建立和扩大文化统一战线","利用旧形式和地方形式","加强文艺的组织活动","发展新民主主义文艺"到"文艺为革命为群众服务",文艺运动逐渐发展。

(二)晋东南抗日根据地文艺运动的方针和指导思想

在文艺政策不断成熟的过程中,晋东南抗日根据地也逐渐形成了文艺运动的基本方针,彭德怀在晋东南文化界"五四"纪念会上做了比较全面的阐述:"即敌后抗日根据地文艺运动的方针与任务,首先,应该是提倡民主的、大众化的文化。这种民主的文化就是反专制反独裁,反对脱离大众、压迫大众的文化,就是提倡民主制度、民主作风的文化。其次,应该是提倡科学的、拥护真理的文化。敌后抗日根据地基本上处于中国落后的农村,在这一区域,迷信和愚昧是比较严重的现象,因此,提倡科学和真理的文化就成了重要的内容。再次,敌后抗日根据地的文化还应该是提倡民族独立和解放信心的文化,必须坚决反对任何提倡投

---

① 山西省档案馆:《太行党史资料汇编》(第六卷),山西人民出版社2000年版,第813页。
② 《磐石在太行区第一次文教会议上的总结报告》,载山西省档案馆编《太行党史资料汇编》(第七卷),山西人民出版社2000年版,第553页。

降妥协、逆来顺受的文化，正确把握民族特点，充分发扬本民族优秀的文化。在抗日战争时期，由于军事上的严重失败造成了民众严重的文化不自信，提倡本民族优秀文化是提倡民族自尊心和自信心的重要源泉。又次，敌后抗日根据地的文化还应该是提倡马列主义、批评接受外来文化和中国固有文化。要建立新民主主义的新文化，就必须首先树立我们的指导思想，自中国共产党成立以来，我们就以马克思主义为我们行动的指导思想，用马克思主义指引我们的行动方向。在文化上同样应该这样。以马克思主义为原则正确分析外来文化和中国固有文化，以达到文化的新提升。在晋东南抗日根据地中，演唱的除主要是创作歌曲及新民歌外，专业文工团也演唱、演奏一些外国革命歌曲，如《马赛曲》《苏联的祖国进行曲》《斯大林之歌》《快乐的人们》《游击队员之歌》《我们是红色的战士》《喀秋莎》《再见吧，妈妈》等。最后，敌后抗日根据地的文化还应该是巩固与扩大以抗日为中心的文化界统一战线。"①

同时，在不断加强根据地文艺运动的过程中，晋东南根据地非常重视对文艺运动的理论指导，提出了文艺运动的指导思想，从理论高度上为根据地文艺运动掌握了方向。早在1939年，中共中央北方局就提出了文艺指导思想的问题。1939年11月5日，北方局宣传部部长在《党的生活》发表《从思想上来巩固党》，特别提出加强马克思列宁主义在抗日根据地军民中思想文化指导地位的问题。之后，北方局十分重视对群众加强马克思列宁主义理论的教育，要求各地经过各种会议和个别宣传，经过各种刊物和报纸，经过机关学校的各种教育，通过各种文化团体和剧团，加强对广大群众进行马克思主义教育，加强阶级教育，加强中共党史和革命史的教育，用马克思列宁主义指导中国革命和革命根据地的文化建设。李大章指出："要始终站在民族和阶级立场，坚决反对汉奸投降派，坚决给予那些民族敌人和阶级敌人以打击，使反汉奸和反投降妥协变为广大群众的实际斗争行动。使得中国的抗战，能够胜利地

---

① 《彭德怀司令在晋东南文化界"五四"纪念会上的讲演》，载《山西文艺史料》（第一辑），山西人民出版社1959年版，第8页。

坚持下去，求得中华民族的彻底解放。"①

1940年毛泽东发表了《新民主主义论》，文中指出，就当前国民文化的方针来说，居于指导地位的应该是共产主义思想，首先应该在工人阶级中宣传马克思主义，之后适当地、有步骤地用马克思主义教育农民及其他群众。②为了响应中共及毛泽东的主张，晋东南所在晋冀豫区委1941年4月5日发表了《目前建设的主张》，在这一文件中提出要加强群众的文化教育运动，尤其要提高群众的文化政治水平。其中，文化政治水平在当时条件下即指用马克思主义武装群众，使民众接受马克思主义教育。

在马克思主义教育中，晋东南所在晋冀豫区特别注重辩证唯物论的学习和运动，认为这一理论是文艺发展的唯一正确的思想方法。文艺作家之所以要学习马列主义，之所以要掌握辩证唯物论这个武器，是为了能正确地观察现实，了解现实，发现问题，解决问题。文艺工作者只有掌握了辩证唯物论的思想方法，才能深入社会中去，才能深刻地观察现实，刻苦研究社会生活的发展变化，为自己的文艺创作打下坚实的基础。

三 抗战时期晋东南文艺建设分析

太行根据地文艺指导方针和政策的制定，使得文艺事业蓬勃开展起来，在文学、戏剧、小说、音乐、美术等方面不断发展，也在抗日根据地的政权建设、社会建设中发挥了积极的作用。

（一）晋东南根据地文艺事业的发展

在中央及太行太岳根据地文艺指导方针政策的带领下，晋东南文艺事业不断发展，呈现方式和内容多样，主要有以下两种。

1. 文学作品

许多文艺工作者经常深入广大农村，学习民间艺术，运用群众喜闻乐见的形式，创作出群众满意的文学作品。在文学领域最重要的作家当

---

① 高春平：《山西抗战全史》（上册），商务印书馆2015年版，第554页。
② 同上书，第555页。

属人民作家赵树理,他在 1943 年 9 月出版了《小二黑结婚》,该书出版后,立即传遍了太行山区,几次重印三四万册,仍供不应求。① 农村剧团几乎都改编排演《小二黑结婚》,彭德怀曾阅读并题词:"像这样从群众调查研究中写出来的通俗故事,还不多见。"之后,他又创作出《李有才板话》,郭沫若在看了《李有才板话》后,发表评论说:"我是完全被陶醉了,被那新颖、健康、简朴的内容和手法;这儿有新的天地,新的人物,新的意义,新的作风,新的文化,谁读了我相信都会感兴趣的。"赵树理也因此迎来了他文学生涯中的高峰,先后又写下了《孟祥英翻身》《田寡妇看瓜》《传家宝》《小经理》等作品,在根据地广为流传,成为太行根据地影响最大的作家,他的创作也因此被誉为"毛泽东文艺思想在创作上实践上的一个胜利"。

2. 戏剧

戏剧是当时教育群众与动员群众最有力的武器。各剧团采用地方形式、旧形式,团结旧艺人以及旧剧团,紧密地配合当时的抗战现实,展现农村的新生活,受到广大农民的喜爱。创作的大量戏剧作品,如《洪河沟》《农村秘书》《黄龙山》等,大多反映现实生活,表现敌后军民抗战的生活场景,发挥了巨大的宣传鼓动作用。

1944 年,太行区第一届群英会召开,到会的 12 个剧团共演出了 58 个剧目,大部分是反映现实斗争、根据地生活和英雄模范人物事迹的,剧目有《李马保》《土林背》《小二黑结婚》《动员起来》《女状元》《炮打起灯山》《大拥军》《双转意》《郝二蛮》《李顺达》《靳小瑞》《徐顺孩》等。在这些剧目中,普通劳动者成了主角,过去帝王将相、才子佳人统治舞台的时代一去不复返了。在中共的领导下,人民群众不仅成为现实生活中的主人,也成为文艺作品中的主人,成为时代的弄潮儿。②

音乐、美术的发展也是深入群众的。在晋东南根据地,每个角落都可以听到歌声,无论妇女、儿童,甚至于老头子、老太婆都能歌唱几首

---

① 高春平:《山西抗战全史》(上册),商务印书馆 2015 年版,第 561 页。
② 同上书,第 562 页。

抗战歌曲。音乐对于民众的影响是巨大的，它与民众的生活发生密切联系，实现为人民群众服务的目标。美术活动虽然开展得艰难，但晋东南地区美术工作者不断进行探索，完成了精细的木刻作品，适应了大众化的要求，在各个抗日根据地中，"只有晋东南和晋察冀有石印的画集出版外，其余的根据地出版画集的少见"[①]。可以看出，晋东南美术活动在各根据地中还是处于领先地位的。

（二）晋东南文艺事业的特点

在中央及太行、太岳根据地文艺指导方针政策的带领下，晋东南文艺事业不断发展，呈现出如下几个特点。

1. 适应战争条件的文艺建设

抗日战争的实际，要求文艺工作必须全面为战争服务。文艺工作的组织、内容及形式都成为支持抗战、争取胜利的武器。抗战时期的文艺作品承担着迅速直接反映当前形势，指导当前斗争的任务；承担着与敌人思想舆论宣传作斗争的任务。在恶劣的战争环境下，根据地文艺主要面向战争主体工农兵，战争形式主要采用"游击战"形式，从时间上和区域上适应战争环境。

2. 立足农村的文艺建设

抗战时期根据地文艺一改过去对农村文艺的漠视，立足农村，面向农民，形成了具有深厚根基的大众的、战斗的农村文艺。农村是抗日根据地发展的基础，这里虽然交通不便，信息闭塞，不可能形成集中庞大的文化中心。但根据地文艺的受众者主要集中在农村，同时农村思想的复杂性与落后性决定了谁占领了农村的文艺阵地谁就获得了影响，拥有改造农民的主动权。因此，根据地文艺活动与建设必须首先考虑农民的需要，农村的需要。

3. 服务于根据地建设的文艺

根据地建设是中共政权建设的重要组成部分，是中共政权能否扎

---

① 太行革命根据地史总编委会：《太行革命根据地史料丛书之八：文化事业》，山西人民出版社1990年版，第553页。

根、立足的关键因素。因此，服务于根据地建设的文艺是加强根据地政权建设的重要途径之一，把一些方针政策用民众喜闻乐见的方式表达，是民众接纳各种政策的有效方式。

4. 统一战线的文艺建设

抗日战争是全民族的战争，抗日战争的文艺建设也应该服从于这一大局。各个阶层、各个派别都有不同的价值观和世界观，面对全民族的战争，求同存异应该是最好的方式和选择。在晋东南，在文艺战线上吸收并加以改造了诸多旧剧团、旧剧目、旧艺人，使他们服从于抗日大局，成为抗日战争文艺战线的重要力量。

太行抗日根据地的文艺建设是根据地建设的重要组成部分，它有力地配合了根据地政治和经济的斗争，为抗日战争的胜利做出了重要贡献，也有效地促进了根据地的文化建设。发展了文化各部门，为新民主主义文化开辟了道路。党在太行根据地开展文艺工作，制定了相应的文艺政策，在这期间所留下的经验，为抗战时期太行根据地文艺建设提供了丰富的理论基础，也为我们社会主义文化提供了宝贵的借鉴。

以马克思主义、毛泽东思想为指导，发展革命文艺，在抗战期间，共产党人十分注重把马克思主义普遍原理与我国抗日的实践活动相结合，因此诞生了新民主主义理论，毛泽东思想走向成熟，标志着马克思主义中国化已经逐渐变成现实；文艺为人民大众服务，以人民群众为主体，发展人民群众喜闻乐见的文艺作品，开展适应人民群众的文艺活动，是我们时代和社会的要求，脱离群众，也就脱离文艺发展的基础，不利于社会的发展；为民族解放战争服务，具有鲜明的战斗性，抗战时期的文艺建设始终是围绕战争来进行的，它有它的现实目标，通过宣传活动和文艺作品，调动群众的抗战热情，激发群众的民族意识，战胜日寇侵略；理论与实践相结合，文艺建设是以文艺政策为指导的，在《讲话》精神和太行山文化人座谈会思想的照耀下，文艺工作者深入群众，开展文艺工作，创造出真正为人民服务的抗战文艺。

文以载道，文以化人。文艺是铸造灵魂的工程，文艺的作用在抗战时期显得尤为重要。太行抗日根据地文艺建设作为抗战时期根据地建设的重要组成部分，有力地配合了根据地政治和经济的斗争，为抗战的胜利做出了重要贡献。而文艺建设离不开科学的文艺政策的指导，中央的文艺政策和太行根据地的客观实践影响了根据地文艺政策方针的制定。广大文艺工作者在《讲话》精神的指引下，与工农兵群众相结合，蓬勃兴起根据地文艺，从抗战实践中证明了中央文艺路线的正确性。反映出太行根据地文艺政策的制定，从最初的宣传工作，到文艺政策有了初步的雏形，最后文艺政策更加具体完善，这个形成过程对于根据地文艺的发展具有重要的意义。物质力量要以物质力量去消灭，"理论一旦掌握了群众，就变成了物质力量"。[1]

---

[1] 杨献珍:《数一数我们的家当》，载《山西文艺史料》（第一辑），山西人民出版社1959年版，第46页。

第二章　晋东南抗战歌谣的主题意蕴

如前文所述，晋东南区域在抗日战争中属于中共、日本、阎锡山政权三方彼此吞并、不断分化的复杂区域，在辖区内，同时驻扎中共政权、阎锡山政权、日伪政权是常见的事情。在这一区域，八路军带领晋东南民众同日伪军进行了艰苦卓绝的斗争，为抗日战争的胜利做出了巨大贡献，晋东南地区民众也付出了惨痛的代价，民众日常生活被严重影响，家园被毁，生灵涂炭。同时，晋东南地区民众也举起了民族自卫旗帜，敢于保卫自己的家园，积极抗战，谱写了一曲曲气壮山河的英勇赞歌。这些内容在晋东南民歌民谣中均有所呈现，反映了民众区别于抗日战争前不同的生活状况和精神面貌，本章就晋东南抗战歌谣的主题意蕴进行陈述、归纳和总结。

第一节　展现民众生活

现在的长治市沁源县，在民众中流传着这样一首歌谣：

《山沟生活歌》

四更天里吃早饭，日头不出就爬山；上了山头没事干，纥瞅鬼子和汉奸；太阳出来天仍寒，洪火不敢叫冒烟；一天到晚听动静，拾捆柴儿把洞钻；山上饿了一整天，肚子空得忽奄奄；纥挤纥倒三更天，一日如活好几年；山沟再把婆姨唤，受饿还得去做饭；这沟寻回锅和碗，那沟寻回米和面；拿上锅锅去端水，端回水来把火点；一天只吃两顿饭，晌午饭到二更天；屋里漆黑看不见，松油点灯冒黑烟；熏得脸上起黑片，滚得身上油涟涟；烟熏火烤顶不泛，一天两顿吃纥沽；愁罢钻山愁米面，鬼子害人真不浅。①

这首民歌真实反映了沁源围困战中民众的生活状态，是民众生活的真实写照。沁源围困战又称沁源战役，是抗日战争时期发生在沁源县的一次敌我双方进行的"长期占领"和反"长期占领"的最艰苦而又持久的战争。战争从1942年10月20日反"扫荡"开始，到1945年4月11日困走敌人为止，持续了二年半。在八路军、沁源地方武装和民兵的不断骚扰下日军不断收缩阵地，最后被迫退出。沁源围困战是中国人民在抗日战争中创造的世界反法西斯战争的一个典型缩影，1944年1月17日《解放日报》这样评论沁源围困战："模范的沁源，坚强不屈的沁源，是太岳抗日民主根据地的一面旗帜，是敌后抗战中的模范典型之一"②，受到了党中央的高度评价。

在对沁源围困战的通讯报道中，记者这样报道沁源围困战：在沁源围困战中，为了断绝敌人的后勤补给，本着不能给敌人留一粒粮食的原则，沁源人民"就连饮水井都用粪土填塞了，碾磨也破坏了……埋藏两市衣服的土洞洞，则被人民星夜挖空了"③，日本侵略者失去了赖以生存的物质基础。同时，沁源人民在敌人的各种扫荡中，原有的生产生活被迫停止，"躲"成了他们的日常生活，"城关里的人，大都转移到他们的第二故乡——云盖山的石额崖底和密林里，全县三分之二以上的难民，过着这样的山沟生活，几乎在西山和东山所有的山沟里，都挤满了难民。"④ 饥饿和寒冷是民众在围困战中必须战胜的两大困难，挨饿一整天是经常的事情，每天晚上至深夜几乎成为所有民众的用餐时间，再过两三个小时，民众为了迎接新一天的挑战，"天不明即上山隐蔽，挨下这十二个钟头，即使涨着肚皮时，也得张开喉咙，把这四更饭往

---

① 沁源县民间文学集成编委会：《沁源歌谣集成》（内部资料），1988年，第58页。
② 《解放日报》社论，1944年1月17日。载董谦《没有人民的战争——围困沁源通讯》，人民出版社1979年版，第105页。
③ 董谦：《没有人民的战争——围困沁源通讯》，人民出版社1979年版，第2页。
④ 同上书，第3页。

下咽。"①

事件亲身经历者沁源民众这样回忆沁源围困战:"日本人在这里住的这二年半时间,我们当时都在外面那山沟沟里躲的,离城关有十几二十里,几十里地的也有,在山上就是挖野菜吃,吃糠,那也都吃不饱。"②

可以看出,这首抗战歌谣用浅显的歌词,简单的话语完全呈现出沁源围困战中百姓的生活状态,因为真实,因为简单,所以在山西沁源县传唱度非常高。这首歌谣是县级传唱区域典型代表。在晋东南,还有一些歌谣传唱区域更为广泛,在晋东南大地各个地区都有所传唱,《逃难歌》就是其中的典型代表。

《逃难歌》(高平版本)

老家住高平,逃难西北东;日本人欺侮咱,不能在家中;男人挑一担,女人挎一篮;逃难逃在外,娃娃掐(抱)在怀;逃难逃在五台山,人人发了难;逃难逃在沁源县,心都吊在嗓子眼;逃难逃在安泽,心里实圪惦惦;逃难逃在洪洞,心里扑通扑通;逃难逃在潞安,人人心里发愁;逃在哪个村,也不知道留不留?今儿个逃出来,多会儿转回来;哭一声好苦哟,要饿死我的孩。

《逃难歌》(武乡版本)

家住武东县,西区胡峦岭;日本鬼子搅扰咱,不能在家中。为了捡条命,带上转移证;转移到后山村,咱就成了难民。男人担一担,女人挎一篮;今天逃难往出走,甚时往回返?逃难往出走,心里发了愁;也不知道到那里呀,留啊不留?逃难上了路,娃娃抱在怀;哭了一声好恓惶,饿死俺的孩。

两首民谣虽然内容大体类似,虽带有各地的不同地域特色,但反映了同样的时代主题。"逃难"成为民众对那一时代的最强记忆。这与当

---

① 董谦:《没有人民的战争——围困沁源通讯》,人民出版社1979年版,第12页。
② 《山西抗战口述史》长治晋城地区资料汇编(下),内部资料,第515页。

时民众的生活息息相关，在《山西抗战口述史》和本课题组采访资料中有许多相关的记述：如黎城县延六旦老人认为逃跑在抗日战争中已经变成了一种习惯，"当时每个人随身就带着条绳儿，逃跑就成习惯了！一听说日本人来了，就掏出绳儿，把那备停盖［被子］一捆，起来就跑。这个时候，那些人都就朝着那山堰跟前跑。"① 民众的讲述和歌谣互为呼应，给我们呈现了一个真实且鲜活的历史面相。正如学者所说：它叙述的核心不是历史事件或历史精英人物，而是一个大时代背景之下的普通民众，当传统历史文本资料缺少对这些个体生命的关注时，民谣中为我们记录与保留了这样一幅战争状态下个体生命的历史画面。②

第二节　控诉日伪暴行

从 1937 年 9 月到 1945 年 8 月，日本侵略者的铁蹄踏遍了整个晋东南大地，所到之处对无辜百姓实行了血腥大屠杀，《山西抗战全史》一书中附录用一组组数据、一个个事例叙说着这段沉痛的历史。虽时过境迁，但这些血淋淋的历史演化成了晋东南民众心目中久存的悲伤的历史记忆。在当时，民众用一首首歌谣控诉着日军的暴行。

一首流传在屯留县城的民歌民谣很好地展现了这一主题意蕴："日本鬼子真凶残，正月轰炸了屯留县；民房商号成瓦砾，携儿抱女逃外边。冰天雪地无家归，你看可怜不可怜；老乡们啊齐动员，抗日救国最当先……"这首在敌人轰炸屯留县后出现的民歌民谣，不仅描述了轰炸后民众生活环境和生活状况遭受到的破坏，而且在民众内心最脆弱的时候发出抗日救国这样的号召，无疑是唤醒民众抗战意识的最佳时刻。与此类似的还有《消灭鬼子保江山》："文明古国几千年，古往今来好河山；卢沟桥头枪声响，日本鬼子侵略咱。烧杀抢掠又强奸，文明古国遭灾难；中华大地狼烟起，鬼子万恶罪滔天。好儿男，上前线，消灭鬼子

---

① 张成德、孙丽萍：《山西抗战口述史》（第一部），山西人民出版社 2005 年版，第 34 页。
② 赵艳霞：《抗战民谣的史学析——以武乡县为例》，《山西档案》2014 年第 4 期。

保江山。"这是一首很有文采的诗歌，诗中用了对比的手法，先说明中华民族的美好与平静，然后笔锋一转，介绍日本侵略者"烧杀抢掠又强奸"的惨状，对比之下，保卫江山就显得尤为重要，这时鼓励男儿奔赴战场，在抗战时期对民众的意识启发有很重要的作用。

除此之外，许多抗战歌谣还讽刺汉奸行径。日本在华统治期间，采取了"以华制华"的统治策略，即建立傀儡政权，培植亲日的汉奸势力，作为进行殖民统治的工具。在晋东南很多"维持区"，伪军承担着维持社会稳定、征兵、保证粮食供给等任务，老百姓对于伪军同样是憎恨无比。下面这首是流传在长子县的歌谣：

> 日军进攻真可恶，大堡头出了个常腊保。他和日本相处对，以为自己去了贵。仗凭日本大皇军，常跟皇军到农村。虎狼同行下了乡，黎明百姓遭了秧。又烧又杀又抢粮，还要给日本人抢花姑娘。腊保堡头街上走，东张西望乱胡瞅。碰上腊保不问好，大祸临头不得了、轻者骂，重者敲，他爹他娘也不饶。这只疯狗真可怕，什么时候能除掉。

歌谣先是交代了长子县的常腊保投靠日本人，依仗着日本人的支持带着日本人在村中横行霸道，连自己的亲人都不放过，对于常腊保与日本人的可恶，人民发出来"什么时候能除掉"的感慨，歌谣到这里远没有结束，它的第二段介绍了后续的发展：

> 聘之腊保行无道，作恶到头总要报，日本在高平杀了他，男女老少都说好。他家到高平搬尸首，光有身子没圪脑。尸体拉到堡头街，安了个北瓜顶圪脑。把他埋在麦地岸，坟前走了个斜插道，这个过来拉堆屎，那个过来撒泼尿。腊保有吃也有喝，都说腊保真享福。大小汉奸都听到，千万不敢学腊保。我说此话你不信，腊保坟上你瞧瞧。改邪归正当好人，规规矩矩走正道。再莫跟日本办坏事，兔子尾巴长不了。

常腊保最终还是死在了邪恶的日军手中。民众在这件事后在歌谣中展现了对于常腊保的愤恨，对于其下场表示罪有应得，同时也在歌谣中唱出了主题意蕴日本人是邪恶的，是无所不为的，即使你为日本人忠诚地效力与卖命，日本人也不会真心对你好，还是会在之后将其杀害，所以奉劝所有的中国民众不要相信日本人更不要跟随日本人犯下滔天罪行。用民众的话来说就是不要犯下会让民众到你坟上去骂去算账的事情。整首歌谣语言简单且富有非常浓厚的民俗风情，是当时民众情感的精确展现。

最后，另一种控诉日军暴行的歌谣主要是用来在日军的残暴之下对比出中国军民抗战的英勇，用来歌颂中国军民的情感意蕴。

如这一首收录在《抗敌报》中的歌谣——《赶鬼子》："八月十五月光光，日本鬼子又发狂，五路发动人和马，要来把我旁区的地方和财产抢，徐家庄和他打一仗，直达的日本鬼子深入旁区来，怕只怕事到临头没主张，九月九来时重阳，游击队打仗真高强！老百姓都不做亡国奴！拿起锄头当刀枪，天罗地网齐布下，只把个日本鬼子围困在中央，村长发动游击队，主任也下乡，大家一起来下手，赶日本鬼子回东洋！要赶日本鬼子回东洋！"歌谣中"发狂"一词生动地展现了平日里日本侵略者的面貌，"五路发动人和马"更是展现了日军的进攻力量，但是中国的军民在这时并没有退缩，游击队与老百姓相互配合，奋起反抗，誓要将日本侵略者赶出中国，一幅军民英勇抗击的画面跃然纸上。

《迎接光明》也是这一类歌谣。"太岳山迷茫茫黑云滚滚，沁河水流长长呼号声声。日本鬼一次次进行扫荡，太岳山沁河岸炮声隆隆。多少人洒热血献出生命，多少家被拆散分离西东。多少村多少庄化为灰烬，乡亲们一个个怒火填胸。共产党、毛主席发出号令，向日寇展开了持久战争。军和民对鬼子实行围困，排万难取胜利迎接光明。"这是一首极具感情色彩的歌谣，前两句描写了太岳山和沁水河在日军侵略后仿佛也带上来浓厚的感情色彩，它们用黑云、用呼号诉说着"中华民族变化了的环境"。中间两句则描绘了日军侵略下民众的生活状况，家乡被占，房屋被毁，民众内心蕴含着一腔怒火，控诉着日军的野蛮行径。最后两句直指尽管在这样的条件下中华民族仍有希望走向独立与自强。因为这里有英明的领导、勇敢的战士、团结一心的军民，中国军民在高度配合与协作中一定会走向最终的胜利。

第三节　呈现抗战场景

抗战时期的民歌民谣其内容最多的是对战争的刻画与描述，展现抗战场景，歌颂当时的抗战英雄与优秀将领，激发群众对于持续进行战争的信心。

一　战斗战役

民众对于战争的印象最集中地展现在对自身经历的战斗、战役的记忆。1938年4月4日，日军第108师团主力，第16师团、第20师团、第109师团及酒井旅团各部一共3万余人，分九路向晋东南地区大举围攻。一首《九路围攻歌》展现了当时的状况："太行山里驻大军，鬼子们眼睛红。四面九路来围攻，真是怕死人。朱老总来彭老总，调集兵马阻敌兵，刘邓带领飞行军赶到了长乐村。一声喊打天地动，八路军真英勇，白刀子进红刀子出，鬼子窜了营，铜墙铁壁太行山，谁来侵犯谁完蛋，九路围攻破了产，军民们好喜欢。九路围攻破了产，军民们好喜欢。"[①] 这首歌谣生动地再现了当时战争的惨烈场景：日军九路来围攻，对于民众来说不可谓不"惊心动魄"。与此同时八路军在朱德司令和彭德怀司令的指挥下，英勇杀敌，"白刀子进红刀子出"可能现在听起来有些夸张，但正是这些词很好地展现了人民对于"九路围攻"的总体印象，更展现了斗争的激烈与八路军的英勇无畏。此外，沁源人民在"沁源围困战"中创造的一系列歌谣，如"家家户户全疏散，村村镇镇无人烟""一天只吃两顿饭，晌午饭吃到二更天，窝里漆黑看不见，油柴灯火冒黑烟"，描绘了战斗时期艰难的生存条件。西峪惨案的歌谣"昔阳有个西峪村，常被敌蹂躏。十一月十九更凶恨，杀死咱三百多人，你看恨不恨。"这些关于战时场景的歌谣正是民众饱受战争荼毒的最好见证。战斗带来的危害，吃不饱，穿不暖，生命还时时受到威胁，这些

---

① 《九路围攻歌》，采访对象：李炳珍；采访者：米立恒；采访时间：2012年2月3日。

都作为苦难经历成为不可磨灭的记忆，因此，以战斗战役作为抗战主题的歌谣有很多。

百团大战是抗日战争时期八路军在华北发动的一次规模最大、持续时间最长的战略性进攻战役，在中国抗日战争历史上有着极其重要的地位。百团大战涵盖区域广泛，以晋察冀根据地为主要作战地点，涉及晋冀鲁豫等根据地。晋东南所属太行、太岳根据地在敌人报复性攻击的百团大战第三阶段中参与了此次战役，这一战役在晋东南民众中留下了深刻的印象，体现在歌谣中，例如《百团大战》："八月二十三，下午八点半，八路军，决死队，展开百团战。破坏正太路，切断平汉线，同蒲路，也瘫痪，敌人无法办。八路军，决死队，杀死千千万，包围了阳泉站，攻克娘子关。马路挖成壕，炸坏铁路桥，这一场百团战，打得呱呱叫。"① 歌谣唱出了百团大战的基本经过、方式、结果。

除此之外，晋东南地区还流传着关于百团大战中的一些具体战役歌谣，例如《关家垴打得好》："关家垴，打得好，冈崎大队完蛋了，鬼子尸体一火烧。关家垴，打得好，百团大战胜利了，吓得冈村叫姥姥。关家垴，打得好，吹响抗日胜利号，鬼子害怕咱们笑。关家垴，打得好，全凭将军指挥得妙，彭老总他功最高。"②

关家垴位于太行抗日根据地的腹心地区，在武乡县蟠龙镇砖壁村正北13里处。这一带山岭起伏，沟壑纵横。关家垴是群岭环抱的一个高高的山岗，山顶是一块方圆几百米的平地，很适合排兵布阵。其北面是断崖陡壁，下面是一条深沟，东西两侧坡度较陡，只有南坡比较平缓，可作进攻路线。因此，关家垴可谓易守难攻之地。1940年10月30—31日，八路军集合3个旅2个团，在副总司令彭德怀的督战下，对日军冈崎支队500多人进行围歼，血战两昼夜，是抗日战争中百团大战第三阶段进行的一次最大的进攻战役。这场战役双方损失都很大，《铜墙铁壁太行山——太行抗战记忆》（上册）中收录了郑加平的《关家垴战斗亲

---

① 长治市民间文学集成编委会：《长治市歌谣集成》（一），山西省陵川县印刷厂1988年印刷，第288页。

② 同上书，第289页。

历记》，通过文章我们可以看出，郑加平任当时参加关家垴战斗七七二团一营四连指导员，在文章中，记述了七七二团及七七二团一营的战斗减员情况。"七七二团一营一接近敌人，一、三、四，三个连就顺着台地一台一台地向敌人进行了反复对此的短兵相接肉搏战，战斗极为激烈。第一连70多人，只剩下3人，连长刘显模同志已在战斗中光荣牺牲。三连50多人只剩下指导员李正银同志和两名伤员，四连参战时68人，战斗到中午，还有10多人。"之后又经历数次战斗后，"蒲营长接着又问我，你们连还有几个人，我说，连我和文化教员还有4个人，营长难过地说，一、三连也只有几个人了。"之后，郑加平和其余同志撤出了战斗，回到了作战大本营，向彭德怀和陈赓如实汇报了战斗情况。"彭副总司令又问陈赓旅长，七七二团究竟怎么样？陈旅长回答道，七七二团，打是没有问题，就是没有兵了！"[1] 根据这段回忆，七七二团一营三个连共有将近190人参加战斗，战斗结束后，全营上下只剩下不到10个人，从这一数字中我们可以看出关家垴战斗中我军的损员情况，是非常惨重的。

　　除此之外，黄崖洞保卫战也是太行根据地阻击日军不得不提的一次战役。黄崖洞位于长治市黎城县城北面45公里处的赤峪村西面，海拔1600多米，那里沟壑纵横，断壁如削，在一处陡壁上面有一个高25米，宽20米，深40米的天然山洞，称为"黄崖洞"。因其地形的隐秘，1939年7月被八路军总部选为兵工厂所在地。之后，经过一段时间的生产和建设，黄崖洞兵工厂逐渐发展成为近700人的兵工厂，生产的武器主要有55式步枪、31式马步枪和五零炮等，年产量可以装备16个团，成为八路军在敌后最大的兵工基地。1941年11月11日，日军共5000多人的兵力，陆空配合，进犯黄崖洞，企图一举摧毁这个兵工基地。在朱德总司令、左权副总参谋长和欧致富团长的共同指挥下，利用有利地形，与日军展开了殊死搏斗，鏖战八昼夜，终于打退了敌人的进攻，保全了黄崖洞兵工厂，歼敌2000多人，取得了敌我伤亡为6∶1的

---

[1] 长治市城区炎帝文化研究会编：《铜墙铁壁太行山——太行抗战记忆》，内部资料，第59—63页。

辉煌战绩。

在晋东南地区流传着多首关于黄崖洞保卫战的歌谣,其中《太行有个黄崖洞》最出名:"太行有个黄崖洞那么,鬼子常常来进攻。鬼子进攻怎么样那么?朱总司令下命令,手榴弹四面往下扔,小鬼子一个个伤了命,八路军同志真英勇!"①

综上可以看出,在晋东南流传的有关抗战战役的歌谣不仅仅包括发生在晋东南地区的战役,也包括中共在抗日战场上重要的一些战役,这与根据地的宣传工作是分不开的。

二 作战工具和技巧

以对作战工具的刻画作为抗战歌谣主题的作品也有很多,这主要是由于抗战期间广大民众都投入对敌作战的第一线,因此许多民众也就接触到许多武器,但民众对于武器的使用方法和注意事项还不是很清楚,所以以民歌民谣作为载体向民众传授技巧就成为一个很重要的方式。同时,由于中国武器生产技术的落后,有些时候甚至需要民众自己制造一些简单可用的武器,所以民歌民谣中记载了许多很有当时民众生活特色的作战工具,因其在使用上具有普遍性,也就成为歌谣的重要主题之一。

在作战工具上,晋东南流传最多和最广的就数关于地雷的歌谣了,有数十首,例如:《造地雷》:"一颗石头蛋,中间钻眼眼。装上二两药,再把麻线安。麻线留小眼,中间爆发管。保险又简单,大家都来干。"②这首民歌形象地介绍了地雷的使用方法,形象地向大家传授了制作过程,同时一颗地雷的形象也活灵活现地呈现在我们面前。《地雷歌》:"一颗石头蛋,当中钻眼眼,桩上死了(牢固的意思)呀,待把木橛子按,木橛子留眼小,爆发管在当中,又保险又加弹,大家就都起来干。"③同样是一首造地雷的歌谣,这首歌谣与上面的不同之处就在

---

① 长治市民间文学集成编委会:《长治市歌谣集成》(一),山西省陵川县印刷厂1988年印刷,第290页。

② 晋城市地方志编纂委员会:《晋城市志》,中华书局1999年版,第2050页。

③ 采访对象:左士汇,清徐县清源镇张圪村;采访者:贾碧真;采访时间:2012年2月5日。

于这首歌谣强调了制造过程中需要注意的点,这样更有利于提高制造的质量。据对武乡县韩北乡王家峪村王照骞老人的采访得知,当时几乎家家户户有地雷,那么造地雷方法的传授也就显得十分重要了。还有《石雷歌》:"一颗石头蛋,当中钻眼眼,别看个儿小,本事不简单。轰隆连声响,炸的几丈宽,鬼子做肉酱,汽车飞上天。炸死鬼子人和马,缴获他的轻机枪,人人都学会,保卫咱家园。"① 又如《鬼子来了咱不怕》:"鬼子来了咱不怕,给他一颗铁西瓜。铁西瓜真厉害,鬼子一踏就开花。"② 这两首民歌民谣都展示了石雷的威力。《巧摆石雷阵》:"大石头,不用本,民兵哥哥抢家中。凿子凿,挖空心,黄面面炸药装满洞。埋在村口口,埋在大道中。敌人来了它显圣,哎嗨呦!一个个躺在地留平。"歌谣生动地描绘了如何制作石雷,如何摆石雷阵,它的威力有多大。这些是在民众斗争中发挥过重要作用的战术。类似的歌谣还有许多,几乎在每个市、县的地方志中都能找到。可见当时对于石雷、地雷的使用是很普遍的,这也反映出民歌民谣创作主题的一个特点——来源于人民生活的实践。共产党对民兵不仅要求大家正确使用地雷战术,还要求大家主动制造地雷,创造发明地雷战术,这些都是非常成功的。对于民兵来说,使用地雷消灭很多敌人之后,就由原来的陌生、恐惧转变到了主动出击、攻打敌人。在发生转变之后,地雷就不仅仅是一种武器了,更是一种符号。它对民兵的影响是非常深刻的,增加了民兵的信心,同时地雷战术的灵活使用,对于配合共产党正规军队战略意图的完成是很有帮助的。所以,符号从物质走向一种意义,不仅作为武器,更重要成为一种意义之后,产生的作用是非常大的,它所产生的作用已经不仅仅是体现在地雷武器爆炸的作用上。

另一类便是民众在生活中普遍使用的战斗技巧或者在战斗时经常使用的战术。《消息树》:"消息树作用大,站在山头不说话。敌人出发它站着,敌人休息它躺下。不用写信打电话,他把消息告大家。"③ 消息

---

① 沁源县志编纂委员会:《沁源县志》,海潮出版社1996年版,第480页。
② 壶关县志编纂委员会:《壶关县志》,海潮出版社1999年版,第700页。
③ 《消息树》,采访对象:李炳珍,武乡县城;采访者:米立恒;采访时间:2012年2月3日。

树是抗战时期一种特殊的传递消息的方法，可以在日本人没有察觉的情况下，向抗战军民传递消息。当发现鬼子开始出发时就把消息树竖起，以此来传递消息，这种方法在当时的军民抗战中发挥了很大的作用。这首歌谣通过介绍消息树所传达的意蕴，展现了抗战时期这种不同的战斗技巧，一方面展现了人民大众的智慧，另一方面从其受众的广泛性中可以看到这种传递消息的方法在当时很有用，起到了减少伤亡的作用。晋东南抗战歌谣中提到的不仅有具体战术，还有大战略，例如《持久战》："四二年五月来扫荡，日寇山上打机枪。依靠人民持久战，抗日胜利有保障。"持久战是中国共产党在抗日战争初期就提出的战略战术且被事实证明是正确的战略选择。除此之外，在晋东南抗战歌谣中还有体现晋东南民众采取的符合地区特点的战术，在运用这种战术的情况下，中国取得了很多场战斗的胜利，这种作战方法被广泛的传播。类似的有《麻雀战》："太行山，山连山，满山展开麻雀战。打得鬼子心胆颤，哭爹叫娘乱逃窜。"[1] 这两首歌谣都从大的方面介绍了这些战术的作用。还有一些就是人民群众在斗争中自己总结出来的作战经验。《窑洞战》："窑洞战，真奇妙，对敌斗争立功劳，我在明处敌人遭暗礁，打得他们鬼哭又狼嚎！窑洞战，真奇妙，对敌斗争立功劳，能藏能打以少胜多战法好，胜利日子早来到！"关于作战工具及技巧的内容由于与群众的实际抗争经验有着密切的联系，所以在民歌民谣的展现中较多。这些歌谣不仅展现了民众勇于与日本侵略者抗争，更展现人民善于斗争，在斗争中发挥智慧的能力。

第四节　号召民众参与

一　人民拥军场景

晋东南抗日根据地是抗战期间中共根据地的重要组成部分，到抗战结束时形成了太行、太岳两大军区。晋东南地区的武乡县更是曾三次作

---

[1] 壶关县志编纂委员会：《壶关县志》，海潮出版社1999年版，第700页。

为八路军抗战的总部。在这样的环境中晋东南地区的人民与八路军一起抗战并且生活上互相帮助,形成了非常深厚的军民感情。下面一首民歌可以充分的说明:

《拥军小调》

八路军,真勇敢,敌后抗战六七年,打死鬼子几十万,呀咿哟,创造抗日根据地,咿呀哟,咿呀哟。

又打仗,又开荒,放下锄头扛起枪,敌人扫荡就游击战,呀咿哟,八路军战术真高明,咿呀哟,咿呀哟。

老乡们,认识清,他是边区子弟兵,人民的生命和财产,呀咿哟,离开军队怎能行?咿呀哟,咿呀哟。

快送儿,去参军,保卫家乡杀敌人,抗日政府给优待,呀咿哟,当了抗属多光荣,咿呀哟,咿呀哟。

送子弹,抬伤兵,烧水送饭莫消停,救护病员和彩号,呀咿哟,慰劳军队理应当,咿呀哟,咿呀哟。

多生产,缴公粮,不掺沙呀不掺糠,军队吃饱打胜仗,呀咿哟,军民联欢喜洋洋,咿呀哟,咿呀哟。

送情报,又带路,帮助军队来运输,军事秘密要保守,呀咿哟,掩护机关和资财,咿呀哟,咿呀哟。

军和民,一条心,武装生产杀敌人,拥护军队人人有份,呀咿哟,赶走鬼子享太平,咿呀哟,咿呀哟!①

在这首小调中,首先呈现了八路军不畏艰难,以勇敢的精神努力为人民群众创造良好的生存环境,同时与群众一起开荒、种地,融入群众的生活中。接下来展现了另一场景,群众也积极配合军队作战——送子弹、抬伤兵、烧水送饭、送情报、带路等。一幅军民高度互动的画面就展现在眼前。

另外,中国共产党为了调动一切积极的抗日力量,开展了方方面面的动员,使民众集中在抗日的大旗下。一首介绍军队的歌谣《拥政爱

---

① 《新华日报》(太行版)1944年1月25日第4版。

民》:"拥护政府!拥护政府!没有民主的政府那……幸福的民主,政府法令坚决执行,政府号令坚决响应,政府是抗战的首脑,我们是抗战的骨干,为保卫民主,为创造幸福,我们是奉公守法的八路军。爱护人民!爱护人民!我们是人民的儿子,人民是我们的母亲,没有母亲那有儿子,没有人民,那有我们?不侵犯他们的一棵草,不损坏他们的一颗针,为人民战争,为人民劳动,我们是中国人民的八路军。"①这首歌谣可以说是八路军精神的全面展现。"拥政爱民"是八路军的宗旨,服从指挥,顽强抗敌,不拿群众一针一线是八路军的作风。正是在这样的纪律下,八路军赢得了人民群众的广泛爱戴。同时八路军也不放弃动员误入歧途的人民,如劝降歌谣《规劝歌》:"皇协军的弟兄们呀,细听我来唱,中国的抗战走向新阶段呀,弟兄们,为什么甘心做牛马,来打自己的人呀?你是中国人呀,我也是中国人,咱们两家并无仇和恨呀,弟兄们,调转你的枪口呀,瞄准监视你的人,誓死打日本人!"这首歌谣不同于第一部分介绍的控诉日军罪行,讽刺汉奸,而是从另一个方面劝降这些民众,抓住"我们都是中国人"这一关键点进行宣传,以皇协军最敏感的情感作为突破点,号召他们一起保卫我们的家乡,将日本侵略者赶出中国。

另外,这一时期还涌现出大量的歌颂八路军的民歌民谣,如《八路军是咱救命人》:"青石板,石板青,石板上钉银钉。太行高,高太行,太行山上住咱八路军。藤结瓜,瓜连藤,八路军和咱心连心。打鬼子,除汉奸,八路军就是咱救命人。"又如《八路军就是保护人》:"天上彩虹照眼明,地下八路爱人民,人民就是江山主,八路军就是保护人。"再者还有《拥军歌》:"八路军,子弟兵,领导群众打日本。又能打仗又生产,一切为了老百姓。自从来了八路军,老百姓们翻了身。老百姓,凭良心,怎样对待八路军。冷冷淡淡不像话,要把八路当亲人。拥军公约牢牢记,一条一条都实行。马莲开花红艳艳,子弟兵今走啥时返。手拉手,道再见,分别的泪流满面,伊么呀儿呦,把军队送到小河

---

① 《新华日报》(太行版)1944年1月21日第4版。

边么呀儿呦。"① 这些歌谣都反映了当时民众对于人民军队的拥戴与爱护,尤其是第三首歌谣中还提到了当时出现的拥军公约,可见人民对于真心抗战的八路军的真情实感。所以无论一个军队的口号有多响亮,政策有多华丽,真心实意为人民服务才是王道,抗战期间的八路军就做到了这一点。

二 战斗中的民众组织

正如《太行革命根据地群众运动史略》一文中所说:"太行区各个群众团体,特别是它的基层组织,在运动中发挥了巨大的组织作用,为人民革命事业做出了应有的贡献。"② 在太行根据地群众运动发展过程中,基本出现了这样几种基层群众组织——农救会、工会、青救会、妇救会、儿童团等团体。"农救会是组织发展的最为普遍的,工会组织是在各群众团体中建立最早的,青救会是抗日战争时期最为活跃的一个群众团体,妇救会在动员和组织妇女走出家门参加抗战,组织妇女进行参加阶级斗争中,都做出了出色的成绩。"③ 在晋东南根据地内,形成了从小到大,从男到女覆盖全面、功能互补的群众组织。在采访时有一位老人介绍了当时的群众组织状况。"九万来人,武乡是十三万人,十三万人参加了妇救会,工救会,这个农救会,民兵,自卫队,一共是九万来人,十三万人,还有儿童团,就九万来人参加了这个抗日团体。"这样的组织盛况在抗战歌谣中有所体现,例如《政府组织起救国会》:"中华民众新章规,政府组织起救国会,工救、农救和青救,哎个哟哟,还有俺们妇救会。政府组织起救国会,从此咱们有地位,大家努力搞救亡,哎个哟哟,痛打那个日本鬼。共产党保咱救国会,不要怕来不要退,有钱出钱有力出力,哎个哟哟,人人有责莫推诿。"④

---

① 长治郊区志编纂委员会:《长治郊区志》,中华书局2002年版。
② 太行革命根据地史总编委会:《太行革命根据地史料丛书之七:群众运动》,山西人民出版社1989年版,第81页。
③ 同上书,第81—82页。
④ 长治市民间文学集成编委会:《长治市歌谣集成》(一),山西省陵川县印刷厂1988年印刷,第259页。

还有一些歌谣反映的是独立的群众组织。例如儿童团的歌曲："儿童团，小英豪，站岗放哨多勤劳，手里提着树木棒，脊背上又背大砍刀，过来人挡住道，拦住叫你掏路条，假如说，摇摇头，马上就把你抓住了，真的是，铁面无情小英豪。""红缨枪，八尺长，儿童团，排成行。我站村头你上山，防奸防匪保家乡。红缨枪，闪闪亮，儿童团放哨又站岗。盘查行人防汉奸，保卫祖国打豺狼。"① 在采访中王松江老人也介绍道："在儿童团的时候人也很多，那会儿一人拿上根红缨枪，安安站在那路口。当时的儿童团可也是厉害的，要不老百姓怎么都叫他孙悟空呢，有人过来的话就要检查有没有通行证，那通行证是村公所发的，你要有通行证你就过，没有的话就把你弄在村公所盘查。"两者互相印证着那个时代的历史。

稍大一点儿的男子参加民兵，构成群众武装："一手拿锄，一手拿枪，基干队青年先，我们是老百姓的武装，送情报，除汉奸，破道路，不怕敌人来扫荡，到处开展游击队，我们的弟兄满山岗，保卫根据地，保卫咱们的家乡，我们是人民的力量，我们是自卫的武装。"可以看出青壮男子作为群众主力，对于保卫普通民众的生命财产安全具有重要的作用。同时，成年的女子则参加妇救会，"妇女们，真热情，组织起来把军鞋作。干部每天把会开，咱们大家齐会起来。白天躲反把帮则纳，黑了回来纳底则，松油柴点到正当中，妇女们纳得一股劲。咱们快把军鞋作，早日送到前方去，同志们穿上打胜仗，要把那鬼子消灭光。"② "太阳出来磨盘大，姐妹们坐下纺棉花。纺的花来织成布，支援前线把敌杀。纺呀纺呀纺，一斤线儿一斤花。太阳出来磨盘大，姐妹们一起纺棉花。努力生产多纺线，军民服装有办法。纺呀纺呀纺呀纺，团团花纺成细棉纱。"③ 正面战场和敌后战场固然重要，但是没有后勤保障的支持，抗战胜利无从谈起，妇女们的这些工作为抗战胜利提供了有力支持。这些歌谣向我们说明了抗战时期大大小小的各种组织，这些抗战组

---

① 长治郊区志编纂委员会：《长治郊区志》，中华书局2002年版。
② 沁源县志编纂委员会：《沁源县志》，海潮出版社1996年版，第481页。
③ 晋城市地方志编纂委员会：《晋城市志》，中华书局1999年版，第2043页。

织补充了战时正规军队的不足，在抗击敌人，保护根据地安全方面做出了巨大的贡献。对抗战时期各种民间组织介绍的这一歌谣主题，体现了人民群众在抗战时期方方面面的作用，无论男女，无论老少都积极参与抗战，真正地体现了全民族抗战。

三　民众民族意识的表达

抗日战争期间是中华民族民族意识形成的重要时期，在日军全面侵华的过程中，中国人民全面的民族意识也逐渐形成与发展。人们通过不同的手段表达着爱国情怀。这一方面典型的主题就是——抵制外国物品。民间流传着这样一首歌谣："吃了饭，城里走，谁买洋货谁是狗。吃了饭，去赶集，谁买洋货谁是驴。穿洋货，用洋绸，买的洋货当洋奴。用国货，救国贫，这才算是好国民。"更具体的是《为抵制日货》："国货好，国货好，使用国货要趁早。人人都用本国货，国家富强自己好。"还有一曲《抵制仇货》："日本鬼子毒心肠，运来仇货骗大家，暗地吸干咱们血，不用刀来不用枪。贩卖仇货不应当，奸细臭名到处扬。买仇货的真傻子，反给敌人添力量。抵制仇货好主张，自力更生要力强，打垮敌人毒计策，责任全靠大家当。"这两首歌谣更具体到抗战期间对日货的抵制和积极宣传使用国货，讲清楚使用国货的时代使命，从使用国货这件小事中感受到中国民众爱国意识在方方面面的觉醒与提高。

第五节　宣传抗日政策

晋东南地区关于抗战生产生活的民歌民谣数不胜数，因为即使是在抗战期间生产生活仍是民众生活的重要构成部分。晋东南地区的民歌民谣按其性质可以分为有关鼓励、歌颂生产性质的鼓舞类民歌民谣和有关具体进行实际生产性质的操作类民歌民谣。

一　宣传党的大政方针

中国共产党提出的以"国共合作"为核心的抗日民族统一战线，

是中华民族战胜日本侵略者的法宝。1935年12月瓦窑堡会议正式确立了抗日民族统一战线的策略方针，标志着中国共产党抗日民族统一战线策略路线基本确立。1937年9月22日，根据国共双方商定，中共中央公布了《中共中央为公布国共合作宣言》，次日蒋介石发表谈话，标志着第二次国共合作正式形成，抗日民族统一战线实际建立。在山西，随着民族危机的日益严重，山西地方实力派阎锡山旗帜鲜明地提出了"守土抗战"的政治主张，在各地进行宣传，例如民国版山西省政府编写的教材里面也用通俗的歌谣对学生进行抗日启蒙宣传："一个鸟儿巢，筑在大树梢，大风忽吹来，树倒巢翻了，将国来比树，身家如鸟巢，国破家难在，国亡身难保。"① 这为山西抗日民族统一战线形成奠定了良好的基础。山西抗日民族统一战线主要通过牺盟会这一组织来实现。牺盟会，全称"山西牺牲救国同盟会"，是阎锡山进行"守土抗战"的具体执行组织机构，中共派出薄一波为首的工作人员在这一组织中进行宣传，进而在这一组织中发挥了领导作用，因此，牺盟会是山西官方的组织机构，开始了中共和国民党地方实力派的一种特殊合作。这种合作在晋东南抗战歌谣中也有所体现，《国共合作好》就是一个很好的例子："今天大家都来想一想，革命时代中国形势怎么样？五四运动掀起了大浪潮，北伐军的雄狮到长江。帝国主义吓得缩了头，军阀官僚一扫光。不平等条约已取消，收回了租界汉口和九江。国民党、共产党，两党合作中国不会亡，国民党、共产党，两党合作中国久兴旺。"② 通过歌谣这一通俗的表达，传递给民众国共合作的大政方针。

1938年，武汉、广州等大城市失守后，国民党内部妥协投降的论调开始有所抬头，1939年1月，国民党五届五中全会召开，制订了"溶共、限共、防共、反共"的方针，开始酝酿"反共"。在之前，山西的"反共"势力就有所抬头，1938年5月到9月，阎锡山召开了两次古贤会议，这两次古贤会议的实质就是要通过整顿与扩充旧军来限制

---

① 高春平：《山西抗战全史》，商务印书馆2015年版，第54页。
② 长治市民间文学集成编委会：《长治市歌谣集成》（一），山西省陵川县印刷厂1988年印刷，第260页。

第二章 晋东南抗战歌谣的主题意蕴

牺盟会、决死队和其他抗日新军进步力量的发展，企图逐渐扩大旧军，削弱新军，巩固其统治力量。1939年12月，蒋介石命令程潜迅速前往山西视察情况，考察晋绥军内部情况"是否仍伏危机"，次年1月10日，蒋介石下令阎锡山要以剿灭叛军的名义北上，消灭共产党及其领导的抗日武装力量，史称"十二月政变"。十二月政变后，遭到了中共晋西北新军和八路军的反击，使阎锡山在晋西北的势力遭到了沉重打击，抗战以来在晋西北两种军队、两种政权并存的局面从此结束，晋西北完全成为巩固的抗日民主根据地。《动员起来反摩擦》："国民党来日害煞，不打日本打自家，全体军民要警惕，动员起来反摩擦。阎锡山来心眼儿狠，十二月政变血淋淋，杀我'决死'四个团，还向咱们来进攻。不打日本就是汉奸，杀掉汉奸理当然。太行不是个好惹的，谁当汉奸叫他完。"① 这首歌谣反映了这一历史事件。

二 鼓励生产

在抗战期间，大后方面临着严重的困难，特别是战争进入1941年之后，世界反法西斯战场上出现了对同盟国十分不利的局面，中国战场上敌伪势力步步紧逼、国民党反动派变本加厉的破坏，再加上前所未有的自然灾害，群众的生产积极性下降，根据地进入严重的困难时期，晋东南地区也不例外，此时中国共产党大力提倡生产运动，鼓励上山开荒，提高军民的生产自信心与积极性。例如，"太行山上闹嚷嚷，军民生产忙。扛起锄头背起枪，上山去开荒。山上锄头叮当响，土地变了样。汗水落在山头上，生活有指望。东山玉茭长得好，棒子尺把望。西岭谷穗沉甸甸，米粒赛金黄。自己流血又流汗，吃着香又甜。边区军民是一家，团结把日抗。"② 还有《开荒生产曲》："太行山上喜洋洋，军队人民生产忙。扛着呀锄头呀背着枪，上到山上去开荒。山上锄头响叮当，多少的土地变了样，野草长满了的山坡上，高兴地穿上了新衣裳。

---

① 长治市民间文学集成编委会：《长治市歌谣集成》（一），山西省陵川县印刷厂1988年印刷，第260页。
② 晋城市地方志编纂委员会：《晋城市志》，中华书局1999年版，第2042页。

东山的玉菱长得旺，西山的谷穗长又长，自己呀流血呀又流汗，吃起来真正是甜又香。军队人民都生产，这事实在不寻常，真的呀生活呀能过好，迎接那胜利度过大灾荒。"① 这两首歌谣主要是鼓励上山开荒，争取多打粮食，第二首中更是直接提出了"迎接那胜利度过大灾荒"这样的目标。这一时期产生了大量类似的作品：《努力干》《街头诗》《夏收歌》《消灭蝗虫小调》《秋收保卫战》《春耕歌》《秋收》等。

除此之外，许多歌谣还歌颂生产英雄。"安泽赵金林，劳动称英雄，外号叫作'磨断铁绳'，远远近近大有名。赵老越能干，种地有经验，别人平地打八斗，他的坡地打一石。全家四口人，个个都劳动，大家商量定计划，是个模范农家。"② 在抗日战争的特殊时期，形成了全民抗战的统一战线形势，八路军将士在前线英勇杀敌的同时大后方也涌现了许多生产英雄，为了鼓励群众进行大生产，在群众中间树立了许多生产模范，形成了许多歌颂生产英雄的民歌民谣。这些歌谣是由广大人民编写的，在广大群众中传唱，借此激励劳动人民以赵金林为榜样，努力生产，支援前线作战，为抗日战争提供物质保障，争取抗战的早日胜利。类似的还有《庆祝劳动英雄板块》等都形象而生动地描写了生产英雄们是如何进行生产以及模范对群众行为的引导带领作用。歌谣鲜明地赞颂了当时以生产劳动为重的价值观。

还有一些歌谣主要歌颂妇女在提供后勤保障工作中的作用，没有广大人民群众后勤保障的支持，抗日战争的胜利无从谈起。当时流传很广的歌谣有："太阳出来磨盘大，姐妹们坐下纺棉花。纺的花来织成布，支援前线把敌杀。纺呀纺呀纺，一斤线儿一斤花。太阳出来磨盘大，姐妹们一起纺棉花。努力生产多纺线，军民服装有办法。"③ "大钢针，明晃晃，做鞋纳底缭鞋帮，补了布袋送公粮，帮助前线打胜仗。""妇女们，真热情，组织起来把军鞋作。干部每天把会开，咱们大家齐会起来。白天躲反把帮则纳，黑了回来纳底则，松油柴点到正当中，妇女们

---

① 《开荒生产曲》，《新华日报》（太行版）1944年2月21日第4版。
② 《绣荷包调　赵金林小调》，《太岳日报》1944年4月25日第2版。
③ 晋城市地方志编纂委员会：《晋城市志》，中华书局1999年版，第2043页。

纳得一股劲。咱们快把军鞋作，早日送到前方去，同志们穿上打胜仗，要把那鬼子消灭光。"[1] 这些歌谣描写的就是解放区的妇女为前线的战士制作衣帽鞋具等。还有《做军鞋》《支前忙》《三家村里李嫂嫂》《妇女拥军歌》，等等。这些歌谣的传唱对不同的受众有不同的社会动员效果，对于战场上的战士，这类歌谣的传唱有助于激发战士早日回归家庭，有利于战士发挥他们最大的潜能促进抗日战争的胜利；对于解放区的妇女来说，这类民歌民谣的传唱增加了妇女的积极性和主动性，为前线战士提供最大的物质保障，促进抗战早日取得胜利。

三 民主选举

抗战时期的生活虽然艰苦，但同时在共产党的领导下，解放区出现了令人欣喜的民主进步景象。以根据地民主建设为主题的民歌民谣旨在通过对民主生活的宣传与讲解，提高人民的民主意识和参加民主政治所必须的才能，进一步促进中国民主政权的建设。1941年3月16日，邓小平受中共中央北方局委托，在冀太联办第二次行政会议召开时，提出成立晋冀豫边区临时参议会（简称"临参会"）的建议。在抗战四周年时，晋冀豫边区召开了临参会第一次会议，按照"三三制"原则，选举临参会参议员，成立边区政府。从此，太行根据地在村选、县选的基础上召开临时参议会，这是"三三制"政权组织的最高形式。《村政大选歌》："锣儿当当鼓冬冬，村政大选闹轰轰。老百姓都说好高兴，咱今天有了救命星，呀咳哟，咱今天有了救命星。月儿当空圆又圆，村政大选闹得喧。人人都有选举权，选好咱边区参议员，呀咳哟，选好咱边区参议员。谢好礼先生是大家选，担任咱百姓参议员。气节凛然人爱戴，留学日本早稻田，呀咳哟，留学日本早稻田。"[2] 这首歌谣反映了临时参议员选举的时政内容。

在边区政府选举参议员的基础上，在晋东南根据地的乡村开始了村

---

[1] 沁源县志编纂委员会：《沁源县志》，海潮出版社1996年版，第481页。
[2] 长治市民间文学集成编委会：《长治歌谣集成》（一），山西省陵川县印刷厂1988年印刷，第196页。

政普选运动,管理村的村一级干部由全村民众直接选举产生。以武乡县为例,1941年9月、10月,武乡县全县普遍进行了村政选举,在选举中体现了各阶级的广泛民主,凡年龄在18岁以上的村民,不分性别、信仰、财产、教育,只要抗日,又赞成民主,就有选举权和被选举权。选举方式,多村采取"滴豆子"的办法,所谓"滴豆子"就是在候选人的面前和背后置放一碗,选民以滴豆代替选票进行选举的一种方式。①《豆选》:"金豆豆,银豆豆,比不上咱这土豆豆。一颗豆,一颗心,看准选好咱村领头人。一颗豆,掂轻重,我要选谁你别问。一颗豆,投碗里,好比一块石头落了地。"②《豆选》歌谣反映了当时选举的具体操作方式。

解放区采用这种简单明了,群众又十分容易理解的方法,将民主原则介绍给群众,并用豆子这种有趣的方法得到了落实,为民主政治生活做了实践上的准备。

四 妇女解放

旧社会的广大妇女,除了受封建制度的压迫外,还受到夫权、神权、族权的压迫。丈夫打骂妻子是顺理成章的事情,民间传有"掏的钱,买的马,由我使,由我打"的顺口溜。抗日战争爆发后,太行根据地建立抗日民主政权,推动了当时的妇女解放。首要解放的当属女性的身体,主要表现在缠足上,1939年8月1日,陕甘宁边区政府根据周恩来、博古、刘少奇等人在边区区长联席会议上的提议,制定并颁布了《禁止妇女缠足条例》,规定边区18岁以下妇女一律禁止缠足,40岁以下缠足妇女立刻放足,40岁以上妇女劝令放足不加强制。之后,在陕甘宁边区的带动下,各根据地的妇女劝诫不缠足运动展开,晋东南所在太行、太岳根据地也不例外。1942年,晋冀鲁豫边区政府民政厅、晋冀豫区救联总会联合颁布了《关于妇女放足的指示》,指示提到了放足

---

① 王阿伦:《抗战时期太行根据地村选状况探析》,硕士学位论文,山西大学,2008年。
② 太行革命根据地史总编委会:《太行革命根据地史料丛书之八:文化事业》,山西人民出版社1989年版,第650页。

运动的重要性、实施具体细则、注意事项等各方面内容。从我们现在收集到的歌谣中，就有一些反映这一政策的，在《长治市歌谣集成》中收集了《放脚歌》《受罪又难看》《快把脚放展》《妇女放脚歌》等多首关于劝诫妇女放足的歌谣，例如《放脚歌》："小脚女人，真正不好看，东倒西歪，做不了生活种不了田。顶不了半升米，度不过灾荒年呀嗨。小脚女人，真正不好看，鬼子过来，你就是无法办呀嗨。走也走不动，跑也是跑不快呀嗨。小脚女人，真正不好看，支援前线，人人要搞生产呀嗨。快快把脚展，妇女要做贡献呀嗨。"[1] 在民间收集抗战歌谣过程中，也收集到一些关于劝诫妇女放足的，如"红花绿绣鞋，走路圪栽栽，老套鞋搂跟带，活像个老奶奶，老二家，老三家，咱们快放脚，剪了头，放了脚，你看俐煞不俐煞。"

其次是提倡妇女婚姻自由，妇女特殊要求的具体内容——家庭问题与婚姻问题。[2] 1939年4月，陕甘宁边区颁布了抗日民主政权下的第一个婚姻条例《陕甘宁婚姻条例》，之后，晋东南所在晋冀鲁豫边区也于1942年1月颁布了婚姻条例。如《我想要嫁给他》："小姐奴姓崔，年长十六岁。张妈妈来说媒，奴给她反了个对！前河小义娃，今年一十八，好小伙顶呱呱，我一心想嫁给他。"武乡县韩北乡王家峪村王照骞老人介绍道："麻田往南那个下麻田，有个老婆叫个张锁凤，甚了，爹娘把她卖了，用了多少钱多少布匹，卖了，她不想嫁给他，她想嫁给村里的教员，蒲安秀（彭德怀夫人，当时的妇委会干部）叫上村干部把东西给人家退了，后来她就嫁给村里的这个教员了，总部给她用了些骡的，吹吹打打嫁过去了。"这是妇女争取婚姻自由，还有就是妇女敢于冲破旧的婚姻，如《我要离婚》："小奴家姓吴名叫英花，今年方才十七八，年纪没多大，空门呀嘟儿喂呀喂，年纪没多大。配夫姓白名叫难看，每天不把正事干，东跑西又转。空门呀嘟儿喂呀喂，东跑西又转，奴家有心劝劝他，张口骂来伸手打，我浑身都是疤。空门呀嘟儿喂呀

---

[1] 长治市民间文学集成编委会：《长治市歌谣集成》（一），山西省陵川县印刷厂1988年印刷，第182页。

[2] 晋冀豫区党委：《关于妇女工作的指示》，载《太行革命根据地史料丛书之七：群众运动》，山西人民出版社1989年版，第409页。

喂,我浑身都是疤。对他我已没办法,找新政权说理去,与他把婚离。空门呀嘟儿喂呀喂,与他把婚离。"老人介绍的另一个故事也可验证这件事情。"在麻田儿有个,有一个嫁给黎城的一个人了,就这个上午坐车下午到,那个人待她不好,又打她又不给她吃,就回娘家里,又要嫁村里的一个人了,那边去告下她哩,后来蒲安秀找到县里边,县里派上人和这个黎城家打官司了,通过县里,问这个女的,你愿意跟谁了,她说我就愿意跟这个张三,后来捏就嫁给他哩。"这表明妇女在婚姻上有了更大的自主性与自觉性,这一类歌谣的传唱让我们深刻感受到即使是在抗战这样艰苦的环境中还是会有新的社会情况的出现,通过传唱这些歌谣,能鼓励更多的妇女冲破封建秩序的压迫,利于社会陋习的进一步革除。

再次是关于妇女接受教育的,冬学是抗日战争时期晋东南根据地民众社会教育的重要形式之一,冬学是综合性教育,"进行民主、练兵与拥军教育,以及教认字、写仿、学写路条、单据、契约、信件以及打算盘记账等。"[①] 在冬学学习中,妇女们不仅学习了基本知识,更重要的是在冬学中学到了党的相关政策,认识到妇女地位的改善问题,提升了阶级意识和性别意识,许多女性得益于冬学,行为有了很大改变。《太行区教育建设的新发展》文中举有一例:某一浪荡妇女,是抗属身份,之前大家认为无论如何教育,都改变不了她的生活作风,但经过冬学教育,此妇女认识到自己的行为影响了自己的光荣名誉,之后的行为发生了重大转变。因此,这一重要的女性教育形式在抗战歌谣中也有所体现。例如《妇女上冬学》:"西北风儿刮的凉,雪花儿纷飞湿衣裳,姐姐妹妹上冬学呀,说说笑笑多欢畅。哎嗨哎嗨哟,咱们翻身得解放。大家坐在炕沿上,先识字儿后听讲,政府法令都学会呀,男女平等记心上。哎嗨哎嗨哟,民主政府好主张。过去女子没力量,依靠男人过时光,妇女成了奴才样呀,挨打受骂多凄凉。哎嗨哎嗨哟,还说这是理应当。妇女组织力量大,谁也不敢压迫咱,不受婆打丈夫骂呀,民主政府

---

① 太行革命根据地史总编委会:《太行革命根据地史料丛刊之八:文化事业》,山西人民出版社1989年版,第432页。

支持咱。哎嗨哎嗨哟，咱们妇女能说话。现在妇女有组织，剪了头发放了脚，每日互助勤劳动呀，也会耕来也会织，哎嗨哎嗨哟，自己生产自己活。妇女要想求解放，赶快就把冬学上，不要再做睁眼瞎呀，妇女文化要加强。哎嗨哎嗨哟，翻身的事儿多光荣。"① 还有《大妈参加扫盲班》："王大妈，五十三，去冬参加扫盲班，人说大妈年纪老，大妈不服决心大，孙孙面前问生字，婆媳挑战学文化，积极学习苦钻研，一年扫盲毕了业。"② 这些歌谣都是妇女在抗日战争时期接受教育的最直观呈现。

五 改造民间风俗

抗战时期在中国共产党的领导之下，晋东南地区出现了宣讲科学、提倡健康生活的新情况。开展冬学，培养人民必备的知识、推动乡村地区人民的文化水平、进一步破除旧思想对于民众的不良导向。最典型的是下面两首歌谣：

《讲卫生歌》

咱们全村讲卫生，旮里旮旯打扫净，家里头要齐整，街上不要乱堆粪，人人都注意，才少生病。伤寒霍乱和疟疾，还有疥疮不能动，这些病，肯沾人，病人的东西不乱用，和他们隔离最为要紧。得病应该请医生，千万不要讲迷信，不烧香，不摆供，不请巫婆来下神，吃药打针才是正经。③

《我们要学张大妈》

我们要学张大妈，热心冬学数着她，有病还来上冬学，还能说服别人家，有点小病不吃紧，别把机会错过啦，大家伙一齐来，不

---

① 长治市民间文学集成编委会：《长治市歌谣集成》（一），山西省陵川县印刷厂1988年印刷，第192页。
② 同上书，第193页。
③ 太行革命根据地史总编委会：《太行革命根据地史料丛刊之八：文化事业》，山西人民出版社1989年版，第658页。

要偷懒闲在家,别说你家孩子小,别说你妈年纪大。人人都想来识字,不想识字是傻瓜,不怕自己事儿多,只要大家努力干,大家快来上冬学,我们克服小困难。

这两首歌谣分别从讲究卫生和参加冬学两个方面来介绍乡村出现的民主状况,尤其是塑造了"张大妈"这一典型模范形象,通过对榜样的歌颂,更容易起到让大家争相模仿学习的作用。

第六节 讴歌抗战英雄

一 战斗英雄

首先,群体战斗英雄。例如《盼来八路老九团》:"大炮隆隆响,盼来八路老九团,机枪哒哒哒,定把鬼子消灭完。日本鬼子来,老九团,真勇敢,大烧又大杀。打得鬼子团团转。今日盼,明日盼,男女老少都喜欢。"[1]《抗日武工队》:"襄垣抗日武工队,提起武工队,人人年轻长得魁,吓死日本鬼。神出鬼没把敌杀,白天也心惊,专门消灭日本鬼。黑夜不敢睡。不怕苦,不怕累,一听枪声响,他是人民的好军队,像个老乌龟。"[2] 两首抗战歌谣均表达了民众对中共军队这一群体的尊敬和感谢之情。

《民兵操练》:"一听钟儿当当敲,依呀嘿真好!披衣往外跑。操场做操一小会儿,连长队前把对喊,对身体真好。队列好似一条线,可真好呀,稍息、立正、向前看,向呀么向后转。向后转呀,依呀嘿向后转!洗罢脸来吃早饭,吃罢就去练。队伍集中到操场,打靶练投弹,练投弹呀,依呀嘿投弹!不怕死来不怕难,本领要苦练。练上一身真本领,杀敌保家园。保家园呀!依呀嘿家园!"[3] 中共民兵组织是中共在

---

[1] 长治市民间文学集成编委会:《长治市歌谣集成》(一),山西省陵川县印刷厂1988年印刷,第136页。

[2] 同上书,第137页。

[3] 同上书,第330页。

抗日战争时期稳定地方政权、组成敌后军事斗争的重要有生力量,"可以发现中共区别于国民党军事系统的最大特点,是主力军、地方军与民兵、自卫队相互转化、相互依靠、三位一体的军事体系",① 尤其是在1945年之后,民兵组织力量获得质的飞跃,连同广大可争取的群众被卷入中国革命与战争的洪流,成为中国革命的生力军。同时,民兵寓兵于民,亦兵亦民的特质使得民兵在群众中声望很高。笔者曾经作为山西省哲学社会科学重大基地项目"太行根据地民兵组织研究"的参与者多次进行田野调查,在调查过程中,深切感受到民兵在当地百姓中的形象亦如抗战歌谣中的形象一样。

其次,个体战斗英雄,又分为中央领导和地方英雄。提起抗战最让民众津津乐道的莫过于抗战英雄,广为流传的是《左权将军歌》:"左权将军家住湖南醴陵县,他是中国共产党的优秀党员。参加革命整整十七年,他为国家,他为民族费尽心血。日本鬼子五月扫荡咱路东,左权将军麻田附近光荣牺牲,左权将军牺牲为了老百姓,咱们辽县老百姓为他报仇恨。"② 左权将军的事迹绝对是晋东南民众对于抗战英雄最深刻的印象,这首歌谣唱出了晋东南人民对于左权将军的深深敬意,更激发了民众的抗战斗志。同样的还有"谁不知道常胜将军刘伯承,英勇善战是陈毅,能文能武是贺龙"③。

在晋东南抗战歌谣中,在歌颂英雄人物方面,关于朱德总司令的抗战歌谣最多,有反映朱德总司令英勇作战的,例如《朱总彭总好才能》:"八路军呀进了村,大片刀呀红缨缨,哎嘿哟,好齐整,哎嘿哟,吃愣愣,长工短工不愣登,叫俺当上自卫军,喜盈盈,好威风。杀汉奸哟打日本,朱老总呀彭老总,哎嘿哟,真过瘾,哎嘿哟,大司令,军民合作游击战,和俺同打东洋兵,显神通,好才能。"④ 也有反映朱德总司令在根据地和军民鱼水情的歌谣,例如《朱总栽下白杨树》:"三月

---

① 姜涛:《中共抗日根据地的民兵、自卫队》,《抗日战争研究》2014年第3期。
② 《左权将军歌》,采访对象:李炳珍;采访者:米立恒;采访时间:2012年2月3日。
③ 《元帅出征歌》,采访对象:李炳珍;采访者:米立恒;采访时间:2012年2月3日。
④ 长治市民间文学集成编委会:《长治市歌谣集成》(一),山西省陵川县印刷厂1988年印刷,第127页。

里春光好，王家裕村人喧闹，朱总司令到河坪，栽下白杨树一苗。根据地，热腾腾，山上山下忙不停，朱总带头大生产，劳武结合老英雄。种棵树，育片林，都为抗战杀敌人。白杨树苗太行长，朱总栽下万年春。"①

还有一些歌谣歌颂其他中央领导人。例如《什么亲》："什么亲呀？爹娘亲，什么深呀？海最深，党比爹娘亲十分。子弟兵的情谊比海深。刘邓首长好指挥呀，刘邓首长好指挥呀，咱和刘邓心连心，咱和刘邓心连心。"② 这首歌谣反映了刘伯承司令员和邓小平政委在晋东南根据地的生活和工作。这些英雄的事迹在抗日战争期间成为民众精神上的旗帜与榜样，不仅起到很好的宣传与动员效果，更重要的是这些歌谣的主题蕴含着民众对抗日英雄最崇高的感激与敬佩。

总体而言，在太行根据地流传的关于中国革命领导人的歌谣中，朱德、彭德怀、左权、刘伯承、邓小平出现的频率更高一些，这些领导人在抗日战争期间在晋东南长期战斗和生活过，甚至牺牲在此，为晋东南地区的解放做出了卓越的贡献。太行区第一届群英大会召开期间，在大会会场，中央悬挂着毛泽东、朱德、彭德怀、刘伯承、邓小平的肖像。

地方抗战英雄。例如有一首《民兵高贵堂》："武乡上广志，民兵高贵堂，他今年二十三岁当汉长，胆大智谋强。鬼子进了村，人们正打场。高贵堂掩护大家到后山，端起三八枪，乓地一声响，鬼子爬地上。高贵堂转移地方瞄准狗豺狼，打死整两双。敌人害了怕，赶快撤出庄。全村人齐夸贵堂好胆量，威名扬四方。"③ 对于地方战斗英雄的歌颂具有强烈的地域共鸣，是发动民众参加军队的重要宣传手段。

二 生产英雄

在抗战歌谣中，不仅有歌颂战斗英雄的，还有歌颂为数众多的生产英雄、劳动英雄的。1942—1943 年，太行根据地曾经面临严重的自然

---

① 长治市民间文学集成编委会：《长治市歌谣集成》（一），山西省陵川县印刷厂 1988 年印刷，第 126 页。
② 同上书，第 129 页。
③ 同上书，第 162 页。

灾害，民众生活状态堪忧。面对这种情况，中共中央北方局太行分局于1943年6月召开研究太行区经济建设的会议，强调在救灾工作中把生产作为中心环节。7月2日，邓小平在《解放日报》发表了《太行区的经济建设》一文，指出："我们救灾的办法，除了部分的社会互济之外，基本上是靠生产。"之后，中共中央北方局、中共晋冀豫区党委、晋冀鲁豫边区政府，先后发出紧急号召和指示，要求把救灾和生产结合起来，以生产为中心，克服灾荒，渡过难关。太行区的党政军民团结一致，开展了生产度荒的伟大斗争。

这场大生产运动为渡过严重的经济困难，迎接抗日战争的最后胜利奠定了坚实的基础。在大生产运动中，涌现了许许多多的英雄。为了表彰在抗日战争中及其后的革命中做出过卓越贡献的人，太行区分别在1944年和1946年召开了两届群英大会，第一届群英大会于1944年11月20日至12月7日，在黎城县南委泉村召开，历时18天。第二届群英大会于1946年12月2日至21日，在长治市举行，历时19天。两次大会在当地影响甚广，被表彰的英雄被塑造成楷模，成为大家学习的榜样和对象。例如，群英大会召开后，长治将当时最繁华的街道"卫前街"更名为"英雄街"，同时命名的还有"英雄广场"和"英雄台"，这些地名至今仍然存在。在英雄大会后，一系列讴歌生产英雄的抗战歌谣应运而生。

《英雄汉李大胖》："英雄汉，李大胖，种地开荒上山岗。自家地种完，还帮别人忙。春耕夏锄秋收冬藏，南瓜满院谷满仓。自己不怕肚子饿，抗日军民有食粮。劳动英雄多光荣！"[1]《纺织英雄宋月兰》："襄垣王村宋月兰，纺花织布是模范，领导全村妇女们，忠实积极很能干。"[2]《纺织英雄李秀莲》："纺织英雄李秀莲，她年轻时受过骗。可恨那挑捎汉，把他卖到黎城县。下庄做了童养媳，每日受煎熬。嫁了个无情汉，有苦真难言。挨打挨骂家常饭，婆母更凶残，压迫李秀莲。还有一件

---

[1] 长治市民间文学集成编委会：《长治市歌谣集成》（一），山西省陵川县印刷厂1988年印刷，第164页。

[2] 同上书，第165页。

事，说来更可怜，受不行苦罪跳崖寻短见。多亏众人来搭救，性命未有断。来了八路军，彻底把身翻。男人受教育，有了大转变。起早搭黑搞生产，从此不缺钱。参加纺织组，吃苦数秀莲。多费心血多流汗，整整纺了一冬天。太行英雄大聚会，就在十月间，男女老少都把她来选。看看多光荣，英雄李秀莲。"①

李秀莲是太行区第二届群英大会表彰的纺织英雄。她原本是河北清丰县人，在4岁时被卖到黎城霞庄村当童养媳。在此之前，黎城霞庄村没有一个人会纺织，在当时村里人的心目中，织布是林县人的事情，黎城人一辈子也学不会。但是李秀莲出于生存的本能想学会织布过生活，就积极地响应了学习织布的号召。在合作社的帮助下，李秀莲最初成立了纺织小组，在大家的共同努力下，李秀莲在1946年成立了纺织小型工厂。由于实行了技术革新和合理管理，李秀莲的小型工厂发展很快。在李秀莲的推动下，黎城霞庄村的纺织运动发展得非常快，成为太行区学习的榜样。全村共有妇女172人，参加纺织的有152人，占全村妇女的90%。有织女75人，纺车150辆。全村共计650口人，按每人每年穿布两丈计算，除全村一年穿1.3万尺布外，今年全村能出布2万尺，还能卖出7000尺。②

《劳动英雄高宏升》："高宏升家住在黎城东关，种庄稼搞互助果称模范，他组织妇女们上会卖饭，又纺花又织布不缺吃穿。"③《歌唱矿工梁来元》："梁来元是边区矿工英雄，打煤窑修驮路亲自动手，能劳动有办法推动全村，有计划能创造学习虚心。"④《新华日报》太行版于1944年12月11日发表了大会增刊，在11日第3版详细刊载了梁来元的事迹。文章认为：他为了矿山的长期建设，提出组织研究技术委员会，培养了大批的技术工人，研究生产方式的改造，提高生产量

---

① 长治市民间文学集成编委会：《长治市歌谣集成》（一），山西省陵川县印刷厂1988年印刷，第165页。

② 王玉圣：《太行群英——太行区第二届群英大会实录》，人民日报出版社2011年版，第193页。

③ 长治市民间文学集成编委会：《长治市歌谣集成》（一），山西省陵川县印刷厂1988年印刷，第166页。

④ 同上。

30%—60%。为了农业和工业的共同发展,梁来元改变了劳动时间上的配备,过去都是作一歇一,有的是作二歇一,这样的时间不利于农业的发展,梁来元改为了作三歇三与作四歇二(三天矿业生产,三天农业生产),由此矿业生产与农业生产都不会耽误,也不浪费工。因此,梁来元成了矿工的农民领袖,大家认为"信来元的话没有错"。[1]

总之,抗战期间晋东南地区出现了大量的民歌民谣,它们涵盖了丰富的主题。尽管不同的主题意蕴想要传达的主要感情不一样,但其作为一种广泛的精神宣讲状况都为抗战的最终胜利起到精神上的激励作用,达到为抗战服务的作用。

另外,正如《抗战民谣的史学析——以武乡县为例》一文中指出:抗战民歌民谣作为普通群众的记述历史、表达历史的方式,它更贴近现实生活,更富有情景化,价值取向更加突出。相较于传统文本史料,它可以从更微观的方面对大历史中的小个体进行细微的刻画,归还部分大历史叙述所需要的生活基础。相较于口述史料,歌谣更强调对特定的地域、文化范畴和语境的联系和理解。因此,将抗战民歌民谣纳入史学研究范畴,歌谣将成为我们了解"常态历史"的重要依据,将促进历史内容的丰富、历史研究方法的更新和历史理论的不断进步。[2]

---

[1] 王玉圣:《太行群英——太行区第一届群英大会实录》,人民日报出版社2011年版,第262页。

[2] 赵艳霞:《抗战民谣的史学析——以武乡县为例》,《山西档案》2014年第4期。

第三章　晋东南抗战歌谣的地域特色

民歌是人民群众集体智慧的结晶，是人民生活的真实写照，其内容丰富，涉及社会生活的诸多方面。不仅有反映历史文化、社会习俗、传说故事、生活方式的内容，而且有反映革命斗争的内容。这些民歌具有很强的时代性与地域性，是研究不同地区历史和风俗的珍贵材料。晋东南地区是中国文明的发祥地之一，历史文化根基深厚，源远流长，孕育出朴实自然、乡土气息浓厚的晋东南民歌民谣文化。

正如前文所言，从古至今歌谣是人们生产生活的真实写照，它伴随着人们的生产生活，已经成为民众不可或缺的一部分。透过歌谣不仅可以反映社会现实，也可以反映人们的生活状态、生活细节等，这些可以统称为"民俗"。民俗，是一个国家或者民族在历史和社会发展进程中为了满足群体生活的需要所创造和传承的生活文化。正如有研究者所言："歌谣与民俗两者休戚相关，你中有我，我中有你，如果透过这些表象深入挖掘事物的内在本质的话，歌谣和民俗两者只是观察的角度不同，自然取材的角度也就不尽相同了，歌谣主要是从艺术的角度去组织材料的，而民俗是从人文科学角度组织材料，所以歌谣与民俗相辅相成，关系密切。"[①] 下面就晋东南抗战歌谣中所反映的民俗文化进行简单阐述。

第一节　饮食文化

俗话说"民以食为天"。食物是人类社会持续发展的基础和必要条

---

① 何欣：《维吾尔歌谣的民俗学价值》，硕士学位论文，伊犁师范学院，2014年。

件。具有5000年文化的中国,"吃"已经逐步发展成为一门专业的学问,并形成了博大精深的饮食文化。饮食习俗主要包括主食结构、菜肴特色、时令小吃、饮茶等方面,并且它是一个地域民众在饮食活动中所积久形成并传承不息的风俗习惯。在抗日战争这个特殊的历史时期,抗战歌谣不仅体现了晋东南地区的饮食种类、饮食习惯,更重要的是体现了抗日战争时期民众的饮食状态,相较于其他时期,这一时期的饮食状态发生了重大改变。

一 抗战歌谣与饮食种类

一个地区饮食文化类型的形成,是由该地区的地理环境、使用的生产方式以及人民所从事的物质生产等多种因素决定的。晋东南地区多丘陵、盆地,气候属暖温带半湿润大陆季风性气候,四季分明,雨热同季。正如《潞安府志》(顺治版)记载:"上党山高,惟夏令不爽,冬令常侵于春秋之半,甚有入秋即霜,盛夏而雹者。试凭太行观之,中州之绿野铺茵,山中之黄芽始甲。迨夫千岩叶落,而山趾之树梢尚青,其气候相悬,盖如此。是以岁惟一熟,亦惟忝稷为宜。"从这一记载看出,上党地区因为其自然环境的因素,造成了这一地区传统食物的品种是极其单调的。民国初年《山西通志》记载:"沁源仅恃一夫数亩,日三餐以为常。食品以玉蜀黍、谷子为大宗,麦次;邑产尽可籍以自给,不假外求。"综合以上信息,学者对上党地区可生产粮食种类做了结构分析,认为:"上党粮食主要有玉米和小米;蔬菜主要有萝卜、土豆和红薯。其结构比例大致为:60%的玉米,30%的小米、高粱,10%的萝卜和土豆。至于动物食品那都是奢望,只有过年过节才有肉吃。"[1] 上党地区生产粮食种类决定了上党地区的饮食种类和饮食习惯,可以基本概括为:"第一,食品种类极其单调,以玉米、谷类为主。第二,主粮杂粮调剂,干饭稀饭混合。第三,以素食为主,动物食品严重不足。第四,五味偏葱、蒜,爱吃醋。"[2]

---

[1] 张利:《上党文化研究》,大众文艺出版社2007年版,第192页。
[2] 同上书,第195页。

在抗战歌谣中，不乏这样的食物种类出现。例如民歌《春耕歌》中所唱："春天草青青，太阳满山红，咱们努力春耕，个个打先锋。公私荒地都开辟，增加耕田千万顷，边区春耕竞赛，奔得第一名。农会会员去春耕，女人娃娃不输人，雨们加紧放，叫汉奸不敢行。代耕会员好精神，帮助抗属把田耕，儿童团替拾粪，抗日真光荣。秋天庄稼黄又红，高粱玉黍好收成，军民不缺粮，好打鬼子兵。"这首民歌中提到了民众秋收的粮食有高粱和玉黍。

小米既是晋东南地区的主要农作物又是该地区的特产，同时也是民众喜爱的主食之一。如民歌《小米饭》："小米饭，黄又黄，弟弟吃了进学堂，学会识字和写信，写封家信到前方。小米饭，甜又甜，爸爸吃了去种田，多种棉花和谷子，不愁吃来不愁穿。小米饭，香又香，哥哥吃了站哨岗，背着大刀拿起枪，保卫边区和家乡"①。又如民歌《开荒生产曲》："太行山上喜洋洋，军队人民生产忙。扛着呀锄头呀背着枪，上到山上去开荒。山上锄头响叮当，多少的土地变了样，野草长满了的山坡上，高兴地穿上了新衣裳。东山的玉茭长得旺，西山的谷穗长又长，自己呀流血呀又流汗，吃起来真正是甜又香。军队人民都生产，这事实在不寻常，真的呀生活呀能过好，迎接那胜利渡过大灾荒"②。这首民歌中提到了谷穗与玉茭，即小米和玉米。晋东南人民在描写小米时，总是充满了浓浓的喜爱之情，民歌中频频提到谷子，不仅是因为晋东南人民对它的喜爱，还因为它是晋东南人民的生命之源，晋东南地区的环境与气候只适合种植小米、玉茭等粮食作物。

山西素来以面食而闻名，人民喜欢吃面食也是众所周知的，而晋东南地区也是如此。小麦也是该地区的主要农作物之一，因此抗战民歌中多次提到小麦。如民歌《麦子黄》："五月天气热难当，暖风吹得麦子黄；快割快收快快藏，小心鬼子来抢掠；保证军民有食粮！"这首民歌描绘了麦子成熟的样子。又如民歌《加紧麦收》："好哥哥，好弟弟，

---

① 沁源民间文学集成编委会：《沁源歌谣集成》，山西省沁源县印刷厂1988年印刷，第78页。
② 《开荒生产曲》，《新华日报》（太行版）1944年2月21日第4版。

咱俩同到地里去；你割麦，我打场；爹爹背向家里藏，妈妈蒸馍馍，一个一个烹烹香！"这首民歌不仅提到了麦子，还提到了人民喜爱的主食之一，即由麦子制成的馍馍。

晋东南出产的各种粮食类型不仅出现在晋东南抗战民歌民谣中，也会出现在传统民歌民谣中。时局的变动带来的保护粮食的方式则是抗战民歌民谣区别于传统民歌民谣的不同之处。民歌《武装保卫秋收》就是其中显著的例子。"转眼秋风凉，豆子谷子好打场，军队老百姓，武装保卫秋收最要紧，收下粮食埋藏好，不让鬼子来抢跑，日本鬼子坏良心，要抢我庄稼当军粮，军队四面来掩护，百姓到哪去收成，吃喝不愁打胜仗，打退了鬼子喜洋洋。"武装保卫秋收就是在秋收季节区委为了应对敌人的搜刮采取的方式，而埋藏好粮食也是民众在沁源保卫战中面对敌人所采取的空舍清野应对方式。

二　抗战歌谣与饮食状态

虽然上党因特殊的地理环境生产的粮食蔬菜种类较为单一，品种不多，但勤劳聪明的上党人民利用这不多的材料创造了许许多多的上党小吃，俗话说"一方水土养一方人""靠山吃山，靠水吃水"，人们在不同的自然环境中，自然会形成富有特色的丰富的饮食习俗，"上党名吃粗放而不失雅致，是文化的结晶，地域的印证"。在《魅力长治文化丛书》之《美食寻香》中，作者列举了近百种上党名吃。而且，食俗作为民间风俗的一支主旋律，也代表了上党地区的文化特点。例如，人们有特定的饮食习惯，如不同的节日有不同的饮食特点，不同的礼仪也有不同的饮食特色。例如传统民歌《过大年》："大年初一端盘盘，吃罢饺子吃丸丸，公一碗，婆一碗，剩下小叔子又一碗，嫂嫂没碗碗，张兰街上买碗碗，买上碗碗没匙匙，张兰街上买匙匙，买上匙匙没把把，气得嫂嫂努架架"[①]。这首民歌描写了上党地区人民在过新年时有吃饺子与丸丸的习俗。民间有"更岁交子"一说，交子的谐音是饺子，意味

---

① 沁源民间文学集成编委会：《沁源歌谣集成》，山西省沁源县印刷厂1988年印刷，第413页。

着时间交替、万象更新。又如传统民歌《鸳鸯疙瘩汤》："左手拌疙瘩，儿女一不沓，小子会念书，闺女会绣花，新郎把汤喝，万事不出，新娘把汤喝，手巧会做活，你吃我来喝，和美闹人家"①。这首民歌描写了沁源地区人民在结婚时所吃的一种带有祝福性质的食物。这些岁时与礼仪食俗总是反映了人们的某种心理状态，主要是祈求吉祥、袪邪消灾等。总之，晋东南地区人民不论是日常饮食，还是岁时或礼仪的饮食都是丰富多彩、各具特色的。

传统民歌民谣与抗战民歌民谣在饮食方面最大的区别莫过于对饮食状态的描述。在传统民歌中，人们讴歌着万物的赠予，享受着饮食带来的幸福，但是在抗战民歌民谣中，饮食状态完全不同。战争带来的动荡，加之地主变本加厉的盘剥，使人民的生活状态与日俱下，饥饿成为民众生活的常态。例如，在1942年至1945年的沁源围困战中，民众在党的领导下采取了空室清野的方法来对抗日军，在这场围困战初期，在以沁源为中心的安沁、二沁大道两旁，离据点5公里、离大道2.5公里以内的村庄，中共组织20多个大村镇的3200户、1.6万余人大转移，民众掩埋粮食，转移衣物，搬走家具，抽掉磨心、碾心，填掉水井。这样会使日军处于一个没粮吃、没水喝、没柴烧的绝境，将其围困在一个"没有人民的世界"。

但同时，虽然民众有坚定战胜日军的决心和毅力，但不能否认的是也给当地民众的生活带来了很大冲击。如前文所写《山沟生活歌》："四更天里吃早饭，日头不出就爬山，上了山头没事干，纥瞅鬼子和汉奸，太阳出来天仍寒，洪火不敢叫冒烟，一天到晚听动静，拾捆柴儿把洞钻，山上饿了一整天，肚子空得忽奄奄，纥挤纥倒三更天，一日如活好几年，山沟再把婆姨唤，受饿还得去做饭，这沟寻回锅和碗，那沟寻回米和面，拿上锅锅去端水，端回水来把火点，一天只吃两顿饭，晌午饭到二更天。屋里漆黑看不见，松油点灯冒黑烟，熏得脸上起黑片，滚得身上油涟涟，烟熏火烤顶不泛，一天两顿吃纥沾，愁罢钻山愁米面，

---

① 沁源县民间文学集成编委会：《沁源歌谣集成》，山西省沁源县印刷厂1988年印刷，第126页。

鬼子害人真不浅。"① 这首民歌正是对民众抗日饮食状态最贴切的表达。再加上地主对农民的剥削，让民众的饮食状态非常堪忧，如民歌《四保住主》："正月里来正月正，穷汉四保来上工，上工先挑水两担，放下担子扫院心，过罢年来是新春，四保含泪扫院心，有钱人酒肉吃不尽，穷苦人糠菜肚里吞，四保生来家贫穷，没明没黑勤劳动，甚时才能熬到头，春夏秋冬没个尽"②。又如《雇工饭》："饿死饿活，不给恶霸地主做活。清早吃糠饼子，晌午吃糠窝窝。短工进了门，稀饭两大盆，勺子搅三搅，浪头打死人。亏了短工磨洋工，要不累死几口人。不是咱不能干，光吃高粱面，吃菜不加油，喝的稀白粥。"这首民歌描写了雇工的日常吃食，例如糠饼子、糠窝窝、稀饭、高粱面。以上这些抗战民歌民谣真实反映了抗日战争时期民众的饮食状态。

第二节　语言文化

一　叠词

晋东南地区民歌民谣的民俗语言特色主要是对叠词、衬词及方言土语的运用。叠词在我国古代的歌谣中就有使用，尤其是在明清的一些戏曲中。晋东南地区民歌中含有大量的叠词，这些叠词一方面是从古代民歌中继承下来的，另一方面是对民间口头语的提炼。例如：

《加紧麦收》

好哥哥，好弟弟，咱俩同到地里去；你割麦，我打场；爹爹背向家里藏，妈妈蒸馍馍，一个一个烹烹香！

《麦子秸》

麦子秸，细又长，里面是个空堂堂，空堂堂，没有劲，镰刀一

---

① 沁源县民间文学集成编委会：《沁源歌谣集成》，山西省沁源县印刷厂1988年印刷，第58页。

② 同上书，第28页。

割乱纷纷！敌人好比麦子秸，我们好比快镰刀。快镰刀，明晃晃，要把麦子秸割个光。

《过大年》

大年初一端盘盘，吃罢饺子吃丸丸，公一碗，婆一碗，剩下小叔子又一碗，嫂嫂没碗碗，张兰街上买碗碗，买上碗碗没匙匙，张兰街上买匙匙，买上匙匙没把把，气得嫂嫂努架架。

叠词的应用使民歌的语言更加流畅而优美，能够更加真切地表达人民的心声，也能够更加生动地传递出丰富的含义。

二 衬词

晋东南地区民歌的语言特色也表现在衬腔与衬词上。衬词主要是指穿插在民歌中的一些形声词、语气词等，大多与正词没有直接关联。如：

《人民最爱子弟兵》

马莲开花根连根，军队老百姓一家人。一家人，情意深，鱼儿和水不能分，咿么呀儿呦，人民最爱子弟兵。①

《才算打败日本兵》

苏联出兵把日本打，吓得鬼子着了慌，马上就投降（哎咳哎咳呦），各地的鬼子都交枪，八路军抗战八年整，共产党领导咱们军政民，艰苦都受尽（哎咳哎咳呦），才算打败日本兵。②

《活一天顶活好几年》

腊月里来数九天，家家户户闹过年，财主家忙得收利钱，穷人家得把饥荒还，哎咳哎咳哎咳呦，穷苦人难活这几天，低头我把门

---

① 沁源民间文学集成编委会：《沁源歌谣集成》，山西省沁源县印刷厂1988年印刷，第82页。
② 同上书，第88页。

来进，不由得叫人好伤心，有钱人家都买现成，咱家是要甚没啦甚，哎咳哎咳哎咳哟，还不通饥荒逼死人，单只闹年倒扯淡，开不通饥荒难过关，我在碾子上把面碾，要账的寻了好几遍，哎咳哎咳哎咳哟，活一天顶活好几年。[1]

衬词与衬腔的使用不仅使民歌更加完整，而且能渲染气氛，活跃歌者的情绪，同时给人一种亲切与生动的感觉，十分凸显地方特色。

三 方言土语

晋东南地区的民歌中含有许多独具特色的方言土语。这些方言土语对于外域人士来说虽晦涩难懂，却是劳动人民真挚淳朴情感的最真实的表达，是最能表现晋东南地区特色的标志。例如，晋东南民歌中常出现的"圪"字，但这个字在民歌中无意义。如"圪瞅""圪挤"。又如《掐蒜苔》："正在呀院子里掐蒜苔，隔墙墙扔过个戒指来，叫奴是好奇怪，手爬住园子墙往外照，照见了张家二秀才，你从哪儿来，我正在南学把书念，听见妹子你掐蒜薹，哥哥我看你来"[2]。民歌中的"奴"字是"我"的意思。又如《劝老娘》："劝老娘，想一想，从前咱真栖惶，烧滚锅没米下，冬天穿的是单衣裳，共产党，来领导，穷人这才见了天，减租又减息耕者有其田，咱们才算把身翻"[3]。民歌中的"栖惶"是指可怜的意思。晋东南地区的民歌中也常出现的"儿"化音，如"苗儿""两头儿"等。

第三节 风土文化

风土文化主要是指某一地区的风物、习俗、节令等。每一个地方的山川、土地、风俗物产各不相同，在民歌中都能或多或少地发现这些风

---

[1] 沁源民间文学集成编委会：《沁源歌谣集成》，山西省沁源县印刷厂1988年印刷，第32页。

[2] 同上书，第140页。

[3] 同上书，第43页。

俗的踪迹。民歌民谣中所展现的这些风土习俗，最能表现一个地区的地方特色。晋东南地区是中华文明的发源地之一，历史悠久，风土习俗丰富多彩，深深地影响着当地的民众。即使在抗日战争这个特殊的历史时期，民歌民谣中也随处可见晋东南地区的地名、风物、风俗等具有地方特色的东西。

一 地名

抗日战争时期晋东南民歌中不仅提到了许多抗战地名，而且提到了该地区的山川河流。如民歌《唐王岭支大炮》："唐王岭支大炮呦照住师庄放，后街落炮弹呦丢在大街前。小日本欺负俺不能在家乡，李富文受重伤死得真可怜"①。这首民歌描写的是抗战时期日寇在"唐王岭"这个地方设碉堡向"师庄"这个地方的老百姓扫射的事件。又如《誓死保卫东阳关》："正月十八那一晚，领着鬼子来攻关。日寇进攻东阳关，英勇川军来抗敌。高承祖当汉奸，誓死保卫咱东阳关"②。民歌中提到的"东阳关"位于黎城县，是山西与河北的交通要道，在军事上历来为兵家必争之地。

民歌中也提到了该地区的山川河流，如民歌《麻雀战》："太行山，山连山，打得鬼子叫爹娘，漫山展开麻雀战，打得鬼子心胆颤"③。这首民歌直观地描写了太行山山连山，同时也可以从麻雀战这个战术的特点窥探到太行山的地形特点。

二 风光物产

地方独特的风光与物产是当地人引以为豪的骄傲，老百姓往往将这些内容编入歌谣。如民歌《太行山高又高》："太行山高又高，一把锄，一杆枪，百万民兵称英雄，锄头枪放银光。年轻的庄稼汉，平时种好

---

① 长治市民间文学集成编委会：《长治市歌谣集成》（一），长治市印刷厂1988年印刷，第252页。
② 同上书，第288页。
③ 同上书，第299页。

地，扛起枪和刀，战时去打仗，练习打仗来出操，练武生产要加强"①。这首民歌就提到了山西人民引以为豪的太行山，描写了太行山上人民的日常生活。

美丽富饶的晋东南，物产丰富，民歌中也常常有所反映。如《开荒生产曲》："太行山上喜洋洋，军队人民生产忙。扛着呀锄头呀背着枪，上到山上去开荒。山上锄头响叮当，多少的土地变了样，野草长满了的山坡上，高兴地穿上了新衣裳。东山的玉茭长得旺，西山的谷穗长又长，自己呀流血呀又流汗，吃起来真正是甜又香。"这首民歌中描写了西山的谷穗长又长，粮食甜又香，生动地表达了人民对小米的喜爱。然而小米不仅是晋东南人民喜爱的主食之一，也是晋东南地区的特产之一，更是该地区的重要物产之一。

民歌中还有许多是描绘花名、水果、虫鱼的，这些虽不一定是晋东南地区的物产，但它是劳动人民对自然界事物的认识和总结。如民歌《十二月花》："正月里迎春花笑容满腮哟嗬，二月里呀甘草花迎风摇摆哪，三月里桃杏花满园春色呀哈，哎，四月里牡丹花笑逐颜开哪嗬嗨！五月里山丹丹花喜人心怀哟嗬，六月里呀白莲花水中漂来哪，七月里珍珠花不怕日晒呀哈，哎，八月里桂花开香飘无外哪嗬嗨！九月里寒菊花顶霜放开哟嗬，十月里呀冬花开等人来采哪，十一月雪花飞大地覆盖呀哈，哎，哎哟嗬咳，十二月蜡梅花，哟嗬嗬嗬，闹嗬嗬嗬，哟嗬闹嗬咿呀嗬，哎哟哟，喜报春来呀嗬嗨"②！这首歌就描写了十二个月花开的美丽景象。

三 节令

晋东南人民在日常生活中，根据生活经验和气候变化，总结出一系列生产生活习俗。二十四节气就是我国劳动人民创造的文化遗产，它既能反映季节的变化，也能指导农事活动。晋东南民歌中也不可避免地有

---

① 长治市民间文学集成编委会：《长治市歌谣集成》（一），长治市印刷厂1988年印刷，第328页。

② 沁源民间文学集成编委会：《沁源歌谣集成》，山西省沁源县印刷厂1988年印刷，第322页。

相关内容。如民歌《数九歌》："一九二九，关门插手，三九四九，开门换狗，五九六九，河边看柳，七九冰开，八九燕来，九九加一九，耕牛遍地走"①。

民歌中除了与节气有关的内容，还有许多与民俗节日相关的内容。这些内容往往表达了人们的美好愿望。如《半年时节歌》："正月十五闹元宵，丢百病来过仙桥，家家户户红灯照，二月二呀龙抬头，河沟开水往南流，二龙戏珠江边斗，三月里呀是清明，桃杏花开杨柳青，蜜蜂采蜜花心蹲，四月里呀四月八，娘娘庙上把香插，早生贵子小冤家，五月里呀五端阳，筛上烧酒配雄黄，采把艾叶四季香，六月六呀热难当，拿把扇子来乘凉，大树底下话家常"②。这首民歌就描绘了民众在一些特定的日子或节日里所做的一些民俗活动。

第四节　地方人事

在晋东南地区的民歌中，有许多是根据真人真事改编的，这样在民歌中就不可避免地会提到许多地方人名。这些被提到的人，不仅有为抗日抛头颅洒热血的英雄人物，还有被人人唾弃的汉奸叛徒。如《除掉狗汉奸》："中华民国三十一年九月十二日寇占了沁源，可恨的崔来管和郭三朴，投降敌人当了汉奸，崔来管、郭三朴，认贼作父想胎活，裹回女人先打骂，裹回男人不得活，还有王世中审判官，裹回人来他先问案，不管你说长和道短，打罢拖出去要好看狗汉奸大坏蛋，引上敌人胡作乱，乡亲们，擦亮眼，坚决除掉狗汉奸"③。这首民歌中提到的"崔来管""郭三朴"，就是当地人人愤恨的大汉奸。又如《两头蛇》："两头蛇，毒又毒。喝人民的血，吃人民的肉……顽固分子就是两头蛇，白志沂，张荫梧，投日本，杀人民，出卖祖宗罪不轻。呵呦，来呀！三拐儿，王老儿，拿起我们的锤子来，把蛇头，切断；把蛇头，切断呀"。

---

① 沁源民间文学集成编委会：《沁源歌谣集成》，山西省沁源县印刷厂1988年印刷，第115页。

② 同上书，第113页。

③ 同上书，第86页。

这首民歌中提到的"白志沂""张荫梧""三拐儿""王老儿",前两个是万人唾弃的汉奸,后两个是当地的老百姓。民歌中较多地描写本地区的人与事,从而使民歌多了些生活性与乡土性,更容易打动人心,增强群众的熟悉感与共鸣感。

晋东南的民歌中还提到了许多当地妇女和儿童。这在以前的民歌中是很少见到的。如民歌《儿童团长王小保》:"儿童团长王小保,洋铁桶里放鞭炮,鬼子当成正规军,轻重武器瞎喊叫,铁壁合围往上冲,才是一个洋铁桶,气得鬼子用脚蹬,踢响字母地雷群,轰隆隆、轰隆隆,鬼子乱成一窝蜂,八格牙路喊不成,血肉飞到半天空。王小保,在树稍,一边拍手一边笑,骂着鬼子大草包,唱着沁源秧歌调"[1]。又如民歌《我们要学张大妈》:"我们要学张大妈,热心冬学数着她,有病还来上冬学,还能说服别人家,有点小病不吃紧,别把机会错过啦,大家伙一齐来,不要偷懒闲在家,别说你家孩子小,别说你妈年纪大。人人都想来识字,不想识字是傻瓜,不怕自己事儿多,只要大家努力干,大家快来上冬学,我们克服小困难"[2]。农民有他们自己的审美标准,一般不大乐意听那些空洞无物的高调大道理与缥缈的大人物,而民歌中提到的人物,大多是身边能接触到的,所以更能够真实地感染和影响民众。

第五节 信仰文化

晋东南地区是中华文明的发源地之一,历史底蕴深厚,有许多古老的神话传说,同时又受儒、佛、道三教的影响,从而形成了晋东南地区多元的民间信仰,晋东南是山西民间信仰最丰富的核心地带,经常发生的自然灾害又成为这一区域推崇民间信仰的催化剂。在晋东南,灾难频繁,根据学者统计,旱灾是这一区域所有自然灾害中发生较为频繁和对

---

[1] 沁源民间文学集成编委会:《沁源歌谣集成》,山西省沁源县印刷厂1988年印刷,第71页。
[2] 《我们要学张大妈》,《晋察冀日报》1941年12月2日。

民众生活影响最大的自然灾害①。水对于人与庄稼及一切生命体都是非常重要的，没有水就没有生命。在古时候遇到干旱时，由于远古先民对大自然没有正确的认识，无法正确理解干旱形成的原因，认为降雨是"龙王"的权力，这样他们就寄希望于龙王，因此民间就自然而然地产生了求雨的礼仪和习俗。除去"龙王"这一全国共神之外，晋东南的雨神崇拜中具有地方特点的是三嵕信仰和成汤信仰。在晋东南南部，形成了以析城山为中心的成汤信仰区；在北部，形成了以老爷山为中心的三嵕信仰区。以晋东南三嵕信仰为例，群众的信仰活动规模巨大。过去，当地民众每年都要组织一次大型香会，向老爷山的三嵕庙朝拜。活动中共有大型裙伞60具，大型龙鼓铜锣两套。行列的最后，众人抬有一顶大轿，轿子里抬的是三嵕庙的三嵕塑像。队伍的前后都有乐器吹奏，有火铳数支，一路小断鸣放。这项活动有严格的制度，主要由当地的地主和商人牵头，每年由两户人家出资筹办。并且规定大财主、大商人要跟随在神像的左右两侧；中等户的人口负责扛大伞，共计60名；小户的人负责抬鼓。商店小伙计和小户人家孩子的主要任务是扛牌、打小旗，全镇商铺都于当天停止营业。从山上朝拜下来后，下午还要组织原班人马由北圈门沿街向南圈门排演，直达南街的三嵕庙，直到将三嵕爷塑像放回原位，祭拜活动才告结束②。从三嵕神的祭拜活动可以清晰地反映三嵕神在晋东南人民心中的地位，以及人民对于神灵的信赖。

中国共产党作为坚定的无神论者，自从晋东南根据地建立以来，就展开了一系列政策和措施来倡导科学，破除迷信。1940年，毛泽东发表了著名的《新民主主义论》，把反对封建迷信纳入党的文化纲领中。在太行根据地具体实施过程中，把群众的个人迷信活动和有组织的会道门活动区别开来。群众的个人迷信活动，泛指对社会无直接危害的烧香、磕头、供佛等群众的个人行为。对于这些行为，边区政府规定，"必须采取长期的耐心教育的方针，一般的不采用命令强制禁止的办法"。用教育、宣传的方式来改变群众的迷信观念，无疑是一种行之有

---

① 王建华：《山西灾害史》，三晋出版社2014年版。
② 乔苗苗：《上党地区三嵕山羿神话传承流变考》，硕士学位论文，山西大学，2012年。

效的办法。民间歌谣就成为重要的宣传手段，如《抗旱救灾（1943年）》："天上无云地上干，人心像油煎，不下雨，怎么办，不请龙王不拜仙，开渠打井将水找，一担一担挑，你提桶，我拿瓢，一棵一棵数着浇，头伏萝卜二伏菜，晚了种荞麦，糠和菜，半年粮，人人吃饱渡灾荒"①。

除此之外，边区政府还通过抗战歌谣教育民众要相信科学，讲究卫生。如《讲卫生歌》："咱们全村讲卫生，旮里旮旯打扫净，家里头，要齐整，街上不要乱堆粪，人人都注意，才少生病。伤寒霍乱和疟病，还有疥疮不能动，这些病，肯沾人，病人的东西不乱用，和他们隔离最为要紧，得病应该请医生，千万不要讲迷信，不烧香，不摆供，不请巫婆来下神，吃药打针才是正经"②。这首民歌中教育民众正确处理各种疫病的方法，告诫民众在生病时不要烧香，不摆供，不请巫婆。

民歌的产生、发展、兴盛与乡村社会有着直接而紧密的联系。抗战爆发之前，山西的民歌几乎没有受到外来因素的影响，具有浓厚的乡土性和广泛的群众参与性，是民众日常生活中不可缺少的重要组成部分，娱乐是其主要功能。到了抗日战争时期，抗日根据地的建立，使政治力量开始渗透基层社会，对民歌民谣的改造就是其中之一。但是，这种改造后的民歌能够在晋东南地区流传开来，被民众广泛地接受和认可，一个很重要的原因就是在对民歌改造时，广泛地继承了当地民歌中原有的地域特色，同时也满足了当地民众的欣赏与娱乐需求。改造过的民歌虽然在内容上更具有时代色彩与政治色彩，但在语言上，基本上继承了晋东南地区的语言特色；在内容上，除了大规模地描述抗战的相关内容，还保留了许多乡村社会的远情近景、民生风俗等内容，使政治以浅显易懂的方式融入人民的日常生活。这样，既能体现出晋东南地区的风土人情，又能把握时代的脉搏。

---

① 太行革命根据地史总编委员会：《太行革命根据地史料丛书之八：文化事业》，山西人民出版社1989年版，第653页。

② 同上书，第658页。

第四章　晋东南抗战歌谣的传播方式

歌谣之于传播，正如鱼儿之于海洋，没有大海，鱼类无法生存，没有传播，就没有歌谣的世界。在古代，歌谣的主要传播方式是口头传播，亦即口耳相传。口耳相传是在人类传播历史上最初的一个阶段，并且也属于早期音乐传播的一种原始形态，也是在电子音乐、唱片以及乐谱等方式诞生前最普遍、快捷的一种传播方式。但是，正如前文所述，抗战歌谣的产生并不仅仅是民众心声之真实表达，也是中共宣传抗日政策、号召民众抗战的有效宣传手段，传播抗战歌谣被纳入国家政权、政党宣传策略中。因而，抗战歌谣的传播并不像古代歌谣一样，呈现较为自然、随性而为的传播路径，仅仅采用较为单一的方式进行传播，抗战歌谣的传播采用了现代传播学媒介和方式进行传播。

现代传播学认为："社会不仅是由于传递、传播而得以持续存在，而且还应该是在传递、传播之中存在着。"人类社会的传播活动多样而复杂，传播活动的普遍性决定了传播类型的多样性。面向 21 世纪课程教材《传播学》一书认为，对于传播，可以依据不同的标准，站在不同的角度，将其分为不同的类型。这里我们依据传播范围的大小，可以把人类的传播活动划分为五种类型：内向传播、人际传播、组织传播、大众传播以及国际或全球传播[1]。运用这一传播学理论，本章认为，歌谣的传统的人际传播再加上组织传播、大众传播等各种传播方式的介入，使得晋东南抗战歌谣不再仅仅局限于传统歌谣的传播方式，多种类型的传播方式是晋东南歌谣得以广泛传播的重要原因。

---

[1] 邵培仁：《传播学》，高等教育出版社 2015 年版，第 61 页。

第一节 组织传播

传播学认为：每一个人都身在不同的组织之中，而组织传播是保证组织能够统一并使之得到健康发展的重要手段。组织传播的形式很多，就传播范围而言，组织传播可分为组织内传播和组织外传播。组织内传播是指组织内部成员之间的信息交流，组织外传播主要是指组织与其外部公众之间的信息交流。抗战歌谣的重要组织传播媒介就是通过剧团进行传播。中共首先通过对晋东南旧有剧团进行改造和创建新剧团等形式对剧团进行大规模改革，使之适应宣传政策之需要，进行组织内更新和传播。其次，在此基础上进行组织外传播，通过剧团把抗战歌谣传播到晋东南地区的每一方土地之上。

剧团传播是抗战歌谣得以广泛传播的有效形式之一，尤其是抗日战争初期。中共初始进入太行山，主要是以口头文艺为主要形式动员民众。太行山区的民众中，文盲占有很大的比例。除年画和木刻外，民间长久流传的文艺活动形式，主要是戏曲、说书和民歌小唱等口头文艺。这两种文艺形式，在由红军改编成的八路军中，有着较长的历史和较好的基础。八路军中的剧团与宣传队演出的文艺节目和在部队中演唱的歌曲，富有强烈的政治性和尖锐泼辣的战斗性。到太行山区后，八路军的剧团、宣传队、工作团，利用戏剧和歌曲，揭露敌人的残暴，宣传抗日民族统一战线政策，歌颂抗日军民的英勇斗争事迹。这方面的工作，效果是非常突出的。1939 年 1 月召开的太行山剧人座谈会和 1939 年 2 月中华戏剧界抗敌协会太行山分会的成立，推动了太行抗日根据地戏剧运动的统一。到 1940 年，已经建立了很多剧团。如新人剧团、武乡儿童剧团、屯留前进剧团、前哨剧团、开路先锋剧团、陵川剧团、怒吼剧团等。对太行根据地剧团的介绍，有文章指出：在这些剧团中，以晋东南地区为最多，冀西、豫北要少，因此，晋东南地区历来有演戏的习惯，一般较大的村庄都有自己组织的业余剧团。① 抗战中，农村剧团又有新的发展，仅武乡一县，就建立起 160 多个农村剧团。

活跃在太行抗日根据地的剧团主要包括三种类型：第一种是部队剧团。如三八五旅野火剧团、129 师先锋剧团、385 旅战旗剧团等。"主要是演名剧给干部看，也演些小剧给群众看"。第二种是农村职业剧团，主要由旧艺人组成。就活动情形看，可以分为三类：一类是全年集合的，如黎北剧团；一类是农忙半年回家种地，其余半年集中演习的，如光明剧团、战斗剧团、襄垣剧团等；一类是全年生产，只在冬末春初集合演戏两三个月，如文化剧团等。② 第三种是不脱离生产的农村业余剧团，往往由各村村民组成，出演的内容也以本村故事、演员自己的故事为主。③ 抗战时期根据地的剧团中，除部队剧团由专业文艺工作者组成外，其他各剧团均由地方艺人或民众组建，组建方式主要有以下几种。

一 旧剧团改造而来

主要由抗战前各地方旧戏班改造而来。例如襄垣农村剧团，就是由"富乐意"戏班改造而来的。战前"富乐意"主要是在长治、壶关一带演出，由曹双喜、郭俊、张金替等旧艺人组成，戏班中有许多旧戏班的习气，"那时候社会上不把他们当作人看，污蔑他们是'下流'戏子，他们也就腐化堕落，有的吸大烟，有的逛破鞋，有的赌钱……"④ 1938 年日军"九路围攻"，社会混乱，"富乐意"正常演出受到影响。但艺人们久不干农活，有的想动也没有地，生计出现问题。当时抗日四区公所要成立剧团，"富乐意"戏班的艺人踊跃参加，1938 年夏成立，取名"襄垣四区农村剧团"。此外，沁源的"难民剧团"中也有大量旧艺人，

---

① 太行革命根据地史总编委会：《太行革命根据地史料丛书之八：文化事业》，山西人民出版社 1989 年版，第 58 页。

② 《太行山剧团概况》，载《山西文艺史料》（第一辑），山西人民出版社 1959 年版，第 214 页。

③ 《磐石同志总结报告》，载《山西文艺史料》（第一辑），山西人民出版社 1959 年版，第 202 页。

④ 《襄垣农村剧团的改造》，载《山西文艺史料》（第一辑），山西人民出版社 1959 年版，第 216 页。

他们有表演的技巧和经验，在逃难过程中组织起来，或脱离生产或半脱离生产，是根据地宣传的主力军。

二 地方文化人创办

这一类型的剧团主要由学校的师生组成。例如"太岳一中业余剧团"，就是由太岳一中师生组成的。同时，一些之前的地方文化人士也积极投身剧团运动。太南胜利剧团指导员王聪文在战前当过教员，唱过戏，还曾组织过一个二十多人的戏班，在潞安府唱新戏，与旧戏班唱对台。1940年起王聪文来到潞城搞农村剧团，两年时间里他"利用旧名气，到处排新戏……亲自领导了七个，组织了十一个农村剧团[①]。"这一类型的剧团观念新，战斗力强，既能演出又能创作，是根据地宣传活动的新生力量，是根据地宣传的先锋队。

三 政府倡导，群众组建

在抗战中，为了更好地调动群众的抗战热情，宣传抗战，根据地政府号召各村成立"俱乐部"。之后在一些群众组织的努力下晋东南地区先后组建了"北燕剧团""固隆剧团""前哨剧团"等一批村庄剧团。武乡的盲人宣传队是在抗战前后，受武乡救国团体纷纷建立的影响，"盲人们中的青年人如孟文华、张国口等，即酝酿要求也成立一个新组织，进行抗战宣传工作。在他们的鼓动下，即进县里找到了县牺盟会，经过县牺盟会的鼓励帮助之下，到政府领取了一正式公文，即下乡开始了组织盲人编唱新鼓词的活动。"剧团成立之后，他们又分别到榆社、武西、左权、襄垣，甚至到太岳区去组织盲人，进行宣传工作。

武乡寒广、武西北山峧沟农村剧团，是在1944年粮食获得丰收之后，由于民众有年关娱乐的需求，两村的义教刘振中、李承唐积极活动，以本村人物故事为原型，或褒或贬进行表演，最终成立了本村的农

[①] 《一等模范戏剧工作者王聪文》，载《山西文艺史料》（第一辑），山西人民出版社1959年版，第212页。

村剧团。① 黎城县一区洪河村村剧团是在1944年实行了减租减息，清理旧债之后，"农民们分上了东西、土地，有高兴唱热闹的要求，又根据很久未唱戏，外村邀派的影响，同时本村过去唱过小音乐（鼓事），凑成了农剧产生的有利条件，所以便在四四年冬天正式成立了"。"北燕剧团"是由两个妇女纺织组组合而成的。"固隆剧团"由陈济源的民兵小组和魏国良的生产互助组组成的。"白日里他们有的下地，有的下窑，有的站岗放哨监视敌人，黑夜里打起家伙唱起来。……"② 这一类型的剧团在根据地数量众多，影响较大，是根据地宣传活动开展的基础。在当时比较有影响力的是太行山剧团，根据团员的回忆，我们可以看出太行山剧团几乎走遍了晋东南的大部分地区，在民间形成了看戏的热潮。"我当时在太行山剧团工作，除经常向群众教歌外，我们也演出街头剧，话剧，歌剧等，演出的第一个节目就是合唱，唱的都是抗日救亡歌曲，如《流亡三部曲》《起来吧！祖国的孩子们！》《赞美新中国》《到敌人后方去》《在太行山上》《游击队之歌》《军民合作》等。在1938年冬天，我们太行山剧团进行了一次称为'二千五百里'的长征大流动演出，在这以前是由陵川、晋城、高平、长子、长治、沁水到屯留的。在屯留进行了训练、排演后，从屯留出发，路经襄垣、武乡、沁县、辽县、榆社、和顺，直到冀西的邢台、赞皇等地，后来又返回长治。踏遍了太行山的山山水水，经过了大、小城镇和乡村。"③

全区的大部分县，在一年多来都建立起由乡村群众自己组织的剧团，真正使抗战剧运在乡村活跃起来，对抗战宣传起了巨大的作用。表4-1是各县剧团统计。

---

① 巩廓如：《戏剧组讨论概况》，载《山西文艺史料》（第一辑），山西人民出版社1959年版，第204页。
② 《阳南剧团的来历》，载《山西文艺史料》（第一辑），山西人民出版社1959年版，第242页。
③ 太行革命根据地史总编委会：《太行革命根据地史料丛书之八：文化事业》，山西人民出版社1990年版，第638页。

表 4-1　　　　　　　　各县剧团统计

县名	剧团数（个）	演员数
辽县	17	160 余人
黎城	7	
榆社	11	240 余人
襄垣	12	350 余人
昔阳	2	
武乡	3	
偏城	5	75 人
总计	57	

资料来源：《一年来太北区的教育工作》，载《太行革命根据地史料丛书之八：文化事业》，第 358 页。

综上可以看出，无论以何种方式组建，剧团的主要成员来自当地民间艺人或者艺术爱好者，如何把这些民间艺人培养成为具有高度政治责任感的革命宣传者就成为摆在中共面前一件非常棘手的事情。为了成功地利用民间文艺及其组织实现宣传抗日、动员民众的任务，中共必须对剧团和艺人进行改造，通过对他们的改造，从而达到对根据地社会的改造。

不论在什么情况下，文化娱乐都是民众生活不可或缺的组成部分，即便是在战争状态下，对于听戏、赶会等文化娱乐活动的渴望与需求也没有完全消失。抗战之前，太行山区的大大小小的旧戏班在农村具有广泛的市场。虽然战争开始后，大量旧戏班都已经解散，但原来的旧艺人因为生活困难，希望能凭借自己的一技之长来谋生，因此不乏重操旧业之人。

与此同时，抗日根据地党的创建，改变了根据地乡村及民众的生活，而如何建立以抗日为中心的新文化，如何实现新文化的传播与普及，以及如何在思想与意识层面达到影响、教育民众的效果是这一时期根据地文化工作的重点。在这一工作的推进过程中，民间文艺因其具有的广泛群众基础成为文化工作的重要内容，而承担表演的剧团在根据地建设中同样扮演着重要的角色。

（一）剧团改革的出发点与落脚点

和中国其他地区一样，晋东南地区的民间剧团一直以来承担着民间宗教、娱乐消遣等社会功能，虽然受客观条件限制，各地剧团发展极其不平衡，但各个剧团在民间有着极大的需求度和关注度。抗战爆发后，一方面是大量老剧团纷纷解体，另一方面是一些新剧团层出不穷，出现这一现象的原因可以从以下几个方面来解释。

1. 抗战宣传的需要

抗战爆发后，全国上下都弥漫着民族主义情绪，为保证抗战的胜利，需要大规模的政治动员、政治整合。首先，从抗战宣传这方面来看，抗战宣传面对的是全国的普通民众，要想让宣传到达最基层，达到全民族总动员的效果，就必须运用贴合民众的宣传方式。剧团产生历史悠久，是当时最贴近民众、最直接的民众宣传途径，而广大基层民众大多有听书看戏的爱好，这就使剧团成立成为可能。

其次，从政府对剧团重建的重视来看，抗战期间政府为了唤醒群众的抗战意识，动员群众起来抗日，积极寻求各种宣传媒介。而当时剧团是一个为广大群众所接受的宣传媒介，所以被政府重视了起来。为了使宣传工作到位，政府在各种大会中都表现出对剧团组建工作的重视，在1938年6月9日的《妇女工作委员会的组织与工作——冀豫晋省委》中要求建立孩子剧团、孩子宣传队[①]，在1938年12月23日的《中共晋冀豫区委宣联会总结》中专门指出要求建立剧团和宣传队。[②] 在1939年元旦到2月底的《晋东南工作报告》也提到，4月1日前，地委完成剧团的组织，开始出发表演，等等。这仅仅是在太行地区1938年、1939年政策中关于剧团组建的部分政策。从这些政策中我们可以看出政府对剧团建立的重视，终其原因是为了抗战宣传。

同时在具体战斗实践中也可以看出，太行根据地剧团的大量出现开始于1938年。这一时期日军对根据地进攻频繁，出于发动群众，配合抗战宣传需要，根据地开展了戏剧运动。仅三、五两区的不完全统计，

[①] 《妇女工作委员会的组织与工作》，载山西省档案馆编《太行党史资料汇编》（一），山西人民出版社1989年版，第234页。

[②] 《中共晋冀豫区委宣联会总结》，载山西省档案馆编《太行党史资料汇编》（一），山西人民出版社1989年版，第498页。

就发展剧团 200 多个。这一阶段的戏剧运动在 1939 年 2 月随着中华戏剧协会太行山分会的成立而达到高潮。①

2. 解决民生的需要

抗战前期，根据地环境日益恶劣，群众对文艺的要求减少，大量的旧艺人失业，四处流亡，生活极度困难。于是在政府的安排下一批旧艺人被重新组织起来，担负起了抗战宣传的任务。"自从鬼子占了咱沁源城，城内人都逃出来了，没有人给敌人维持的。逃出来以后，马上有一部分青年壮丁去参加了民兵和游击队；剩下来的大部分人，靠咱抗日政府给设法安置、救济，并且还给咱地种。但是我们还是想：照这样子一味逃难也不是正经办法，不如重新聚集起咱们这些人来，成立个城内农民宣传队，用我们的吹拉弹唱，用我们的秧歌剧团去鼓舞起城内老百姓的对敌斗争情绪。这样我们不但从宣传战线上参加了围困沁源敌人的斗争，并且可以靠自己的□米道来维持逃难的生活。"②

1942 年前后，随着根据地反蚕食斗争的开展，局面有所改善，特别是在武乡、黎城等地，受减租减息等群众运动的影响，群众生活与战争初期相比有所改善，政治生活与娱乐的要求开始产生。在实际生活的刺激和官方的推动下，剧团活动越来越活跃。

3. 改造社会的需要

抗日战争爆发之前，太行山区的戏班很多。据调查，在 1936 年仅潞城、黎城、长子等 8 个县，戏班就有 40 个左右。这些戏班的规模有大有小，多者二三十人，少者七八人。戏班一般会请一些老艺人来传授技艺，授课的形式也是传统的戏剧教学模式，即手把手，口对口，由一个师父带一班徒弟唱戏。在职业戏班中，他们的演出活动大多是由"戏牙行"（戏剧界的经纪人，戏班的一切演出活动都由他们安排）负责。可以说，"戏牙行"决定了一个戏班演出机会的多少。与那些专职艺人

---

① 《抗战三年来的晋东南文化运动》，载《山西文艺史料》（第一辑），山西人民出版社 1959 年版，第 24 页。
② 《记绿茵剧团敌后农村戏剧运动的新方向》，《新华日报》（太岳版）1944 年 5 月 4 日第 8 版。

不同，在农村的戏剧表演者多为本村的农民。他们大多是戏剧爱好者，在农闲的时候参与戏剧的演出活动，可以说是身兼二职，即农忙时种地、农闲时靠演戏挣点钱补贴家用。在乡村社会中一些技艺娴熟的艺人在农村社会中拥有很高的声望，村子里办红白事儿的时候总会邀请他们助兴。而职业艺人却难以享受到这种重视和尊重，他们往往被人们瞧不起，被归为"下九流"之一。

与此同时，在传统的戏班中残留着各种落后观念，如徒弟想要拜师就要和师父签订卖身契，这样师父才愿意把自己的技艺教授给徒弟，从而防范"教会徒弟，饿死师父"的情况发生。再如，在传统的旧戏班中，每一场演出后的收入都由师父替徒弟保管，但由于卖身契的关系，这些钱实际上都被师父中饱私囊了，徒弟们的辛苦劳动往往得不到回报，等等。这些因素一方面迫害着戏班成员，导致成员间的等级森严，彼此疏离，甚至是仇恨；另一方面也摧残着戏班成员的心灵，使他们难以自重，更难以得到他人的认可。因而这些带有旧社会观念的戏班，不论是对于城市还是对于农村都有着或深或浅的不良影响。

因此，如何运用剧团团结抗战，如何运用剧团发动群众，如何运用剧团武装改造根据地社会就成为这一时期根据地文艺工作的重要工作之一。

对于根据地剧团的状况与发展方向，根据地文化界有着清醒的认识与明确的安排。"我们新民主主义的戏剧工作，应该是为工农兵服务的。旧的戏剧（指未改造的各种旧形式），是为封建统治服务。他们歌颂帝王、地主、员外，宣传听天由命，迷信鬼神思想，来销蚀人民的反抗性，来维持他们的统治。我们今天不能为他们服务，我们要暴露与打击他们。我们今天要歌颂的人民大众，宣传的是民主的、自由的、科学的思想，反对一切封建独裁统治的。为实现这个目的，我们的工作路线，是必须要与群众工作密切结合起来，而且还必须建立在群众需要与自愿的基础上。"[①]

[①] 巩廓如：《戏剧组讨论概况》，载《山西文艺史料》（第一辑），山西人民出版社1959年版，第204页。

1945年，时任中共太行区委常委兼宣传部部长，中共晋冀鲁豫中央局宣传部副部长的张磐石在太行区文教会议总结报告中提出，不同的剧团在实际工作中发挥着不同的作用，其工作理念也各不相同。首先，部队剧团的主要作用是教育干部，"演的剧应该真是名剧，排演时要经过细心的研究和揣摩。"同时还肩负着指导农村剧团的任务。其次，半脱离生产的农村剧团，它既是民间艺人的汇集点，也是团结和改造旧艺人的主阵地，他们主要在农村演出一些普遍流行的剧目，表演技巧与艺术手段比一般农村剧团高，"他们应该成为农村剧团的核心，但不要流动过大，以致脱离实际。要有一定的学习、休息、研究的机会，否则不能提高。"最后，不脱离生产的农村剧团，他们的演出形式灵活，与群众生活联系紧密，虽然"是粗线条的，但适合群众的需要，应该普遍的发展。"①

张磐石同时指出，不论哪种农村剧团有两个要求是同时适用的："一是在政治上帮助他们掌握政策、学习时事。因为他们的政治水平低，不具体帮助易出错误。一是表现技术上的帮助，他们能在农村中收集丰富反材料，体会得也比较深，但苦于艺术上提不高。"②

（二）根据地旧戏班的改造

抗战前后，旧戏班以及他们表演的旧戏在相当长的一段时间一直是民间文化娱乐的主要组织者和承担者。为了实现文艺工作与现实对敌斗争的紧密结合，建立真正面向大众的根据地文艺，太行根据地政府提出联合、利用与改造的发展目标，明确将对旧剧团、旧艺人、旧剧本的改造视为文化统一战线的问题。提出旧艺人"他们都应该是统一战线里的力量，无论他们的艺术与我们的艺术距离有多远，只要是有很多群众在看，而且还有一点积极性，那就应当联合他们，利用他们，哪怕是争取他们善意的或勉强的中立也是好。"③ 并将对旧剧团、旧艺人的利用、

---

① 《磐石同志总结报告》，载《山西文艺史料》（第一辑），山西人民出版社1959年版，第202页。

② 同上。

③ 李雪峰：《关于文化战线上的几个问题》，载《山西文艺史料》（第一辑），山西人民出版社1959年版，第55页。

提高作为改造工作的中心。太行根据地的剧团改革以农村职业剧团和农村业余剧团为主，改革内容主要涉及制度、内容和艺人三个层面。

1. 建立新制度

从 1939 年开始，广大乡村陆续建立起抗日民主政权，剧团改革也随之被提上了议事日程。当时在农村存在大量的旧戏班，如何对他们进行改造，使过去以娱乐乡民为生的旧戏班成为宣传抗日的有生力量，这成为剧团改革中的一个重要工作。

在我国传统的旧戏班中寄生着各种传统观念，"职业班子，在组织内部，存在着习以为常的封建制度——经济上有差别很大的等级制、有剥削性的师徒制、有互不关照甚而互相幸灾乐祸的分工制。旧艺人个人方面，由于旧社会不给他们以平等地位，造成他们对自己人格的不重视，苟且求得一点小便宜就算，根本不想争取在社会上做人。娱乐性的戏剧组织，在个人方面虽无这个缺陷，而在组织上也都或多或少受他们那个传统的影响。说到戏剧本身，那更糟一点——在内容上，无论大戏小戏，为帝王服务的政治性都很强，哪一本没有封建毒素都'管换'。"[1] 这些有害成分并没有随着环境的变化而直接发生改观。在根据地的一些剧团中，"演员产生是农村里唱旧戏把式，组织完全没有，演的是封建迷信旧戏，演员腐化，吃喝嫖赌吸大烟，生活上散漫，表现上是剧团，实际上还是旧戏班的一套。"这样的状况严重影响着剧团成员的工作热情，降低了剧团的抗日宣传能力和效果。

为了有效动员剧团成员积极参加剧团演出和革命剧目的创作，以崭新的革命艺人的姿态为抗日战争做宣传，为全国人民服务，太行根据地政府从制度上对根据地原有的旧戏班进行了改造。

首先，针对上述的传统旧戏班中存在的各种弊端，太行根据地政府要求各剧团内部废除班主制，实行民主管理，建立平等的同志关系；取消包份制，经济公开，推行评分计酬制。

剥夺了之前东家和掌班手里的经济大权，取消向群众要盘缠的戏班

---

[1] 赵树理：《对改革农村戏剧几点建议》，载《赵树理文集》（四），工人出版社 1980 年版，第 1393 页。

作风。1943年，襄垣农村剧团经过讨论，进一步废除了干部额外津贴制度，并选出经济委员会进行剧团的账目管理和公开。

在师徒关系上，旧有的"收下徒弟买下马，由我骂来由我打"式的师徒关系逐渐被纠正，但随之出现了徒弟不尊敬师父，师父不教管徒弟的倾向。"这时又开会讨论，使老把式认识旧师徒关系不合理的地方，如唱生的领了唱旦的徒弟，唱旦的领了唱三花脸的徒弟，驴唇不对马嘴，师父的本领不能传授，徒弟又学不来东西。另一方面使孩子们认识，老把式的本领高，应当尊敬，好好学习。之后关系有些好转，但是没有新的制度。"① 为此，襄垣农村剧团专门成立青年部，用以加强剧团成员的教育工作。"初成立时，青年儿童认为咱是青年部的人，他们是大人，管不着咱。而大人们也感到自己是老一套，吃不开，看他们新人们能领导成个啥样？这时双方又作自我检讨，大人说从工作出发应该培养后代，演戏时没有孩子们配打，也忙不过来。青年儿童说，旧戏里也有好东西，不跟大人学习，提高技术，光新的也得不到老百姓的欢迎。检讨后，按照自己演的角色自由找老师，定出学习制度，以生活、工作、文化、技术为标准，每人再订出十天学习计划，五天一检查，十天一小结，互相评分，每月底总结时，好的奖励。这种新制度建立后，青年儿童们对大人尊敬了，大人也愿意教技术了。来富、满红、旦孩在路上走时，还像老师一样的教着儿童，青年儿童们的学习情绪更高了。国华小娃大人没时间教时，自己就抄唱词，每天要抄写一百个字以上，国华说，这比住学校还强。"②

其次，健全剧团组织机构。武乡光明剧团组建于1938年，成立后就建立了较为完整的组织机构：团部为领导机构，下辖总务科（全团的生活问题、组织、财政出入、接头交际、定剧、伙食、团员薪水、剧团设备都由其负责）、生活科（解决一部分剧团或旧剧团团员的困难，同时增加剧团储蓄）、宣传科（对外宣传，对内教育的一切任务都由其负

---

① 《襄垣农村剧团的改造》，载《山西文艺史料》（第一辑），山西人民出版社1959年版，第218页。
② 同上书，第219页。

责)、导演科（主要负责剧务），团部的负责人有指导员和团长，其下设四个班，每班有正副班长各一人，正班长负责生活，副班长负责学习。襄垣农村剧团在1945年全团共有47人，其组织结构主要包括总务部、团部、青年部、三个班、剧务股、经济委员会、学习委员会等部门。有序的组织结构和明确的分工，有效地提高了剧团的工作效率，在保障剧团成员日常生活的前提下，为剧团宣传工作的开展提供了良好的条件。

再次，规范剧团成员日常生活，树立群众观念。长期以来旧戏班的生活使剧团艺人沾染了许多生活恶习。"唱戏时横吃烂喝，欠了账不给人家，甚至悄悄溜走。住房时，随便大小便，出门逛破鞋。在路上随便拿群众的东西……"① 为了扭转这些恶习，剧团在批评教育的同时，设置了文化娱乐员、生活队长等职务。其中文化娱乐员主要职责是负责接收和传达政府关于农村文化宣传方面的指令，并负责本村剧团的宣传工作。生活队长主要负责分配住宿，检查群众纪律。新职务的设置为扭转旧戏班的不良风气和旧艺人的陋习提供了组织上和制度上的保障，有效地推动了剧团改革的发展。

最后，建立新型关系，确立党在剧团的领导地位。

剧团改革中，根据地政府通过派遣干部的方式逐步完成了对职业剧团的领导权过渡。1940年武乡县政府选派了一名干部到光明剧团任指导员兼编辑，团长仍由旧艺人担任。1941年，又派了两个小学教员到剧团任正副指导员，不久又直接委派了剧团团长。最初由政府派去的干部负责政治教育与对外宣传。由旧艺人担任的总务股长负责团里的行政与经济工作。为了真正实现对剧团的领导与改造，剧团干部通过整训剧团等方式，获得了剧团的经济与行政管理权。剧团领导通过公开账目、消减浪费、惩治贪污等工作赢得了演员的支持，演员与中共干部的关系加强，领导的思想工作、政治团结工作得以顺利开展。

---

① 《襄垣农村剧团的改造》，载《山西文艺史料》（第一辑），山西人民出版社1959年版，第219页。

沁源的绿茵剧团也是在改造民间自乐班的基础上形成的新剧团,在"剧团成立之初只有三十多人和三个党员,为了扩大组织和发展党的工作,县委派县青救会干事郭凯担任剧团的政治指导员。在行政上建立了两个分队和一个总务股,并建立了党支部。到1949年已发展为七十多名成员和二十多名党员的阵营了"。① 通过改造,根据地民间的旧戏班大部分被改造成了在共产党领导下,为工农群众服务的文艺队伍。

与直接向职业剧团派遣干部进行领导不同,在建立之初,农村业余剧团就建立了较为完整的组织机构。左权县通过冬学成立了农村业余剧团,"先由过去有基础的村作起,每区至少一个,旧式秧歌都要改造。五区芹泉村农村剧团,已重新组织,有团长、指导员、演员组长、保管组长、后台主任各一人。演员有儿童10人,妇女6人,青年十几人,共40多人。"② 政府对于这些由农民组成的、数量众多的农村业余剧团,采用了形式多样的方式来提高剧团成员的政治觉悟和宣传水平,如:组织学习、各种竞赛、会演等。

2. 改造旧形式,创作新内容

剧团改革过程中,对演员的政治教育是剧团改革的重要手段,更决定着文艺形式的立场、内容与服务方向。"从事戏剧工作者,一定要懂得我们为什么要演戏,演给谁看,要告诉观众些什么问题。我们不能盲目、单纯地为了娱乐,我们也不要沾上艺术至上的气味,我们也不能单以技术来决定戏的好坏。我们要与当前任务相结合。没有有意识地为工农兵着想,与村工作配合,戏剧便不会开展。"③

剧团演出内容的改革主要围绕旧形式与新内容展开。根据地传统文艺形式是宝贵的民族文化遗产,在民间有着广泛的群众基础,其格式化的表演,生活化的语言,情景化的表现形式,富有地方特色的音乐、舞蹈以及内容上与民众之间的互动是传统文艺形式受到喜爱的主要原因。

---

① 张计安:《活跃在太岳区等的一支文艺轻骑——忆沁源绿茵剧团》,载王一民、齐荣晋、笙鸣主编《山西革命根据地文艺运动回忆录》,北岳文艺出版社1988年版,第276页。
② 《深入冬学运动与开展农村剧运》,《新华日报》(太行版)1944年3月25日第2版。
③ 巩廓如:《戏剧组讨论概况》,载《山西文艺史料》(第一辑),山西人民出版社1959年版,第206页。

但充斥其间的封建意识与落后的思想观念在抗战时期不仅与时代格格不入，而且也不符合抗战宣传动员的实际需要。脱离群众、脱离生活的剧团演出，使剧团演出在一些地方沦为少数人的纯娱乐工具，有的成为演员在村中逃避支差的借口。

在对旧形式的改革过程中，首先是对现实内容的关注。"大众的生活与敌我斗争的实际，是我们文艺作品主要的活的内容，它需要我们根据我们的理论与政策去观察与批评，这种经过了批评与洗练了的实际，才是真正的现实，才能成为我们艺术作品的内容。"①

根据地设置有旧戏视察员，专门调查和审查剧本。收集到的旧戏分为三类，"准演、暂演、禁演。迷信、淫荡、皇帝、有毒素的戏统统都禁演了。"取而代之的是与时局、政治、百姓生活息息相关的内容。"反汪精卫时写'汪精卫叛国'，茂林事变时写'茂林事变'，反扫荡前，听李政委的报告，就写'反扫荡'。"②

在剧本创作上，根据地政府要求放弃杜撰的、公式化的手法，强调以真实故事、英雄人物为原型，运用戏剧化的表现手法是指典型化，实现由真实向典型故事的创造。武乡寒广、北峧沟农村剧团的剧本"是根据冬学讨论中心问题，如减租、拥军反省等，再根据本村事实，最后编成剧本，在冬学中讨论、试演、修改，解决了剧团与冬学的矛盾。他们把台词抄下，当作演员的识字课本，解决了与识字班的矛盾。剧团演员互助起来，集体行动，边走边对词，休息下就排戏，解决了生产的矛盾，且进行了生产中的文娱活动。村中发现模范事迹，剧团便编戏表演，影响其他，村长教育不转变的人，就编戏批评，警惕大家。一件工作不能开展，就研究了一般人的糊涂观念，编戏讲通。"③潞城三区石梁、上村等村妇女，"自动组织农村妇女剧团，将妇女自身各种被虐待

---

① 李雪峰：《关于文化战线上的几个问题》，载《山西文艺史料》（第一辑），山西人民出版社 1959 年版，第 54 页。

② 《一等模范戏剧工作者王聪文》，载《山西文艺史料》（第一辑），山西人民出版社 1959 年版，第 226 页。

③ 冗廓如：《戏剧组讨论概况》，载《山西文艺史料》（第一辑），山西人民出版社 1959 年版，第 207 页。

束缚之事实，集体创作剧本，自拍自演，颇获观众赞扬。"①

其次是对旧形式的发展。抗战时期，话剧、小调剧、小花戏、歌舞剧、秧歌剧等形式多样的文艺形式从传统表演中发展起来。在继承传统的同时，各种剧又有了新的发展。左权小花戏是一种普遍流行于民间的娱乐形式，内容多为男女调情，表现形式中"扭"和"搂"的庸俗动作较多。起初，简单用旧形式表演新内容的小花戏老百姓又不爱看。左权剧团指导员皇甫束玉大胆改革，将"旧的场面、步法，改成新的花场"，"把儿童舞蹈与花戏歌调结合起来"，在"唱调中夹上对话和快板"获得好评。同时，他还在小花戏中增加了儿童喜爱的内容和形式，将其发展成为学校儿童游唱的一种普及形式。②在表演技巧上，农村剧团之间逐渐打破门户之见，各剧种、各形式相互学习，为传统文艺形式的发展注入了新元素。襄垣剧团在秧歌表演中改进了唱法与过门；左权剧团唱中路梆子时增加了二胡伴奏；劳动剧团对家伙、鼓点的改革都收到了良好的效果。③

3. 团结旧艺人，开始新生活

在中国传统社会，尽管戏剧在社会生活，特别是农村生活的娱乐消遣方面占有重要地位，是节日庆典中不可或缺的部分，但是人们对于戏曲工作者的态度依旧十分恶劣，通常蔑称他们为"戏子"，对他们的歧视也并未随着社会的发展变化而消减，相反在民间一直流传着一些谚语，"戏子不是人，死了不能进老坟""好人不学戏"等都可以证明这点。这种对艺人的认识使中国共产党企图通过戏剧进行抗日宣传的效果大打折扣，人们对艺人的不正确认识也使抗战的政治宣传在民众观看戏剧的过程中被忽视。

为了改造旧艺人的思想，提高艺人的觉悟，达到利用文艺形式进行宣传教化之功能，太行根据地政府将团结旧艺人作为根据地的剧团艺人

---

① 《妇女组织剧团》，《新华日报》（太行版）1943年2月11日第4版。
② 《改造小花戏》，载《山西文艺史料》（第一辑），山西人民出版社1959年版，第212页。
③ 巩廓如：《戏剧组讨论概况》，载《山西文艺史料》（第一辑），山西人民出版社1959年版，第210页。

改革的主要内容。通过舆论引导的方式，分析解释旧艺人身上存在问题的根源，"旧艺人是在封建社会中成长的，一向没有社会地位，为了吃饭，他们必须学会旧戏中的一套本领，因此就形成他们自卑自弃，听人玩弄的思想，所以行为也就不检点了。另外他们的吃饭，凭的是那一套本领，因之对他们学的那一套是保守的，他们是轻易不敢打破老一套的。"同时，强调其在根据地新文艺运动中不可取代的作用，"旧艺人在边区有一定的数量，在开展剧运中，我们不把他们组织起来，是一个大的损失。而且他们还会有意无意地起着相反的作用。"特别是"出演地方戏的县职业剧团，没有旧艺人，就没有了技术。没有一定的技术，群众是不欢迎的。"① 中共还进一步赋予了剧团艺人"革命的文艺工作者"的身份定位，提出"革命文艺是整个革命事业的一部分，是齿轮和螺丝钉……对于整个革命事业是不可缺少的一部分，"② 将艺人与革命、文艺与革命事业进行了有机联系。获得了旧艺人的好感与支持，也为旧艺人的改造奠定了基础。

首先，通过政治教育，提高思想觉悟。旧艺人来源复杂，情况各异，因此在改造过程中，主要运用实际事例进行说明，使艺人认识到在新社会中，他们也是主人翁。而后根据他们的进步程度，逐渐端正其行为，并结合各自的特点，发挥其特长。改造中，中共明确否定两种错误做法：其一，以自己尺度来衡量旧艺人，要求旧艺人的进步过高，甚至过苛，这就容易失望而发生鄙弃旧艺人，排除旧艺人的思想，这是不对的；其二，为了团结，一味迁就，不进行教育，不去提高，这也是不对的。循序渐进，针对性与一致性相结合的工作方法在旧艺人的改造中收到了良好的效果。

其次，为了使旧艺人的一言一行都真正符合"革命的文艺工作者"的要求，太行根据地政府在剧团改革过程中着重对旧艺人的生活陋习进行改造。

---

① 巩廓如：《戏剧组讨论概况》，载《山西文艺史料》（第一辑），山西人民出版社1959年版，第210页。

② 许生林、郭柏龄：《蒲剧史上闪光的一页——活跃在太岳根据地的太中业余剧社》，载《山西革命根据地文艺运动回忆录》，山西人民出版社1961年版，第304页。

抗战之前戏班艺人的收入普遍比农民多一些，很多人都有抽烟、赌博的恶习。旧艺人十有六七都吸金丹，襄垣旧戏班子"富乐意"，直到1938年改成了剧团之后艺人中抽烟、嫖、赌的恶习仍没有完全改变。"1940年，剧团由县政府直接领导后，即着手整顿，首先提出戒大烟问题，先由大家讨论吸大烟的害处，他们有的把地卖光，有的把房子押当，有的和老婆吵架，想起来非常伤心。随后又讨论出戒大烟的办法，每人订出计划，互相监视，又选出领导人检查。开始时，大家不敢公开吸，但有的却偷偷吸。一个月后，大家又开会讨论，规定谁也不许偷吸，但会后有的却又喝起'土'水来。第三个月，又规定只许喝罂粟壳，不许喝'土'水。这一年秋后，开大会决定，谁身上不准装罂粟壳面，谁装就罚谁。但最后一次检查中，有的衣裳缝里还藏着罂粟壳，自己觉得没脸，说：'从今以后要改，这次饶了我吧。'陈旦孩因吸大烟，老婆和他不好，在戒烟过程中，领导人把他挣的钱直接捎到他家里，老婆见了钱很高兴，就给旦孩缝了一套新夹衣。从此两口子感情好了，旦孩也不再吸大烟。"①

政府对旧艺人陋习的逐步改造使得民众对于剧团艺人有了新的认识。这种认识不仅改变了民众对他们的传统看法，提高了戏剧的革命宣传效果，同时也大大增强了民众对于根据地政府的信任，坚定了民众坚持抗战的信心。

再次，在战争年代，由于物质匮乏，民众即便有文化娱乐的需求，但拿不出钱来听戏看演出。剧团本身及艺人们的生活同样困难重重。大部分农村业余剧团的经费都靠自己解决，"武乡广寒群众集体割马兰草，拾荒麻，积作经费，来搞娱乐活动。"② 而为了满足民众的文艺需求，保证文艺宣传的持续性，根据地政府在一些职业剧团中建立了革命家务制度。1943年，襄垣农村剧团利用日常节余下的根据地各级政府划拨

---

① 《襄垣农村剧团的改造》，载《山西文艺史料》（第一辑），山西人民出版社1959年版，第217页。

② 赵树理、靳典谟：《秧歌剧本评选小结》，载《山西文艺史料》（第三辑），山西人民出版社1961年版，第248页。

的粮食与演员、老百姓自愿入股的股金作为本金,并从剧团中选调一个专门人员负责,开起了烟店、油房,做起了抄纸、运输、挂面等生意。最终,"从生产盈余内,解决了八千多元菜金,五千多元化装费,五千元杂费等。同时也解决了演员们的困难,小孩敌扫荡时负伤,还给他出了三百元医药费,黑狗子没有棉衣,给他做了一套新棉衣。每个演员都沾光。去年过新年,大家都拿着挂面、黑酱、油盐等一大堆,高高兴兴地回了家。"①

据 1945 年的统计显示,太行抗日根据地的 11 个职业剧团,除左权剧团和黎北农民剧团是全年演出,纯粹的职业剧团外,其他的剧团或是农忙时回去种田,农闲时集中演戏;或是农忙时回去种田,平时集中半年演戏;或者是只在冬末春初时演两三个月的戏。通过这种半工半演的形式,根据地剧团不仅在一定程度上解决了自己经费问题,而且在合作生产演出中,建立了个人对剧团的归属感,他们开始认识到"剧团是自己的,是村中不可缺少的一个力量。"② 农村业余剧团与职业剧团一样是不脱离生产的,剧团成员的生活费用、新剧排练的经费以及道具、场地的资金都来自组织自筹,是一支将演出与生产、战斗与学习紧密结合并服从于抗日战争需要的文艺团体。

最后,为了进一步提高剧团艺人的组织纪律性,强化艺人在实际工作中的政治觉悟,根据地政府借助新旧对比、批评教育、组织学习、军事化管理、奖励模范等多种形式来提高旧艺人的思想觉悟和改造积极性。

襄垣抗日农村剧团在根据地政府的领导下,全团成员每天"早上出操、练功、打背包,上午学习、排戏。凡演出前均要以讲话、快板等形式向群众做抗日爱国的宣传教育。全团人与人平等相待,都互相称同志。下乡演出不讲价钱,从不收劳动报酬,改为募捐。吃大锅

---

① 《襄垣农村剧团的改造》,载《山西文艺史料》(第一辑),山西人民出版社 1959 年版,第 222 页。
② 巩廊如:《戏剧组讨论概况》,载《山西文艺史料》(第一辑),山西人民出版社 1959 年版,第 192 页。

饭、不住戏房分散在群众家中,与群众同吃同睡边宣传,和群众打成一片"。①

"1942年12月襄垣农村剧团到涉县参加演出,演出结束后大会政治处派人请剧团的全体演职人员与首长一同会餐,根据地领导鼓励他们努力学习,多排新剧,彭德怀副总司令亲手向剧团赠送了写着'抗日农村剧团的模范'的红缎匾,这次殊荣成为团员们一生中难忘的回忆。"② 正是通过这种肯定的教育与感化,大多数旧艺人的思想观念都发生了较大的转变。他们不仅在演戏过程中表现出了宣传抗日的自觉,同时在日常生活中更加主动地维护着根据地政权。

通过根据地政府的改造,使得旧艺人对自身价值有了全新的认识,"我们已经不是过去那种混饭吃的,为了娱乐而娱乐的'戏子',而已经成为新社会里的为人民服务的宣传战士。"③ 艺人们开始主动地接受根据地政府的领导,自觉地按照政治任务编排新剧,他们以自己的实际行动表达着他们作为"革命的文艺工作者"的政治觉悟。这样的转变一方面促进了根据地社会风气的好转,另一方面也有效地推动了根据地剧团改革的展开。

(三) 太行根据地剧团改革成效

1. 初步构建起来从低到高的宣传梯队

自1939年太行区党委明确给太行山剧团下达"开展农村剧团改革运动,使农民自己来演自己的戏,服务于革命战争"任务以来,到1945年抗战胜利前夕,在太行山的南北,剧团改革运动蓬勃发展,形成了戏剧演出常态化,宣传活动点面结合,职业与业余彼此协助的局面。

据1945年抗日战争胜利时期的统计显示,这一时期太行区共有职业剧团11个,农村业余剧团605个(见表4-2)。

---

① 王德昌主编:《襄垣秧歌》,天马图书有限公司2003年版,第8页。
② 同上书,第365页。
③ 太行革命根据地史总编委会:《太行革命根据地史料丛书之八:文化事业》,山西人民出版社1989年版,第607—608页。

表 4 – 2　　　　　　　　1945 年太行区农村职业剧团统计

区　名	数量（个）	剧团名称	活动情形
三分区	6	左权剧团	全年集合
		武乡光明剧团	农忙回家种地，农闲集中演戏
		武西战斗剧团	农忙回家种地，农闲集中演戏
		襄垣农民剧团	农忙回家种地，农闲集中演戏
		榆社新声剧团	农忙回家种地，农闲集中演戏
		黎北农民剧团	全年集合
四分区	2	长治胜利剧团	农忙回家种地，农闲集中演戏半年
		黎南黎明剧团	农忙回家种地，农闲集中演戏半年
五分区	3	涉县劳动剧团	农忙回家种地，农闲集中演戏半年
		磁武黎明剧团	全年生产，冬末春初演戏两三个月
		文化剧团	全年生产，冬末春初演戏两三个月
总计	11		

资料来源：根据山西省文学艺术工作者联合会，太行区戏剧概况（原载"文教大会纪年特刊"）《山西文艺史料》（第一辑），山西人民出版社 1949 年版，第 201 页。

同时，随着太行根据地剧团改革运动的深入发展，在根据地政府的指导和职业剧团的引领下，各村业余剧团大量建立，在 1945 年对太行区部分区县的统计数字来看，农村业余剧团数量可观（见表 4 – 3）。

表 4 – 3　1945 年太行山区一、二、三、六 4 个分区 15 个县农村剧团统计

区　名	县　名	剧团数量（个）
一分区	昔东	17
	赞皇	51
	和东	10
	临城	21
	内邱	45
	井陉	32
二分区	辽西	27
	武西	10
三分区	武乡	106
	榆社	46
	襄垣	11
	黎北	9

续表

区 名	县 名	剧团数量（个）
六分区	偏城	39
	武安	33
	刑西	46
总计	15 个县	503

资料来源：此表资料根据山西省文学艺术工作者联合会，太行区戏剧概况（原载"文教大会纪年特刊"）《山西文艺史料》（第一辑），山西人民出版社1949年版，第201—202页。

农村职业剧团、业余剧团以及政府军队的剧团、宣传队共同构建起了太行根据地的文艺宣传大军。它们各有特色，各司其职，将基层、地方与根据地政府的文艺宣传有机勾连，将领导、深入与普及工作有机联系，成为根据地政治宣传和组织发动的有力武器。

2. 初步建立了农村文化统一战线

在剧团改革中，不论是新成立的职业剧团还是农村剧团，其中大多脱胎于农村社会原有的旧戏班，还有部分是由旧艺人、普通农民组成，但是经过根据地政府的改造，形成了包括知识分子与普通民众，旧艺人与新演员的大联合（见表4-4）。

表4-4 武西战斗剧团成员登记表（部分）

姓名	职务	年龄（岁）	成分	文化程度	工作履历
任志隆	团长	30	中农	高小程度	区长、交通局局长
殷士肽	指导员	26	富农	高小程度	武乡剧团指导员、民教科员
赵耀天	副指导员	38	贫农	高小程度	联合校长
赵万山	生活队长（演员）	28	贫农	粗通文字	在过旧戏班、决死队
李来春	演员（研究股长）	30	贫农		在过旧戏班
李江苏	演员	30	贫农		羊工
郝木朴		33	贫农		医生
弓玉家		22	贫农		产工
李玉清	化装股长	21	贫农		农民
闫正□	演员	27	贫农	粗通文字	习过大戏

续表

姓名	职务	年龄（岁）	成分	文化程度	工作履历
张俊奎		22	贫农	粗通文字	
蒋马宪		16	中农	粗通文字	
马度福	装备股长	22	中农	民校肄业	
崔廿杰		17	中农	民校肄业	
任二贤		15	贫农	不识字	
殷有贞		13	贫农	不识字	
王红维		14	贫农	不识字	
白生广		18	中农	不识字	
魏免明	演员	12	贫农	不识字	
白付生		15	贫农	不识字	
魏双金	上场口	48	贫农	不识字	在过旧戏班
殷侯玉		17	中农	不识字	
郝志唐		19	中农	不识字	
李河堂		45	贫农	不识字	在过旧戏班
郝六孩	下场口	34	贫农	不识字	
白培堂		40	贫农	不识字	
陈赖小		35	贫农	盲人	
郭福成	挑夫	37	贫农	不识字	在过旧戏班
王二兆		16	中农	不识字	
赵高子		19	中农	不识字	
蒋水旺		17	中农	不识字	
赵福明		18	中农	不识字	
李金虎		19	中农	粗通文字	
李成柱	大衣箱	45	中农	不识字	
王志明	演员	20	富农	粗通文字	
刘建陞	管汽灯	37	贫农	不识字	

注：此表资料根据《戏剧展览调查纲目》，武乡县档案馆，1945年3月15日：3—5。

武西剧团是抗战时期直接受县宣联会领导的一支剧团。通过表4-4我们可以看到，经过改造之后的农村职业剧团成员构成变得多样，除一些经过改造的旧式艺人，还有包括农村干部、知识分子、小生产者，而更多的是普通农民。剧团领导均为受过一定教育，有一定工作经验的不脱产干部。在剧团中他们分别负责行政、指导排演和教育职责。同时，剧团阶级成分有一致性趋向，表明重要宣传工具的剧团受到下层民众的欢迎，总体上说，农村职业剧团经过改造最终成为在中共文艺工作者领导之下，以改造过的艺人为核心，以有文艺技能的民众为主体的地方精英文艺组织。

与由旧戏班改造而来的职业剧团不同，农村业余剧团是在根据地新文化运动的环境中成长起来的，大量农村剧团多是由村干部和群众组织发动群众建立。"在参加剧团的成分上，大多数是新翻身的农民，并有干部和劳动英雄参加。在组织上，他们也并不是旧戏班中的制度，而是在自觉自愿、民主的基础上组织起来，因而领导者作风民主，剧团团员都发挥一技之长，有问题及时开会研讨解决，互相团结一致。由于领导上对闹剧的思想明确：推动工作，所以剧团的团员不但不妨碍生产，反而在演剧中受到了教育，在文化娱乐中提高了情绪，加强了生产。"①

3. 对根据地的影响

抗战时期的根据地文艺不仅具有和平时期文艺形式的特点，同时承担着战争状态下文艺特有的功能。通过根据地的剧团改革，初步完成了对旧娱乐形式及其表演者的改造，实现了对根据地社会民间艺人的动员和改造，经过改造之后的剧团成为太行根据地文艺战线上的一支劲旅。

第一，教育群众，活跃生活。

根据地文艺首先是普及的文艺。抗战爆发后，抗战的政治领导力量与活动范围转入乡村，之前闭塞的乡村成为开展文化运动的主阵地。"我们宣传鼓动的对象，主要是广大的农民群众，因之，我们专靠文字的宣传方式，是无法使广大农民群众都普遍深入接受的。所以，还必须互相配合以更广泛的个人或集体的口头宣传；必须互相配合以使人感到刺激的戏剧、歌曲和音乐的宣传；必须互相配合以最易使人注目和了解

---

① 胡正：《谈边区群众剧运》，载《山西文艺史料》（第二辑），山西人民出版社1959年版，第88页。

的各种图表和漫画宣传。"①

农村剧团工作的开展活跃了根据地群众生活，特别是农村业余剧团的普遍建立为群众进行文艺活动，参与文艺表演提供了机会。"就以涉县来说，今年春节的拥军娱乐中，参加人数：老年有 405 人，青年 1112 人，壮年 1623 人，妇女 427 人。总计 4358 人。平东有农村剧团 48 个，男演员 533 人，女演员 177 人，其他 458 人。榆社有农村剧团 28 个，男演员 487 人，女演员 77 人，儿童演员 134 人。他们演出群众自己生活斗争的生动故事，自己来编写，自己来上演，让群众来批评、来看。像榆社群众就作过歌曲 119 个，剧本 42 个，板话 43 个。昔东群众编剧本 26 个，快板 240 个，秧歌 427 个。而誉满太行的襄垣剧团，则已经摸索新的方面。他们表演着'李来成家庭'，他们歌颂着杀敌英雄、劳动英雄的业绩。"② 1940 年，冀西太北已有将近 200 个的剧团，包括将近 3000 演员，其中辽县农村剧团中，"一些农家出身的老婆子、小孩子、青年妇女参加几个月的剧团已经演复杂的剧，唱复杂的歌谱，并且能自编自演，改造旧剧。"③

同时，各剧团根据实际生活创作新剧本，并利用年节庙会、农闲休息等时机进行演出，通过娱乐的形式进行政治宣传和文化普及。北燕剧团成员既是演员又是劳动模范，通过表演"读剧本识了字，又学了政治和时事"④，武安县柏林村"柏林剧团"以动员粮食、救济灾民等为主题创作了《合理负担》《核桃》《灾荒》等十余个剧本，在本村、外村公演，反响巨大。⑤ 武乡寒广、武西北山岰沟农村剧团，在演出中表扬村中模范事迹，编戏批评落后现象，并根据宣传工作的实际，增加了减

---

① 李大章：《关于各地宣传工作的一些意见》，载山西省档案馆编《太行党史资料汇编》（二），山西人民出版社 1989 年版，第 85 页。

② 《标志着新民主主义文化道路的文教展览馆》，载《山西文艺史料》（第一辑），山西人民出版社 1959 年版，第 230 页。

③ 《抗战三年了晋东南文化运动——晋东南文化界第二次代表大会上的报告提纲》，载《山西文艺史料》（第一辑），山西人民出版社 1959 年版，第 25 页。

④ 《阳南剧团的来历》，载《山西文艺史料》（第一辑），山西人民出版社 1959 年版，第 242 页。

⑤ 王韦：《活跃的柏林文化组织》，载《山西文艺史料》（第一辑），山西人民出版社 1959 年版，第 253 页。

租、拥军反省等内容，在实际工作中产生了积极的影响，"去年寒广的参军工作，先大家不愿去，看戏后就有五个青年自动报名去了。"①

第二，动员群众，建设根据地。

根据地文艺也是动员的文艺，对敌斗争的文艺。"动员参战，提高民族意识，奖励民族节义，坚持抗战，坚持民族神圣战争，都成为文化上的主要内容"；"敌人奴化政策之厉行，欺骗、怀柔、小恩小惠之实施以及新民学会大量的设立与'王道'的欺骗宣传，都给了我们以紧急回答与粉碎它的任务。"② 在根据地，大大小小的剧团表演是群众业余生活的主要调节手段。而在传统的形式之下，包含着新思想新内容的剧目，通过剧团的表演在民间广泛流传，产生出深远影响。

在根据地剧团的表演剧目中，常见的主题有宣传抗战、鼓励生产、批评落后行为、密切军民关系等。在动员群众、宣传政策方面，各级剧团成绩显著。1942年，为配合中共《整顿党的作风》和《反对党八股》两大文献的宣传，武乡盲人剧团组织了以赵狗蛋为首的鼓书队，在接敌区和偏僻村庄活动。之后鼓书队人员不断扩充，他们编演的鼓词在偏僻的小村庄也能听到。襄垣农村剧团为达到最佳的宣传效果，到距离敌人五里地的地方演出，"一切化装布置东西，演员自带，自己的行李不离身，一有敌情就转移，剧团还成立有个战斗队，有八条枪，二十多颗手榴弹，每逢转移，让老年、儿童先走，战斗队在后边掩护。"

在根据地建设方面，剧团的演出也可以起到事半功倍的效果。"减租减息"运动开展期间，群众对于政策的意义与执行度普遍存在疑虑，为了消除农民对政策的顾虑，七月剧团编排了一个新剧《王德锁减租》。地主们看了说："咱们也要为国家做贡献哩，可不能给那汉奸鬼子逮了便宜。"群众看了说："这就是共产党的世道啊，咱们穷人终于能翻身了。"干部们都说："看一次《王德锁减租》比他们开几天会都管用！群众就好这一口！"百姓看了这出戏后都说："要是早点演这个

---

① 巩廓如：《戏剧组讨论概况》，载《山西文艺史料》（第一辑），山西人民出版社1959年版，第205页。

② 《抗战三年以来的晋东南文化运动》，载《山西文艺史料》（第一辑），山西人民出版社1959年版，第17页。

戏，咱们早就把地租减了。"看戏的群众纷纷讨论如何团结一致坚持减租，如何防止地主们搞破坏，并且还从剧里学到了丁丑（剧中农会的积极分子）的斗争经验，许多人把地主们明减暗不减的情况说了出来，这一地区的减租工作就顺利展开了。

1943年，针对严重的旱灾，太行根据地政府发动了互救互助运动。为了配合这次运动，襄垣抗日农村剧团创作了《天灾人祸》。"当观众看到那里的同胞在日伪蹂躏下而妻离子散的苦境时，许多人都被感动了，许多人不自禁地把带来的干粮扔上台去，据后来调查，凡剧团演出过的村庄，每一户两斗，每村七八斗的捐助粮食，都自动拿出来了。"[1] 演剧的效果远远比干部们下乡一家一户地介绍政府政策的效果要好得多。

通过上述例子我们可以发现，与其他宣传方法的潜移默化的效果不一样，戏剧演出的效果更加直接，并且非常显著。农村业余剧团通过改编身边的故事，以真人真事反映群众心理，传达政府指示，充当了根据地政府和普通民众之间的沟通枢纽，为宣传抗日、坚持抗战做出了重要的贡献。

晋东南革命根据地这里绽放出了繁荣灿烂的文艺之花。涌现出了如光明剧团、武西战斗剧团、武乡盲人宣传队等优秀的剧团，它们在战火中坚强并且曲折地发展、壮大。每个剧团都有自己鲜明的特色，在战火中成长，与当时的时代背景相结合，将抗日根据地的戏曲运动搞得生机勃勃、如火如荼。聚集在这里的戏曲演员们，有的是向往民主组织分配来的新文艺工作者，有的是亦农亦艺的庄户艺人，他们聚集在一起，汇成了一支支各有专长颇具实力的文化大军，为战争中太行山区文艺工作的发展，尤其是戏曲运动的发展，都增添了一笔亮丽的色彩。

第二节　人际传播

传播学认为：人际传播是指两个或两个以上的人之间借助语言和非语言符号互通信息、交流思想感情的活动。人际关系是面对面的信息传

---

[1] 泽然：《农村剧团的旗帜——记太行人民剧团的成长》，《人民日报》1947年8月18日第1版。

播，是传播者和受传者之间的直接信息互动过程。①

晋东南抗战歌谣的人际传播方式首先是借用学校这一主要载体。在笔者进行访谈的过程中，就有演唱者表示来源就是学校。例如，在黎城县黄崖洞镇下赤峪村一位叫申喜风的老人，在采访时说道：

> 问：那时候就没有人教你们识字什么的？
> 答：嗯……也会教吧，是得上民校才教的。
> 问：上什么校？
> 答：民校。教你识字，学习，教你唱抗日的歌。
> 问：教唱抗日的歌？
> 答：嗯。

其次是部队或者民间团体在日常活动中的传播。驻扎在晋东南的各支部队不经意间都成为晋东南抗战歌谣的传播者，有时候在大型的歌唱比赛中，有时候是每天的早晚点名中。在部队所驻扎地方，在没有紧急战事的情况下，地方会组织一些文艺表演，参加歌咏活动的首先有广大的士兵。唱歌还是他们生活中的必修课程，早晚点名时，没有一个部队不唱歌的，部队中的每一个连队，如果歌唱得不整齐是会受到政治机关的批评。另外还有一般的农民大众，他们虽然不经常歌唱，但自卫队上操、救亡室开会、群众大会时候他们便集体练唱了。青救会的会员、妇女队、儿童团更是有组织的训练了，这是他们教育工作的良好教育方式之一。各个抗日根据地中，没有不把歌咏作为社会的有力武器的。②

在申双鱼回忆自己在儿童团的经历时说："抗战时期，4月4日是儿童节，每到儿童节，各村儿童团都要组织全体儿童到学区举行庆祝活动。4月4日这天，儿童们像过年一样，人人都穿起新衣服，打起裹腿，戴上臂章，背起挂包，打扮的像个小八路一样。来到学区，先是各村比赛唱歌，大家都当啦啦队，这家唱罢那家唱。这家高唱：'七月太

---

① 邵培仁：《传播学》，高等教育出版社2015年版，第62页。
② 太行革命根据地史总编委会：《太行革命根据地史料丛书之八：文化事业》，山西人民出版社1990年版，第538页。

阳似火烧,日寇侵占卢沟桥,亡我国,灭我族,开枪屠杀我同胞,拉稍拉刀稍稍,拉稍拉刀稍稍'。"

最后,在根据地各种各样的纪念活动、仪式上,抗战歌谣是必不可少的组成部分。例如,1945年4月5日,太行区模范文教工作者会议暨文教展览会在涉县揭幕。会议采取了多种新形式,如座谈经验与参观展览及文化表演相结合。在宣传方面,举办了文化棚、新华坊等。"在十字街头上,拥挤的人最多,都围绕在新华坊的周围。新华坊上,登载的都是代表来宾的作品,有快板、对联、漫画、歌曲、谜语、急口令、新诗等。生动活泼、令人留恋不舍。代表、议员和参观的,抄的更是不少。有的代表,白天抄不过来,晚上还打着灯笼抄。"[①]

第三节 大众传播

大众传播是指传播组织通过现代化的大众传播媒介——报纸、广播、电视、杂志、书籍等对极其广泛的受众所进行的信息传播过程。大众传播是进入近代之后主要的传播方式之一,主要特点就是传播对象广泛,大众传播的对象较之组织传播更为广泛。在抗战歌谣的宣传过程中,中共采取了诸多形式的大众传播手段,创办了许多报刊和杂志,报刊和杂志上均有抗战歌谣的版面,例如,在《新华日报》华北版每一期的第四版或多或少都有抗战歌谣和小调的刊载,《中国人报》由著名民间作家赵树理任主编,几乎全部刊载由赵树理创作的快板、鼓词、民谣、小故事等,大众传播成为晋东南抗战歌谣主要传播路径之一。但大众传播在进行抗战歌谣的宣传过程中也有一些缺陷,大众传播本身缺乏及时而广泛的信息反馈,不可能快速得到信息传达的反馈信息,而且,大众传播与受众受教育程度密切相关,在民众受教育程度不高的抗日战争时期,这一传播方式达不到在现代的呈现效果。

早在1938年党的六届六中全会上,为了加强党在华北敌后的宣传鼓动工作,根据朱德、彭德怀提议,中共中央决定从《新华日报》社

---

① 《新华日报》1945年4月13日第1版。

抽调一批人，到太行山筹备党的机关报《新华日报》华北版。① 1943 年 9 月，华北版改为太行版。太行版是中共太行区党委的机关报。太行版最大的特点，是以反映太行抗日根据地的一切动态，服务于太行区一切建设事业为中心内容。可以说，《新华日报》华北版和太行版是根据地内最有影响力的报纸，每期刊印 7000 多份。在《新华日报》华北版和太行版中刊载了部分在根据地有影响力的歌谣，著者将报纸中的抗战歌谣摘录下来，将近百首。不仅自身发表抗战歌谣，还支持鼓励发行新杂志、新刊物，它"前后支持了《中国人报》《抗战生活》《华北文艺》《敌伪动态》《华北文化》《文艺增刊》"② 等刊物。

除了中共的喉舌《新华日报》外，在晋东南，还创办过很多的刊物和杂志，在传播抗战歌谣方面，其中以《中国人报》最为突出。《中国人报》是由中共中央北方局机关报《新华日报》专门向敌占区发行的报纸，这份报纸的特点就是短小精悍，通俗易懂，图文并茂，生动活泼。1940 年 7 月 20 日，中共中央北方局宣传部发出通知：为了开展对敌占区的宣传工作，特决定自 8 月 1 日起，由《新华日报》华北分馆出版对敌占区的宣传刊物——《中国人》周刊。《中国人报》自创刊伊始，就承担着重要的政治宣传任务：一是向敌占区人民宣传我党的政治主张，进行抗战教育；二是向敌占区人民揭露敌寇汉奸的一切欺骗宣传；三是介绍敌后抗日根据地，鼓舞敌占区人民的斗争情绪，动员敌占区人民参加抗战并发动敌占区人民的斗争。《中国人报》由著名民间作家赵树理任主编，在此之前，赵树理曾经办过《人民报》副刊《大家干》，几乎全部刊载由赵树理创作的快板、鼓词、民谣、小故事等，语言通俗易懂，形式活泼多样，用民间民众非常熟悉的语言创作，受到了当地百姓的欢迎和认可。因其创作特色，《中国人报》延续了赵树理办报纸的风格，赵树理曾说："我计划《中国人》也像《山地》和《大家干》一样，专业写稿人不愿意提供稿件，得我自己动手，或创作，或改

---

① 太行革命根据地史总编委会：《太行革命根据地史料丛书之八：文化事业》，山西人民出版社 1990 年版，第 9 页。
② 《标志着新民主主义文化道路的文教展览馆》，载《山西文艺史料》（第一辑），山西人民出版社 1959 年版，第 231 页。

编，把各类重要消息用通俗易懂的语言，简练的文字编写出来，叫初通文字的人都能看懂。我有个设想，把第四版辟为副刊，叫《大家看》，专发快板、鼓词、故事之类的文艺作品。因此，1940年8月1日创刊后，每周一期，每期6000多字，第一版刊登社论，重要新闻，党的各项政策，第二版、第三版主要刊登根据地新闻，第四版为副刊，定为《大家看》，其文艺小品基本是以尽情揭露敌人的残暴和丑恶为主题。"①

例如，为了适应报纸版面小的特点，赵树理将一些有意义的大文章改写成诗歌、快板等形式，既朗朗上口又节约版面。有一期华北《新华日报》刊登了一则《神枪手刘二堂》的消息，宣传辽县青年民兵刘二堂，连续两枪放倒两名鬼子的事迹，号召青年民兵向刘二堂学习。于是，他立即将这篇报道改编成民众喜闻乐见的歌谣，刊登在《中国人》报上：

> 辽县老百姓，都学刘二堂。去年十月初，鬼子来扫荡，进到窑门口，遇见刘二堂，砰砰两子弹，一对敌人亡。到了第二天，鬼子又逞强，进攻烟子岭，自寻苦恼尝；二堂早等候，子弹装满膛，对准黑影子，一击中胸膛；收拾胜利品，步枪大衣裳。从此根据地，都知刘二堂，民兵大检阅，奖旗空中扬，上写神枪手，辽县刘二堂。②

杂志方面有《抗战生活》。《抗战生活》是由太行文化教育出版社下属的抗战生活社主办，是一本反映根据地军民斗争生活的综合性刊物，1939年4月1日在长治创刊，杂志社设在长治府上街，为半月刊。由张磐石担任主编，主要内容为杂感、短论、随笔、人物介绍、信箱、通俗文艺等栏目。赵树理作为杂志编辑参与了此刊物的创作过程，因此，此刊物也深深打上了赵树理的特色烙印，该杂志语言通俗，形式活泼，内容贴近生活，军民喜闻乐见。

《中国人》报1940年8月1日创刊，至1942年5月"反扫荡"停刊，总共发行时间一年九个月。《抗战生活》1939年4月1日创办，至7月，才刊行66期后，就遭遇日军对晋东南大规模"扫荡"，也就是日

---

① 王照骞、郝雪廷：《武乡——敌后文化的中心》，山西人民出版社2011年版，第56页。
② 同上书，第57页。

军对晋东南的第二次九路围攻，不得以而停刊。1940年4月，形势趋于稳定后，根据新华日报社建议，经北方局批准，恢复出版《抗战生活》杂志。11月，又由于日军连续"扫荡"武乡，北方局不得不撤离武乡，向辽县一带转移，《抗战生活》杂志也跟随转移到辽县。1941年12月，《抗战生活》与《华北文艺》合并而停刊。可以看出，无论是《中国人》报还是《抗战生活》杂志，出版时间、出版地点均受到外界环境因素影响很大，发行人因为"扫荡"而不得不停刊，如此也可以想见它对民众的影响并不深。

根据地民众的受教育水平也直接影响着报纸、杂志的影响效能。以晋东南部分区域所在的太行根据地成人教育形式——冬学为例，关于成人教育，根据33个县统计，共有冬学5441座，30个县入学文盲数412673人。据不完全统计，太行区一专区5个县统计，入学文盲占文盲总数的90%，六专区5个县统计，入学文盲占文盲总数的80%。冬学承担了大部分文盲的扫盲工作。在1946年《太行区教育建设的新发展》一文中详细记述了如何在冬学中教识字课，其中，有一种叫"与实用结合的识字法"，"（一）首先认自己的名字。（二）街头上挂着生意招牌，每天来往街上，知道某家是某字号，天天可以辨认它，以至认熟。（三）小摆摊可认账目，每次卖了啥，让人写上，自己知道卖的是啥，也就可以揣认这字是啥。（四）念成语来认字，把自己熟悉的成语，请人家写到纸上，如'二十四扫房子，二十六去割肉，二十七蒸馍吃……照句子可以一个个的辨认。"[1] 从这一材料可以看出，冬学是以识字为基础任务，承担诸如动员教育、军事教育的社会教育系统，扫除文盲是它的第一主要任务。从这一侧面可以看出根据地民众的受教育程度。到抗日战争后期，随着中共各种教育机制的运行，根据地民众的思想观念、受教育程度有了较大程度的发展，但是在抗日战争中前期，民众教育程度需要打一个大大的问号，识字都没有办法实现，更谈何读书、看报。报纸杂志的出刊不确定性和民众的受教育程度，使得报刊杂志传播抗战歌谣的效能相较于其他传播方式要弱一些。

---

[1] 太行革命根据地史总编委会：《太行革命根据地史料丛书之八：文化事业》，山西人民出版社1990年版，第435页。

第五章　晋东南抗战歌谣的社会功能

　　歌谣历来是文学领域研究的重点课题，对于歌谣的功能研究也集中在文学领域，大致形成了三种歌谣研究方法：第一，以歌谣文字文本为中心，侧重与对歌谣本身的艺术特色，所反映的社会历史内容等进行辨析；第二，以活态语言文本的歌谣为中心，探究歌谣的文本组织程式和语境意义；第三，以纯文学文本为中心，探讨作家文学中歌谣存在的文艺学意义，关注歌谣对纯文学作品文本和文体的功能性意义（如歌谣对"纯诗"形成的意义，歌谣对小说文体的意义等）。[①] 随着社会科学的不断发展，各学科之间的交叉日渐明显，歌谣开始进入历史学、社会学等学科范畴，学界开始从功能学的角度解释歌谣，例如，王兆辉的《解放区抗战歌谣的历史价值》一文认为解放区抗战歌谣不仅是一种文学形式，更是一种文化形态，具有强大的历史价值，而且这种历史价值是多形态、多层次性的。"它是人民群众打击日寇，进行抗战斗争的工具和武器，是人民群众塑造思想、激励生产的天然教材，也是人民群众宣泄情感、排忧解难的娱乐媒介，并为中国近现代社会科学领域提供了别具风采的珍贵资料。"[②] 接下来，本书也将从功能学的角度对晋东南抗战歌谣进行阐释。

---

　　① 梅东伟：《歌谣研究的三种方法及其价值取向》，《天中学刊》2013年第1期。
　　② 王兆辉：《解放区抗战歌谣的历史价值》，载《抗战文化研究》（第六辑），广西师范大学出版社2012年版，第124页。

第一节 动员民众力量

歌谣是人民心声的自然流露，是人民群众抒情言志的口头诗作。借助歌谣，民众表达着对生活的看法，憧憬着未来的美好。在古代，表达、宣泄、娱乐是歌谣存在的第一首要功能。但是，对于表达抗战内容的抗战歌谣而言，娱乐功能已经被宣传功能所取代，歌谣带来的动员功能就成了抗战歌谣的首要功能。

抗日战争的爆发，敌后根据地的建立，使根据地本身的文艺生态发生了重要变化，政治的强大力量以史无前例的能量进入普通百姓生活中，抗战歌谣就是其中显著的例子。抗战歌谣，其产生、发展和传播都与政治有着紧密的联系。抗日战争爆发之前，民间歌谣有其自身发展的规律，内容涵盖民众生活各个方面，包括情感、劳动等主题，传播方式主要以口头传播为主，呈现出自然、原始的发展路径和显示特点。抗日战争爆发之后，各种政治势力为了将自己的政治主张渗透进乡村，争取广大的群众支持，奠定坚实的群众基础，都采用各种方式进行宣传。抗战歌谣就是在这样的政治背景下产生、发展和传播的。

1937年8月，中共中央洛川会议指出，为动员全体力量取得最后胜利，要"不放松一刻工夫一个机会去宣传群众，组织群众，武装群众"[①]，这就确定了中共在抗战时期的宣传任务即为动员一切力量争取抗战的最后胜利去发动群众。在晋东南，中共的宣传动员工作随着根据地的发展而一步步改进，是一个渐进发展的过程。在抗日战争时期，晋东南地区中共的宣传动员工作经历了三个时期。第一个时期，从根据地开始创建到党的六届六中全会，这一时期文化工作的特点是对民众进行宣传动员，启发民众的民族意识，动员和组织广大民众参加抗日斗争。主要运用政策导向进行宣传，利用军队内部的宣传文艺团体进行宣传。

---

① 中央档案馆：《中共中央文件选集》（12），中共中央党校出版社1991年版，第326页。

"组织大批工作团、宣传队,分散到太行山区各地,组织动员民众。"①第二个时期,从 1938 年党的六届六中全会到 1942 年太行山文化人座谈会。这一时期,太行根据地成为华北敌后文化人荟萃的地区。大量文化人进入晋东南地区,各种宣传团体和组织相继成立。第三个时期,从 1942 年太行山文化人座谈会到抗日战争结束。毛泽东的《讲话》使抗战文艺有了明确的目标和方向,之后的文艺工作者进一步明确了为人民大众服务的根本方向。

在中央及根据地的文艺政策指引下,开展各项宣传工作成为在整个抗日战争期间一直伴随左右的一项重要任务。在敌人"组织了不少的剧团,组织民间艺人,出版了各种读物、报章杂志,利用了一切文艺形式(民间的、新的、旧的)而贯注了无尽的毒素"②这一情况下,根据地文艺界进行了反击,运用各种文艺形式宣传自己的政治主张。其中主要有以下五种宣传形式。

第一,标语口号。贴标语、写口号是中共在乡村社会最普通的宣传方式,作为一种使用广泛、使用频率高的宣传手段,它所涉及的领域及内容是非常庞大的。由于标语口号自身所具有的简明性、直观性、鼓动性等特征,使得它的作用也十分广泛。抗战时期,中国共产党在进行标语口号宣传工作的时候,会在对应的范围内进行相应的活动。如抗日根据地开始出现军队和人民吃不饱的问题时,中共提出"加紧春耕,加紧开荒,前方将士要军粮"的生产宣传口号,目的就是动员广大群众积极耕种,解决粮食不足的问题。同时,标语口号还有激动人心的力量,一句"打倒日本帝国主义"唤醒亿万人民投身革命,一句符合历史前进方向的口号,可以凝聚人心、增强群众革命力量。比如为了配合征兵工作,就提出了"送子参军,无上光荣""入伍参军,报效祖国""一人参军、全家光荣"等征兵宣传口号。不同阶段、不同时期,党的许多决策都是通过标语口号来进行宣传的,这种形式覆盖面广、符合受众理解

---

① 太行革命根据地史总编委会:《太行革命根据地史料丛书之八:文化事业》,山西人民出版社 1990 年版,第 2 页。
② 《中华全国文艺界抗敌协会晋东南分会成立宣言》,载《山西文艺史料》(第一辑),山西人民出版社 1959 年版,第 3 页。

程度且经济成本低，在当时特别受欢迎。《新华日报》1939年3月31日长治讯：晋东南根据地第五区打出"加紧耕种，不要荒芜一块土地"的口号，开始举行春耕宣传周。为扩大宣传，各乡村开办运动会，各学校组织宣传队，分别进行宣传工作，大家积极开展座谈会具体部署各项春耕工作。抗战期间，在各大抗日根据地，街头巷尾、墙壁上到处写满了标语口号。抗日根据地的农民这样说道："只要八路一进庄，方针政策写满墙。"中国共产党很早就意识到要想取得抗战胜利，就必须唤醒人民群众的抗战觉悟。通过中共大力地宣传抗战标语口号，使根据地的人民群众意识到国难当头的严重危机，人们的斗志被激发起来，越来越多的人加入抗战队伍，抗日的力量在不断壮大。

第二，报纸。报纸是指导群众、稳定群众的定期宣传品，在平时它是教育群众的武器，在战时又领导群众积极参战。根据地时期，改善与运用各地的党报来扩大宣传与教育成为一种常态。如太南特委的《抗战日报》、壶关县政府的《战旗报》、平顺县的《挺进报》等。各地党报的社论与专论，必须确实是代表党领导机关指导工作的言论，它的质量必须大大提高，不在数量多，而在它确实有指导作用。下级党部对于党报社论所指示的方针，必须坚决执行。以后党对于许多工作的决定与指示，即用党报社论公开形式公布之，不在党内用秘密形式通知。同时，为了使得各地党报真正变为名副其实的地方报纸，以及现实地反映与指导群众运动和民主政治的建设，要求各地报纸编辑的方向，必须切实注意调查研究工作，切实与当前的群众运动和各种实际斗争联系起来。空洞的议论，专谈国际问题的大文章，必须坚决给予取缔。各地党报是各个战略区全党的报纸，全党必须对党报应尽和享受一定的义务与权利，不能将党报对于全党指导的责任，完全委之于少数负责人。报纸作为一种宣传手段，在发动舆论、宣传广度方面有很大的优势，但是农民群体接收报纸信息的机会还是很少的。一方面，农民大多都没什么文化，识字率比较低；另一方面，当时在广大农村地区报纸的普及率也不是很理想。但是抗战时期，报纸、刊物和书籍是党的宣传工作最重要的武器，为宣传党的方针、政策提供了很好的载体，从而极大地推动了宣传工作的开展。

第三，戏剧。戏剧作为百姓喜闻乐见的一种艺术形式和娱乐活动，在乡村社会极为受欢迎。同时，剧团也成为宣传工作最有力的武器，因为它是艺术的，是灵活的，有感人的力量，常常使人印象深刻。正如萧向荣所说："据我个人所知，演戏这种宣传方式恐怕要算是各种宣传方式中，最能吸引群众，给群众以最明显最深刻印象的一种。"当八路军在敌后开辟抗日根据地的同时，各种剧团或宣传队也相继建立，有专业剧团，有部队及地方游击队的宣传队，有业余的戏剧组织、儿童剧团以及经过改造的旧戏班，等等。抗战时期，戏剧在晋东南地区取得了巨大的成绩，尤其在农村地区，戏剧是一种群众性的活动，更是群众喜闻乐见的一种文艺活动，晋东南各地各县纷纷成立剧团，如八路军的"太行山剧团""火星剧团""先锋剧团"、长治的"野战剧团""大众剧团"、壶关县的"解放剧社"等。而且还出现了很多的农村剧团，农村剧团大量涌现。1945年4月太行区的群众剧团就达到605个，并且出现了很多群众自编自演的宣传作品，如《一切政权归人民》《自由结婚》《放天足》等。广大文艺工作者也创作了大量的文学艺术作品，提倡科学，宣扬真理，反对愚昧无知、迷信落后，抵制和抗击敌人的奴化和反动文化。把迅速及时地反映抗战、服务抗战当作自己的神圣职责，以实际行动展示了在党的领导下抗日救亡，建立民主政权和社会变革的历史画卷，鼓舞了根据地军民的斗志，增强了战胜一切困难，夺取最后胜利的信心。

第四，新闻出版。在党中央的方针指导下，太行抗日根据地也十分注重新闻出版事业的发展，先后出版了多种多样数量庞大的抗战刊物。组织文化工作者深入前线，反映抗战，激励民众。1938年，北方局和八路军总部机关也移驻太行山区，太行抗日根据地基本形成。此后，一大批作家、记者、画家、歌唱家、艺术家，或从八路军总部机关，或从延安，或从国统区来到这里。他们的到来，将太行山土生土长的文化人紧紧地吸附在一起，形成了一股强大的文化大军。他们用自己手中的笔，自己的歌喉，用自己强烈的时代责任感和非凡的艺术天赋，为挽救中华民族的危亡而奔走呼号。同时根据地还出版与编印了一定的有关于推进农村文化的通俗文化刊物和各种关于抗战与民主、抗战与民生等反封建反迷信等科学的、政治的、文化的通俗小册子，以作为宣传与教育的工具。

第五，抗日民歌。民歌作为人类社会生活中最早形成的音乐形式，最典型地体现了人类音乐艺术的产生渊源。抗日民歌也应抗战的需求孕育而生，在晋东南敌后抗日根据地腹心地区的武乡等地，云集了大批新文艺工作者，为配合抗日救亡工作的开展，他们与当地的知识分子及民间艺人一起，对当地的山歌、小调进行了改造提高，使古老的民歌焕发了青春，为宣传抗日、团结人民、打击敌人做出了巨大的贡献。太行民歌随着抗日斗争的深入，愈来愈有了广泛运用，涉及抗战备荒、生产自救、参军参战、减租减息、互助合作、合理负担、拥军优抚、妇女解放、民主建设、扫盲运动、制止内战、瓦解敌军、追悼烈士、歌唱英雄等多个方面。为党在根据地时期宣传动员工做贡献了自己的一分力量。

在上述五种宣传方式中，歌谣具有不可替代的特点和优势。主要有以下两个方面：第一，普遍适用性。抗日战争前，歌谣作为民众娱乐生活的重要组成部分，早已经融进他们的血液，成为不可或缺的人生构成。在此基础上进行修改和创作，非常利于百姓接受。再者，歌谣口头、自然的呈现方式与当地百姓的文化程度相吻合。在晋东南地区，百姓的教育水平限制了新闻出版、报纸乃至标语的宣传效能。虽然中共进入这一区域后进行了大量的社会教育工作，但能达到读新闻出版物或者报纸的水平并不是朝夕之事。以黎城偏城镇为例，1940年，该镇文盲共2545人，识字班共28个，入识字班的有212人，且识字班把识字在20个左右作为"毕业"的标准。第二，易于传播性。歌谣本身易读易懂易记，是民间文学中最上口之口头文学，口耳相传的传播方式更易于被百姓所接纳。相较戏剧而言，不需要专门的烦琐舞台，更不需要三五成群的人员配给，也不需要一定的戏剧经验，歌谣随性而为，由心出发，人人都可以是歌谣的传播者。由此可以看出，在上述宣传方式中，歌谣成为传播最广、受众最高、形式最简洁的方式，成为中共宣传攻势中的重要依赖形式。

抗战歌谣是在晋东南传统民间歌谣基础上发展而成的，抗战歌谣在发展过程中经历了两个阶段：第一阶段，旧瓶装新酒阶段。这一阶段文艺创作者借用百姓非常熟悉的朗朗上口的曲调，例如，开花调，加入反映动员诉求的内容。这种移花接木的方式在初始阶段比较易于群众接受，但是后期出现了忽略内容的倾向。例如，曾经有一个音乐工作者，他把一支辽县的小调进行了改编，"高粱长得高，小奴长得低，一把手拉你到高粱地，大娘啊！"改为了"高粱长得高，鬼子长得低，咱们一起去打游击，张老三！"① 结果，大多数百姓不但不会听出来你的抗日内容，而且更多的是存留在记忆中的音调和主题内容。因此，当时一些艺术者对旧形式新内容提出质疑，认为"旧形式不加以必要的适当的改造，不吸收新的滋养料，就不可能表现现实，更不可能成为民族的形式②。"

第二阶段，创造自己的新形式。所谓的新形式并没有具体的模式，模糊而言，就是应该"汲取中国人民异常丰富的富有形象性的语汇，接受中国历史上文艺成果，灌入多量现实养料"，新鲜活泼，为中国老百姓喜见乐闻有中国作风中国气派的民族形式文艺。最终逐渐被大众所接受、认可，代替大众所熟悉的旧形式。

为了达到更好的宣传效果，中共利用专业性宣传团体进行抗日民歌的创作，创作主体主要由两部分构成：第一，军队宣传队。129师师部在进入太行山区后，一方面开展游击战争，用打击日军的实际行动，提高民众抗战信心，鼓舞民众抗日斗志；另一方面利用日军集中兵力在正面战场上作战的时机，组织大批工作团、宣传队，分散到太行山区。他们到处贴标语，演抗日戏剧，唱抗日歌曲，跟群众谈心。第二，进入晋东南地区的文化人。太行根据地是华北各根据地文化人比较集中的地区，这些文化人主要来自三个方面：一是抗战以后随同八路军总部、北方局、129师等部队进入太行地区的文化人；二是1938年4月粉碎九路围攻后从延安、大后方到太行山的文化人，大多是文化精英；三是太行区的老文化人和根据地创建后自己培养起来的文化人。这种文化人也是经过改造的文化人。他们全部汇聚在晋东南这片热土中，在中共中央北

---

① 刘备耕：《民族形式，现实生活》，载《山西文艺史料》（第一辑），山西人民出版社1959年版，第134页。

② 同上书，第135页。

方局和八路军总部的倡导与支持下，这些来自全国各地的文化人于1940年年初在武乡县下北漳村建立了"晋东南鲁迅艺术学校"。办学方针和主要目标是：团结与培养文学艺术的专门人才，以致力于新民主主义的文学艺术事业。其组建者和总负责人是校长兼党委书记的李伯昭同志，她是长征中三过草地的著名艺术家。学校下设三个系：戏剧系、音乐系、美术系，后又成立"鲁艺木刻工厂"等①。他们根据中央及省委的宣传要求，创作了许多反映时下时政需求的民歌民谣，这些构成了现在流传的晋东南抗战民歌民谣的主体。

这些抗战歌谣为抗日战争的最后胜利发挥了重要的宣传动员作用，陈荒煤在《关于文艺工作若干问题的商榷》一文说道："凡是在一定政治斗争要求下所产生的作品能够起一定的作用与影响。非要是艺术还要承认是好的艺术。因为它在当时或者鼓舞了人民与部队的战斗情绪，或者描写一个胜利坚定军民的信心，或者暴露敌伪及顽固派的罪恶，激动了大家的斗争热情，加强了大家的责任感等。"②

由此可见，抗战歌谣是中共文艺政策的衍生品，所有内容完全服务于宣传动员这一主旋律，其产生之后在中共政权有效推动下得到了广泛的传播，成为民众生活的一部分。下面以沁源歌谣为例具体阐述晋东南抗战歌谣的宣传功能。

正如沁源歌谣所唱的："日本人占中国，靠的是飞机大炮坦克车，共产党来抗日，凭的是开会演戏扭秧歌；抗日战争八年多，日寇是飞机着了火，大炮跳了河，坦克滚了坡；中国人乐呵呵，到处是开会演戏扭秧歌。"这首歌谣从一个侧面说明了我党对民间歌谣的宣传动员功能的重视，同时也说明了歌谣的宣传动员功能对抗战胜利的作用。沁源歌谣在沁源抗战中的宣传动员作用，笔者认为主要表现在如下三个方面。

一 唤醒了民众的民族意识，积极投身抗日

沁源抗战歌谣形成于抗战时期，它是在中国共产党的领导下由原来

---

① 王照骞、郝雪廷：《武乡——敌后文化的中心》，山西人民出版社2011年版，第6页。
② 陈荒煤：《关于文艺工作若干问题的商榷》，载《山西文艺史料》（第三辑），山西人民出版社1961年版，第5页。

的沁源小调为适应战争需要改编而成。它必然带有某种政治目的，如当时流行这样的歌谣："我今天参加八路军，叫声爹娘你放心，柴柴水水庄家活，由俺婆姨来照应；儿上前线杀敌人，为咱能过好光景，叫声爹娘呀你放心，立功喜报送家门。"这首名为《参加八路军》的歌谣反映出老百姓对参加八路军的一种喜悦之情及对日本人一种仇恨心理。也许对于大多数民众来说，他们最初并不知道八路军的使命，八路军的目的，但通过这样的宣传，让大家知道它是打击日本人的一支军队，这样可以吸引更多的人民来参加八路军，加强军民之间的联系，从而也使我党有了更广泛的群众基础。下面这首秧歌同样是这种体现："马莲开花根连根，军队老百姓一家人，一家人，情意深，鱼儿和水不能分，咿么呀儿呦，人民最爱子弟兵。"这首歌谣是反映军民友好关系的真实写照。总之，这些歌谣对于听众而言使他们对八路军产生出一种信任友好之感，再加上当时对日本人的一种仇恨，使得老百姓更加积极地参加八路军，参与到沁源抗战之中。

二 增强了沁源人民坚持抗战的决心和信心

沁源抗战是非常艰苦的战斗，没有坚强的意志和决心是不可能战胜敌人的。沁源秧歌对增强沁源人民的抗战决心和信心起了重要作用。如当时流行的：

> 战斗庄，战斗庄，抗日人民斗志昂，男女老少齐动员，生产打仗日夜忙；战斗庄，战斗庄，抗日人民斗志昂，任凭敌寇逞疯狂，看你还有几多长。抗日军民齐动员，全县展开围困战，困得鬼子没办法，只好滚出沁源县。太岳山迷茫茫黑云滚滚，沁河水流长长呼号声声，日本鬼一次次进行扫荡，太岳山沁河岸炮声隆隆，多少人洒热血献出生命，多少家被拆散分离西东，多少村多少庄化为灰烬，乡亲们一个个怒火填胸，共产党毛主席发出号令，向敌寇展开了持久斗争，军和民对鬼子实行围困，排万难取胜利迎接光明，哎呀哎呀呦哎呀，排万难取胜利迎接光明。家家户户全疏散，村村镇镇无人烟，困牛先把粮草断，小日本，咱水胶鳔胶熬熬看。

面对日本人的侵略，人民群众的精神是极度紧张的，心理是恐慌的，这些秧歌用通俗易懂的语言坚定了沁源人民抗日的决心和信心，对沁源抗战取得胜利起了重要作用。

除了宣传胜利对坚定抗日的决心和信心起到一定的作用外，抗战歌谣还对沁源地区的人民起着精神团结的作用，当时流行一首著名的歌谣《日军悲歌二首》："日住洪波夜，身在纥针巢，望虎深山虎不在，大城大乡无人烟，过了圣佛岭，进了鬼门关，如若死不了，就是活神仙。"这首秧歌表面上看是在说日本人，实质上从侧面说明了沁源人民抗战的英勇，加强了沁源人民的精神团结。当时还有一首沁源抗战歌谣是这样唱的："儿童团长王小保，洋铁桶里放鞭炮，鬼子当成正规军，轻重武器瞎喊叫，铁壁合围往上冲，才是一个洋铁桶，气得鬼子用脚蹬，踢得响，字母地雷群，轰隆隆，轰隆隆，鬼子乱成一窝蜂，八格牙路喊不成，血肉飞到半天空，王小保在树梢，一边拍手一边笑，骂着鬼子大草包，唱着沁源秧歌调。"这首歌谣表面上是说王小保抗战的英勇事迹，实际暗含着一种榜样的作用。王小保是一个儿童，儿童在抗战中都如此英勇，何况一个成年人一个八路军呢？这对沁源人民在抗战的精神团结方面起着重要作用，它鼓舞了沁源人民的民族斗志，对抗战的胜利起了重要作用。

三 树立拒做亡国奴和汉奸的坚定决心

面对日本人的侵略，沁源人民的生活异常艰苦，面对死亡的威胁和生存的挑战，可能会产生为日本人服务的中国人，我们称为汉奸。但当时的沁源却很少有，其中与沁源歌谣的宣传有一定关联。当时流行这样一首歌谣："哪朝也有真皇帝，哪朝也有卖国贼，哪朝也有无道君，哪朝也有忠实将，要是出了真皇帝，黎民百姓得安宁，要是出了卖国贼，朝纲大乱受外侵，要是出了无道君，大家小户受贫穷，要是出了忠良将，敬忠保国得太平。"它用比喻的语言，形象地从一个侧面反映出对汉奸的一种痛斥和不齿，无形中把这种思想灌注到了沁源人民的心中。再如："中华民国三十一年，九月十二日日寇占了沁源，可恨的崔来管和郭三朴，投降敌人当了汉奸，崔来管，郭三朴，认贼作父，裹回女人先打骂，裹回男人不得话，还有王世中，审判官，裹回人来他先问案，不管你说长还是道短，打罢逃出去要好看，狗汉奸，大坏蛋，引上敌人胡作乱，乡亲们，擦亮眼，坚决除掉狗汉奸。"这首名为《除掉狗汉奸》的歌谣直接对汉奸进行批评，这些歌谣无形之中影响着沁源人民的思想意识，引领着沁源民众的行为方向。

第二节　改造乡村社会

众所周知，抗日战争时期中共在各个根据地实行了一系列政治、经济、文化方面的改革，通过改革，中国乡村发生着翻天覆地的变化，这是多种因素汇集的结果。而抗战歌谣对于中国乡村社会的影响主要集中在两个方面：其一，抗战歌谣中的一些词语在传播过程中成为革命标志性语言，不仅影响着民众的社会认知和历史认知，也改变着乡村民众的语言表达。其二，抗战歌谣中体现了大量的现代婚恋观、卫生观等，民众演唱歌谣的过程同时也是观念改变的过程，它深刻影响着乡村传统习俗。

一　抗战歌谣与乡村话语

晋东南抗战歌谣的产生与传播是在根据地动员广大民众参加抗战和生产的革命话语下展开的。在这样的政治环境中，艺术服从于政治的原则被深入贯彻到抗战歌谣的生产与传播中，使得歌谣原本反映民众情感的艺术形式成为配合政府进行工作的宣传工具。现今为止，我们已经完全分不清抗战歌谣的创作主体是谁，也许其中有民众根据自身生活而编写和传唱的，但如前所述，许多资料表明部分抗战歌谣的创作是为中共进行抗战宣传应运而生的。作为宣传工具的歌谣在创作中更加关注于根据地政府的政令方针，在主题选择中也多以革命、生产等内容为主，以反映男欢女爱等内容的歌谣逐渐淡出了民众的视野和生活。抗战歌谣主题的政治选择性塑造着乡村社会，改变着乡村社会的话语导向。抗战歌谣的传播过程，伴随着革命话语的传播。随着抗战歌谣传播到田间地头，传播到晋东南的每一个村庄，革命话语同时也进入了每一个村庄民众的语言氛围中。与此同时，革命话语的传播，语言氛围的建立，同时也是中共乡村秩序和理论文化的建立过程。也就是说，随着抗战歌谣的传播，中共实现着对乡村话语的塑造。

在大量传播的抗战歌谣中，出现了许多革命性话语。"词语即叙述，革命的词语或者革命的话语就是对于革命的叙述和表达。"① "没有革命的理论便没有革命的行动"，中共诞生始便开启了建构自身的话语，这一过程便是中共对中国过去、现在和将来的解释，是中共实施政策的精准文字表述。

《逃难歌》是在晋东南地区流行最广的一首民间歌谣，如前所述，它表达了民众在抗战中的生活状态，它有许多版本，如武乡、平顺、高平版本等。

《逃难歌》武乡版本："家住武东县，西区胡峦岭，日本鬼子搅扰咱，不能在家中。为了捡条命，带上转移证，转移到后山村，咱就成了难民。男人担一担，女人挎一篮，今天逃难往出走，甚时往回返？逃难往出走，心里发了愁，也不知道到哪里呀，留啊不留？逃难上了路，娃娃抱在怀，哭了一声好恓惶，饿死俺的孩。"

《逃难歌》高平版本："老家住高平，逃难西北东。日本人欺侮咱，不能在家中。男人挑一担，女人挎一篮。逃难逃在外，娃娃掐（抱）在怀。逃难逃在五台山，人人发了难；逃难逃在沁源县，心都吊在嗓子眼；逃难逃在安泽，心里实圪惦惦；逃难逃在洪洞，心里扑通扑通；逃难逃在潞安，人人心里发愁。逃在哪个村，也不知道留不留？今儿个逃出来，多会儿转回来。哭一声好苦哟，要饿死我的孩。"

《逃难歌》平顺版本："家住平顺县，二区消军岭。日本鬼子进中国，不能到家中。男人担一担，女人汇一篮。自今日逃出去，啥时往回返。丢下我的家，丢下我的田，丢下我的亲戚朋友，何时重相见。朝西出了外，娃娃抱在怀，哭了一声好苦，饿死我的孩。走南又走北，穷人尽吃亏，天下乌鸦一般黑，真是活受罪。来了共产党，家乡要解放，拖儿带女往家返，车上坐着娘。返回平顺县，家乡面貌变，斗倒地主分田

---

① 高华：《革命年代》，广东人民出版社2012年版，第207页。

地，重建新家园。"①

从上述三个版本的《逃难歌》我们可以看出，三个版本传递的情感相同，但在内容上与语言表现方面稍有区别，武乡版本和高平版本从语言形式上看较为浅显，但平顺版本就增加了些许内容，注入了一些革命话语，例如解放、斗倒地主、新家园等。说明在抗战歌谣的传唱过程中，政党政治舆论介入抗战歌谣已经成为不争的事实，通过抗战歌谣的传达方式，向民众逐渐渗透政党信念与政治意识。

下面以《平顺农民翻身歌》作一详细说明。

《平顺农民翻身歌》："咱平顺农民辈辈苦，打一石粮交八斗租。十冬腊月换不了季，糠菜半年按不住。辛苦一年白受了，这个冤苦向谁诉。抗战来了八路军，颁布了减租新法令。二五算账把租减，地主他不敢来要横。从此生活有改善，彻底翻身不受苦。"

"每一次革命都创造了一些新的词汇。"② 在这首抗战歌谣中出现了反映革命时代背景的"专属"名词，在这一歌谣中，就出现了非常明显且被广泛运用的两个革命性话语：翻身与诉苦。这两个词现在已经被学界公认为政治代名词。

"翻身"一词在《辞海》有三种含义：其一，翻转身体；其二，比喻从受压迫、受剥削的情况下解放出来；其三，比喻改变落后面貌或不利处境。后两种含义必然是从政治学或者社会学引申而来。中国共产党领导的革命进程中，构建出了一整套新的话语，"翻身"就是其中一个重要词汇，如果以农村社会为考察范围，我们可以发现"翻身"与土地改革运动密不可分。中国革命的胜利要依靠农民，但农民并不是天生的革命者，中共通过"翻身"这一建构概念，培养农民的革命意识，你的苦不是天生注定，而是被地主阶级踩在脚下动弹不得。韩丁在《翻身——中国一个村庄的革命纪实》中提道：中国革命创造了一整套新的词汇，其中一个重要的词就是"翻身"。它的字面意思是"躺着翻过身

---

① 长治市民间文学集成编委会：《长治市歌谣集成》（一），山西省陵川县印刷厂1988年印刷，第106页。

② 韩丁：《翻身——中国一个村庄的革命纪实》，北京出版社1980年版。

来"。对于中国几亿无地和少地的农民来说，这意味着站起来，打碎地主的枷锁，获得土地、牲畜、农具和房屋。但它的意义远不止于此。它还意味着破除迷信，学习科学；意味着扫除文盲，读书识字；意味着不再把妇女视为男人的财产，而建立男女平等关系；意味着废除委派村吏，代之以选举产生的乡村政权机构。总之，它意味着进入一个新世界。① 李放春在《北方土改中的"翻身"与"生产"》一文中认为翻身是"通过阶级斗争的革命方式解决中国土地问题的政治隐喻[②]"，可以看出，翻身已经被学术界公认为是中国乡村革命的白话描述，是土改运动的政治代名词。

"诉苦"一般意义上是指日常生活中遇到不幸或者痛苦的事情，有向别人倾诉的意愿或者倾向。但是，在中共革命史研究领域，有学者指出诉苦不仅仅是民众个人行为，而被看成土地改革过程中中共发动民众的重要机制，诉苦被赋予了全新的含义，被赋予了阶级指向，诉说自己被阶级敌人迫害、剥削的历史，因而激起别人的阶级仇恨，同时也坚定了自己的阶级立场，就叫作诉苦。李里峰在《土改中的诉说：一种民众动员技术的微观分析》一文中提出：诉苦已经成为中共行之有效的民众动员方式，"通过通俗有力的政治口号，确立了诉苦光荣的舆论空间，通过集体开会和典型示范，削弱了农民诉苦的种种顾虑，通过苦主选择和会场布置，激发农民的愤怒和仇恨。通过诉苦与分配，诉苦与算账相结合，打破了可能出现的僵局，通过追挖苦根和道德归罪，使农民苦难有了宣泄的对象。借助种种动员技术和策略，共产党得以将乡村民众纳入国家权力体系的运行轨道，顺利实现国家建设和乡村治理的目标。"[③] 这些革命性话语通过抗战歌谣逐渐成为民众耳熟能详的表达词汇，在此过程中，它们逐渐被抽离了原来的含义，政治化被赋予的意义成为这些词汇的主要内涵，成了百姓解读革命、表达革命的口语化表现。

---

① 韩丁：《翻身——中国一个村庄的革命纪实》，北京出版社1980年版。
② 李放春：《北方土改中的"翻身"与"生产"》，载《中国乡村研究》（第3辑），社会科学文献出版社2005年版，第254页。
③ 李里峰：《土改中的诉说：一种民众动员技术的微观分析》，《南京大学学报》（人文社会科学版）2007年第5期。

然而,"翻身"一词作为政治话语频繁出现并不是在抗日战争时期,袁光峰在《解放与翻身:政治话语的传播与观念的形成》一文中对"翻身"这一词汇出现的时间和频率进行了数据分析,"无论是《人民日报》数据库还是上海图书馆晚清与民国期刊数据库的查询结果都显示,'翻身'话语的使用主要是在 1946 年之后,在 1947 年达到高峰,在这一年《人民日报》使用'翻身'的篇数是 382 篇,1948 年迅速下降为 27 篇。这说明,'翻身'的使用主要是国共两党关系破裂之后的 1946 年到 1947 年。"① 从这一数据中可以看出,对全国而言,"翻身"一词主要出现在解放战争时期,主要是与这一时期中共轰轰烈烈波及所有解放区的土地改革有着密切的联系,而在晋东南抗日歌谣中"翻身"等革命性词语的出现,必然与抗日战争时期晋东南地区土地政策有着很大的关联。

1942 年 1 月 28 日,中共中央颁布了《中共中央关于抗日根据地土地政策的决定》,决定阐述了三条基本原则,第一,承认农民是抗日与生产的基本力量。故党的政策是扶助农民,减轻地主的封建剥削,实行减租减息,保证农民的人权、政权、地权、财权,借以改善农民的生活,提高农民抗日的与生产的积极性。第二,承认大多数地主是有抗日要求的,一部分开明绅士是赞成民主改革的。故党的政策仅是扶助农民减轻封建剥削,而不是消灭封建剥削,更不是打击赞成民主改革的开明绅士。故于实行减租减息之后,又须实行交租交息,于保障农民的人权、政权、地权、财权之后,又须保障地主的人权、政权、地权、财权,借以联合地主阶级一致抗日。第三,承认资本主义生产方式是中国现时比较进步的生产方式,而资产阶级特别是小资产阶级与民族资产阶级,是中国现时比较进步的社会成分与政治力量。富农的生产方式是带有资本主义性质的,富农是农村中的资产阶级,是抗日与生产的一个不可缺少的力量。小资产阶级、民族资产阶级与富农,不是削弱资本主义与资产阶级,不是削弱富农阶级与富农生产,而是在适当的改善工人生

---

① 袁光峰:《解放与翻身:政治话语的传播与观念的形成》,《新闻与传播研究》2013 年第 5 期。

活条件之下，同时奖励资本主义生产与联合资产阶级，奖励富农生产与联合富农。上述三条基本原则，是我党抗日民族统一战线及其土地政策的出发点。①

根据中共中央精神，太行区党委也开始启动地方性政策具体指导方案，1942年4月15日，太行区党委发出了《关于如何执行土地政策的指令》，指令具体分析了太行区农民群众运动情况和土地政策执行情况，认为太行区可以分为三种情况：第一种是农民从未发动过的，社会基础基本上没有改变的地区；第二种是农民经过发动土地问题得到初步解决需要进一步深入的地区；第三种是政策已经基本执行到位的地区。针对三种情况，太行区党委认为应该具体情况具体分析，不应采取同一种方式、同一个进度实行太行区减租减息政策。在此基础上，太行区党委认为太行区主要任务是反对右倾，"四年来的教训，统一联合束缚了斗争，未打就先拉，未到拉的阶段而过早地以拉为主，方式上蛮干的左，掩盖了实质上的右，反左时表现取消了斗争，加之工作中的片面性，遂使农民运动受到不少的波折，今后……不能束缚农民斗争。"② 1942年4月，李雪峰在讲过去农民斗争几个主要经验教训时继续指出：整个实际工作中，直至现在才认识到从斗争中教育农民发动农民的深刻意义。从斗争中一步一步地揭破守旧地主不愿意执行减租减息的凶相，揭破了有时是"善良"面貌下的丑恶实质，以及他们在每一步的行动中，接受减租减息合理负担，允许农民起来政权的每一个步骤当中，都是需要经过农民群众起来斗争才获得的。他认为，我们过去在执行政策的策略指导认识不够，没有认识策略指导的意义，没有及早认识农民斗争的策略阶段，没有认识必须有一较长的"打的阶段"而被"抗日联合"绊住脚。李雪峰提出，抗战开始之前，太行区阶级斗争意识较为淡薄，农民阶级为当权政权的无良宣传如"杀人如割草"等所蒙蔽，这些成为抗战后中共宣传一系列政策的羁绊。因此，"没有真正的农民斗争是不能密切我

---

① 中央档案馆编：《中共中央文件选集》（第13册），中共中央党校出版社1991年版，第281页。
② 太行革命根据地史总编委会：《太行革命根据地史料丛书之五：土地问题》，山西人民出版社1987年版，第206页。

们与农民的关系……没有斗争,联合就是迁就落后势力,是表面的不稳固的上层联合,经不起残酷斗争环境的。"①

《中共中央关于抗日根据地土地政策的决定》虽然列举了三条重要原则,但对于如何具体处理每条原则之间的界限问题或者三条原则之间的轻重缓急问题,由于各个根据地情况不一,中共中央并没有做出明确解读。从太行区党委根据中央指示精神所做出的地方性政策文件的出台,我们可以看出太行区党委在面对扶助农民和保障地主人权地权等方面的权利之间选择了前者,认为只有斗争可以真正发动群众,也只有真正发动群众,才能做到真正意义的统一战线,真正地把地主阶级团结进抗日民族统一战线。因此,太行根据地在农民运动已经初步展开且需深入的区域开展了较为彻底的减租减息运动。

武乡作为太行根据地的腹地中心地带,是彻底减租减息运动的重点区域之一,下面以武乡为例进行具体说明。在武乡运动中,大多采取大会斗争的方式进行,在大会上,农民在干部和积极分子的领导下,反复说理,层层揭露地主剥削内容及造谣欺骗的事实,在运动中表现了敢于坚持说理的特点,并且在运动中就提出了"翻身做主,不再受老财压迫"等口号。在这次为期三个月的斗争中,武乡县50多个村解决问题1.2万多件,斗争成果显著,其中包括典地订年限者7000顷,清债22.6万多元,钱8.2万多吊,粮540石,退文书1.34多万张,欠利条子2800多张。② 在武乡县,中共减租减息运动取得重大成效。

1944年11月17日,太行区党委发出《关于贯彻减租运动的指示》。指示提出:不执行减租或对减租执行得不彻底,不仅难以打开工作的苦闷局面,而且使我们曾经在被迫的情况下应付了严重的斗争。1942年的经验证明,减租运动乃是最合理的调整阶级关系,增强对敌斗争力量,建设新民主主义根据地最本质的一环③,要求太行区抓紧冬天这一生产空闲时期进行彻底的减租减息运动,于是在1944年,太行

---

① 太行革命根据地史总编委会:《太行革命根据地史料丛书之五:土地问题》,山西人民出版社1987年版,第209页。
② 同上书,第219页。
③ 同上书,第257页。

区再次进行了大规模的继续减租减息运动。此次减租减息运动更为深入，在此次运动中，让民众意识到生活困难的根源与封建剥削有关，更加加深民众的阶级意识，有意识地发动民众的阶级仇恨。

此次减租减息运动的具体方式有如下几种：第一，清算。例如在平顺县路家口村，初始民众认为这都是"命不好"导致的，不愿意去算账，但在积极分子的带动下，民众有人算起来，便都要学着算，在墙上划，用算盘打，找干部问，总要明白吃了多大亏，想通了这个道理。副村长说：我以前常听说是剥削穷了，我不信，想是年景不好收不上粮穷了，但不相信会剥削穷，现在可明白了，我每天只应出租三斗，结果出了大斗六斗。第二，倒苦水。例如在平顺张井，一个妇女在诉苦时认为自己丈夫的死是村干部的原因，实际上是因为在荒年，丈夫当小偷，村干部扣留之后自己上吊而死的。在做思想工作的过程中，工作人员引导这一妇女认识到偷是错误的行为，更应该认识到偷背后深层次的原因，那就是地主的剥削是最根本和最深层次的原因。之后，妇女觉悟起来，随之带动了一些人都有了这样的意识认知。

1946 年，中共中央发布"五四指示"后，各地开始执行"耕者有其田"的政策。太行区党委在对中央关于土地问题指示座谈纪要中提道："经过 1942 年和 1944 年减租，老区地主、经营地主，大大减少和削弱了，富农是增加了，每次减租之后，地主要减少，富农要增加，有些富农是新兴富农，因之老区富农与地主更应严格分开。现在老区地主占人口由 3.25% 降到 1.98%，土地占有则由 24.63% 减到 4.2%，这说明老区基本上已将要达到耕者有其田的目的。"[①] 可以看出，在 1942 年和 1944 年两次减租减息运动中，太行区已经走在了中央政策前面，太行区土地占有比率和地主比率已经大为下降。

在此基础上，1946 年冬，太行区老区进行了紧张的查田运动，在这一运动中，地主基本上被消灭了，农民得以彻底翻身。在消灭封建方面，根据太行老区潞城南流、平顺阳高、黎城东阳关等 13 个村的统计，

---

① 太行革命根据地史总编委会：《太行革命根据地史料丛书之五：土地问题》，山西人民出版社 1987 年版，第 301 页。

地主原 65 户，被斗 63 户，占 97%，两户未斗，一个干属一个孤寡。经地原 78 户，被斗 67 户，占 89%，其余仅因方式不同，实际全部清算。与此同时，农民地位普遍得以提升，据 8 村统计，雇工 26 户全部变中农，赤贫 125 户中升中农 117 户，占 93.5%。基本上实现了"打碎地主的枷锁，获得土地、牲畜、农具和房屋"的翻身成果。经过减租减息运动，晋东南地区群众无论从阶级构成还是思想意识形态方面都发生了重大变化。

综上，抗日战争时期太行根据地一些老解放区已经实行了较为彻底的减租减息运动，与之后中共中央所提"耕者有其田"的目标有着相当大的契合度。而且，在运动中，通过清算、诉苦等技术手段的运用，老解放区民众已经意识到封建剥削的本质，在减租减息运动中也收回了自己的许多经济利益，并且同时提升了政治地位，在他们看来，这就是翻身。虽然这与韩丁认为的"打碎地主的枷锁，获得土地、牲畜、农具和房屋"有一定差距。因此，"翻身"一词在晋东南抗战歌谣的出现是晋东南较为彻底的减租减息运动的体现，同时，抗战歌谣的宣传也反过来促进了民众对减租减息运动的认知和理解。

另外，在抗战歌谣中还存在大量的书面语言和时事语言，下面这两首歌谣就是典型的例子。

《杀鬼子、保江山》："文明古国几千年，古往今来好江山，卢沟桥头枪声响，日本鬼子侵略咱，烧杀抢掠又强奸，文明古国遭灾难，中华大地狼烟起，鬼子万恶罪滔天，好儿男，上前线，杀鬼子，保江山。"[1]

《国共合作好》："今天大家来想一想，革命时代中国形势怎么样？五四运动掀起了大浪潮，北伐军的雄师到长江。帝国主义吓得缩了头，军阀官僚一扫光。不平等条约已取消，收回了租界汉口和九江，国民党、共产党，两党合作中国不会亡，国民党、共产党，两党合作中国久兴旺。"[2]

---

[1] 长治市民间文学集成编委会：《长治市歌谣集成》（一），山西省陵川县印刷厂 1988 年印刷，第 256 页。

[2] 同上书，第 260 页。

以上两首歌谣从语言和内容上来看，完全脱离了百姓现有的文化水平和时事认知水平，完全是中共宣传政策下的结晶。王荣花在《中共革命与太行山区社会文化的变迁（1937—1949）》一文中指出：直到抗战前夕，太行区许多村庄没有或只有很少的学校，学龄儿童入学率只有20%—30%，一个偏僻的山村，甚至几十个村都没有一个人识字，写封信也要跑到一二十里外去求人。"自古以来无此事"，"百里以内第一人"，横批，高小毕业。绝大多数民众处于文盲半文盲状态。[1] 通过此类抗日歌谣的传播，让当地的百姓更加深入了解中国所处的时代背景，明确知道中共的抗日民族统一战线政策是抵抗日本的有效手段。

二 抗战歌谣与乡村传统

除了在歌谣中渗透政治意识、重塑乡村政治形态之外，歌谣对乡村的影响还表现在对乡村传统的改变上。在收集到的抗战歌谣中，涉及社会风俗方面的内容主要体现在两个方面：提倡女性解放和破除封建迷信。这两个方面在抗战前的晋东南普遍存在。以前者为例，在中国近代妇女解放史上，女性不缠足运动开始于戊戌维新时期。在民国年间，由于官方的有效推动，妇女不缠足运动获得不同程度的发展。在晋东南地区，这一运动推进缓慢，太行根据地建立伊始，农村大部分妇女仍是小脚，女童的缠足仍在继续中。韩丁在《翻身——中国一个村庄的革命纪实》中记述了潞城张庄妇女缠足的情形："她们的脚经过裹缠，脚趾都窝在脚心底下，脚骨也变了形，不过三寸来长。她们不要说跑，就是走起路来，也像踩高跷一样。可是不少穷人家的寡妇从日出到日落仍旧得在地里干活。虽然在两次世界大战之间，中国大部分地区已经不再裹脚，但是直到一九四五年，在山西山区，还可以看到裹成小脚的年轻姑娘。"[2] 针对这一情况，抗战歌谣在创作过程中加入了这一内容，而且数量不菲，例如《放脚歌》："小脚女人，真正不好看。东倒西歪，做

---

[1] 王荣花:《中共革命与太行山区社会文化的变迁（1937—1949）》，博士学位论文，河北大学，2011年。
[2] 韩丁:《翻身——中国一个村庄的革命纪实》，北京出版社1980年版，第25页。

不了生活种不了田。顶不了半升米，度不过灾荒年呀嗨。小脚女人，真正不好看，鬼子过来，你就是无法办呀嗨。走也走不动，跑也是跑不快呀嗨。小脚女人，真正不好看。支援前线，人人要搞生产呀嗨。快快把脚展，妇女要做贡献呀嗨。"①

除缠足外，晋东南地区当时的封建迷信情况严重，表现在组织多种多样，名目杂多，据1941年黎城县的调查，各种会道门就不下四十余种。而见之于报道的就有离卦道、先天道、长毛道、孔子道、道德会、复兴会、九宫道、金钱道、老母道等。1941年10月12日，黎城县港东村的封建地主在敌伪特务机关的指示下，秘密组织"离卦道"，利用迷信思想，策动千余人在根据地进行反革命暴乱。他们冲击抗日政府，杀害抗日干部，破坏抗日力量，还用"日本打中国是中国人遭劫数"，"不修今世修来世"等反动迷信言论来削弱人民的抗日斗志。② 针对迷信盛行的情况，根据地采取了多种方式进行引导，有行政手段，也有宣传攻势。《新华日报》（华北版、太行版、太岳版）等报刊经常刊载一些科普性的文章，专门介绍科学知识，增加广大民众对自然界的认识。

迷信作为一种社会文化现象，与封建宗法思想、宗教信仰及其他传统文化紧密交织在一起，牢牢扎根于中华民族的精神文化中，成为一股难以打破的传统习惯势力。由于文化落后，科学不发达，晋东南地区自古迷信活动繁杂传统多样，建房、选墓地要请阴阳先生看风水，婚嫁、动土要择黄道吉日，打卦算命，荒诞愚昧之举不一而足。太行山区民众的信仰特征是迷信神权，"除少数知识阶级崇拜儒道有关政治教养外，余皆迷信神权。"③ 所以，通过歌谣破除迷信就成了时代必需。下面一首歌谣就是典型的例子。《送神歌》："泥胎泥胎，你别见怪，当初供你，本想发财。财也没发，惹祸招灾。中央一走，鬼子进来。俺要靠你，又是'命该'！亏俺自己，组织起来，抗战翻身，才把头抬。今天

---

① 长治市民间文学集成编委会：《长治市歌谣集成》（一），山西省陵川县印刷厂1988年印刷，第182页。
② 王荣花：《中共革命与太行山区社会文化的变迁（1937—1949）》，博士学位论文，河北大学，2011年。
③ 《顺义县志》（二），成文出版社影印1968年版，第555页。

俺可，请你下台，归山归山，归海归海，从今以后，再别回来。"①

综上，在重塑乡村社会的政治努力中，中共不仅实现了将革命话语以润物细无声的方式渗透进乡村话语体系中，而且以更加强有力的方式实现着对乡村社会的政治教化和政治重塑。

第三节　承载集体记忆（一）

集体记忆又称群体记忆。这一概念是法国社会学家哈布瓦赫在《记忆的社会性结构》一文中首次提出，将其定义为"一个特定社会群体之成员共享往事的过程和结果，保证集体记忆传承的条件是社会交往及群体意识需要提取该记忆的延续性"。② 历史是由多个记忆的片段加以组成的，记忆为历史提供了素材，"是历史制作的初始步骤"③，史学家通过自己的历史观与意识形态的需要，将记忆要素加以组织、叙述，最终呈现出一种历史面貌。抗战时期晋东南地区的民歌民谣保留了民众的大量记忆，那么，作为一种记忆，民歌民谣反映了民众的哪些记忆要素？或者说民众是如何在民歌民谣中建构自己的抗战历史？

在革命主义、民族主义与阶级意识的引导下，民众用自己的方式加以总结与叙述，形成了自己关于抗日战争的历史面貌。民歌民谣作为当时群众在日常生活中的主要产物，很好地展现了民众构建的历史面貌。民歌民谣主要通过口头方式流传。民歌民谣是对抗日战争的集体记忆，属于大众的范畴，用说唱的形式将人们对战争的记忆记录下来，抗日战争时期的民歌民谣情感内容集中，主要表现抗战精神和爱国主义精神，表达情感方式直接而热烈。本书所引用的晋东南抗战歌谣中，在田野调查中民众所能唱出的歌谣占不到1/10，在这不到1/10民众现在所能哼

---

① 长治市民间文学集成编委会：《长治市歌谣集成》（一），山西省陵川县印刷厂1988年印刷，第200页。
② ［法］莫里斯·哈布瓦赫：《论集体记忆》，毕然、郭金华译，上海人民出版社2002年版，第71页。
③ ［法］雅克·勒高夫：《历史与记忆》，方仁杰、倪复生译，中国人民大学出版社2010年版，第145页。

唱的抗战歌谣中，关于苦难和救星相关内容的歌谣占到了90%，几乎所有哼唱出的歌谣所唱内容都关乎苦难和救星，因此，笔者认为，通过抗战歌谣所形成的历史记忆是苦难—救星模式，下面对这一内容进行详细阐述。

一　苦难记忆

抗日战争时期，日军对中国进行了长期性的进攻。在抗日战争初期，由于敌我力量悬殊，中国军队遭受了多次失败。日军侵略者所到之处，无所不为，滔天之罪，罄竹难书，给中国人民带来了巨大的灾难。许多民歌民谣集中反映了日军的暴虐和人们的苦难。苦难记忆成为晋东南抗战民歌民谣中最重要的组成部分。其中，传唱度最高的就是那首经典的《逃难歌》："家住武东县，西区胡峦岭，日本鬼子搅扰咱，不能在家中。为了捡条命，带上转移证，转移到后山村，咱就成了难民。男人担一担，女人挎一篮，今天逃难往出走，甚时往回返？逃难往出走，心里发了愁，也不知道到那里呀，留啊不留？逃难上了路，娃娃抱在怀，哭了一声好恓惶，饿死俺的孩。"这首歌形象地反映了抗日战争时期武乡县的民众生活状态，在抗战时期，由于日本鬼子的侵略，老百姓为了保全性命，不得不逃难。在逃难的路上，因为所带的粮食有限，孩子和大人只能忍饥挨饿，心里发愁，不知何时才能返回家乡。"恓惶""俺的孩"这些方言充满了生活气息，是与当地语言接近的歌谣。

除此之外，还有许多首抗战歌谣反映民众苦难生活的，"说东洋，道东洋，东洋鬼子太猖狂，飞机大炮机关枪，不是杀，便是抢。说东洋，道东洋，东洋害俺无家乡。多少孩儿没爷娘。多少百姓逃四方。"这首民谣将日本侵略者称为东洋鬼子，表达了当时人们心中的激愤之情。日本鬼子在中国无恶不作，烧杀抢掠，使中国人失去了故土家园，失去了亲人，过着苦难的生活。在侵华期间，日军制造了南京大屠杀等事件，一座座城镇和乡村变成了人间地狱，昔日繁华的城市变成了废墟，住宅、街道被抢劫一空，许多无辜的百姓被杀害，尸体遍布街道，凄惨景象令人生畏。据统计，八年抗战期间，中国人口损失达3500万人，财产损失更是无法统计。日军实行"三光"政策，强奸妇女，抢尽米谷钱财，尸骨堆成山，给人民的生活带来了极大苦难。除此之外，再加上自然灾害的袭击，粮食歉收。除了天灾，还流行各种致命的流行病，如肺结核、恶性疟疾等，大量难民流离失所，忍饥挨饿，社会动荡不安，百姓生活在水深火热之中。

在田野调查过程中，一位叫申喜凤的老人给笔者留下了深刻的印象。记忆中老人特别腼腆、较为内向又特别爱笑，当笔者在一个临近黄昏的下午堂而皇之闯入老人家时，老人正在掰玉米，对于我们这些不速之客老人以微笑回应，让我们甚为感动。老人邀请我们坐下，在一起掰玉米的过程中，老人娓娓道来她的身世。当邀请老人演唱歌谣时，老人表现得特别矜持，在我们的再三邀请下，老人只唱了一首歌，这首歌就是"这次敌人大扫荡呀，时间可能长，手段毒辣抵御光呀，老乡得找地方，找地方，咿呀咳，地方垒门窗，柴草不经存啊，粮食要分藏"。[1]这是老人唱的唯一一首歌，想来也必然是老人记忆最深的一首歌曲。记忆并不是对过去发生事情代码的简单回想，而是经过记忆者重构的信息片段。只有具有强烈认同感与刺激性的信息才可能成为永久回忆。这首抗战歌谣承载着老人对抗日战争那段历史时期最简单的和最直接的记忆回想。

在晋东南抗战歌谣中，除了记述苦难记忆，还有部分是分析造成苦难生活缘由的歌谣，在这些歌谣中，我们可以看出群众对苦难生活缘由的理解。在抗战歌谣中，日本帝国主义的入侵是造成这一时期生活艰苦的最根本原因，如沁源歌谣《望延安》："一九四二年，正在秋收天。日本鬼子横行霸道进攻沁源，又杀人又放火真野蛮，从此后沁源人遭了大难。数九寒天里，雪花儿空中飞。日本鬼调兵无数扫荡太岳区，娘抱儿父拉子都往山里走，不由人两眼泪珠双双流。半夜就起身，鸡叫就爬山。铺黄蒿盖白草冷水拌炒面，啃树皮吃野菜就是家常饭，多少人白天黑夜眼望延安。"[2] 除了日本帝国主义，他们的附庸也是抗战歌谣中民

---

[1] 采访对象：申喜凤，黎城县黄崖洞镇下赤峪村；采访者：李荣、赵艳霞、王慧涓；采访时间：2011年8月1日。

[2] 沁源县志编纂委员会：《沁源县志》，海潮出版社1996年版，第479页。

众生活困难的重要原因之一,可以展现出民众的情感表达。例如在采访刘存泠老人时,老人给我们唱了一曲《汪精卫歌》,在唱歌之前,老人给我们介绍了汪精卫:"汪精卫是大汉奸,你们听说过吧?汪精卫是个大汉奸,我给你唱唱汪精卫是个大汉奸,他就把中国出卖了。"接下来老人演唱了这首歌谣:"可恨可恨真可恨,汪精卫定下了卖国协定,卖国协定说些甚,说起来呀气死人。中国地方日本来兵讨,全国各地多少鬼子兵,汪精卫卖国真可恨,还有他叫上日本兵,按上帮派都杀尽。杀尽鬼子不留情,中国地方日本来兵讨。"① 可以看出,老人深切赞同歌谣中所表述的内容,汪精卫叛敌投降是日军长驱直入中国内地最重要的原因,歌谣承载了民众对苦难缘由的理解。

二 救星记忆

在整理抗战歌谣过程中,歌谣中对于苦难的诉说总让笔者对那一段历史充满了灰色理解,臆想民众的内心世界大多也是灰色的,生活是灰色的,情绪也是低落的,一切的一切都是那么暗无生机。然而,笔者在继续整理资料和田野调查过程中,民众对于那段时间的记忆情感和回想情绪突破了笔者的想象,如果用颜色来表达对那段苦难时段感受的话,他们的心中不全部是灰色的,甚至可能是红色的,对那一时段的记忆情绪是兴奋的,可以说是一段激情燃烧的岁月。我认为是希望带给了他们这样的情感记忆,而希望则来自解救苦难的组织和个人。在晋东南抗战民歌民谣的陈述中,具化为中共共产党、民兵组织还有一些英雄人物。民歌民谣中的英雄记忆可以分为个人和集体两方面。

(一) 个人英雄记忆

抗日战争的胜利离不开党领导的正确作战方针,离不开党领导的英勇抗战。在抗日时期,为晋东南抗日做出卓越贡献的中共领导人就成为歌谣中歌颂的典型。例如毛泽东、刘伯承、左权等,典型的歌谣有《左权将军》,它是一首在晋东南地区传唱度最高的歌谣作品:"左权将军

---

① 采访对象:刘存法,襄垣县西营镇城底村;采访者:李荣、王薇;采访时间:2013年7月20日。

住湖南醴陵县，他是中国共产党的优秀党员。未当政治委员，苏联先留洋，回国以后由军长升到参谋长。参加中国革命，整整十七年，他为国家他为民族费尽心血，狼吃日本五月，扫荡咱路东，左权将军麻田附近光荣牺牲。左权将军牺牲，为的是老百姓，咱们辽县老百姓为他报仇恨。"除此之外，还有《歌唱刘伯承将军》："山岳震，天地动，歌唱人民的将军刘伯承。你是天才的军事家，你是毛主席的好学生。八年打败日本鬼，反击蒋贼获大胜。率领大军渡黄河，百战中原再建功！"还有《旗手就是毛主席》："抗日有面大红旗，朱老总挥师红旗下，旗手就是毛主席。抗战节节得胜利。"这些歌谣言简意赅，但却生动刻画了党领导的军事才能，通过描写毛泽东、刘伯承、左权等领导人的英勇大无畏、不怕牺牲精神，给人们树立了榜样，起到了宣传抗战的作用，激发了大家的斗争情绪。在人们眼里，他们是救亡图存的民族主义者，"左权将军牺牲，为的是老百姓，咱们辽县老百姓为他报仇恨"歌词说明了他们在群众中树立了英雄形象，起了先锋模范作用，人人皆知，因此也就形成了民众对党领导的个人记忆。

除了歌颂中国共产党中央和地方领袖外，当地普通人物典范也成了歌谣歌颂的对象。抗日战争时期，在许多地区，出现了一些皆为人知的抗日英雄。他们的英雄事迹在当时广为流传，从而潜移默化，在民众脑海中形成一种记忆。比较流行的有：《儿童团长王小保》："儿童团长王小保，洋铁桶里放鞭炮，鬼子当成正规军，轻重武器瞎喊叫，铁壁合围往上冲，才是一个洋铁桶，气得鬼子用脚蹬，踢得响，字母地雷群，轰隆隆，轰隆隆，鬼子乱成一窝蜂，八格牙路喊不成，血肉飞到半天空，王小保在树梢，一边拍手一边笑，骂着鬼子大草包，唱着沁源秧歌调。"还有《民兵高贵堂》："武乡上广志，民兵高贵堂，他今年二十三岁当汉长，胆大智谋强。鬼子进了村，人们正打场。高贵堂掩护大家到后山，端起三八枪，砰的一声响，鬼子爬地上。高贵堂转移地方瞄准狗豺狼，打死整两双。敌人害了怕，赶快撤出庄。全村人齐夸贵堂好胆量，威名扬四方。"这两首民歌表面上是说王小保、高贵堂的英雄事迹，实际上隐含着一种榜样的作用。王小保虽然是个儿童，但是在抗日战争中却不畏惧敌人，用机智巧妙地战胜了敌人。高贵堂作为武乡的民兵，胆大智谋强,保护村里民众不受敌人伤害。这对当时抗战起到了重要作用,鼓舞了人民斗志。

(二) 集体英雄记忆

英雄记忆中除了个人的记忆外,还有集体英雄记忆。这个角度可以分为三个方面。

第一,歌颂当地民兵。在当时广泛流传的有:"一手拿锄,一手拿枪,基干队青年先,我们是老百姓的武装,送情报,除汉奸,破道路,不怕敌人来扫荡,到处开展游击队,我们的弟兄满山岗,保卫根据地,保卫咱们的家乡,我们是人民的力量,我们是自卫的武装。"

从内容上可以看出,这首民歌民谣是在民兵组织中经常演唱的。民兵作为八路军以外的军队,对当时的抗战起了重要作用,有效地给予八路军作战力量,提高了民兵在抗日战争中的地位,民兵的存在具有无法替代的作用,因此歌颂民兵的民歌民谣的存在是具有价值的。

笔者在2011年参与了山西省重点人文社科基地项目"太行根据地民兵组织研究"的研究,作为参与人,曾多次进行田野调查。笔者印象深刻的是武乡的李炳珍老人,在谈到民兵时老人说:"1944年的正月十七日本人包围砖壁,民兵指导员高生云掩护群众转移,他们拿着枪,当时八路军总部给了他们八支枪,四十发子弹,二十颗手榴弹,当时派着部队训练民兵引诱敌人,最后牺牲了。民兵就牺牲了他一个,村里面死了一个女孩,这个女孩是怎么死的?日本人打民兵,民兵知道不能直线跑,但是她不知道,敌人打过来就把她打死了……(民兵)部队训练,他们投弹、刺杀、利用地形作战、埋地雷……当时砖壁的民兵很厉害的,有武器又有号员(就是那个学吹号的)。"在陈述的过程中,老人的表情是骄傲的,充满着信任和激动,后来老人不自觉地说起了关于民兵的歌谣,"砖壁民兵英雄汉,男女参战是模范。昨天参加关家垴,今天参加保卫战。抬担架来送子弹,抢救伤员又送饭。劳武结合警惕高,身边挎着手榴弹。军民团结杀伪寇,坚持抗日游击战。"虽然老人表示不会唱,是给我们念词的,但是老人最后又反复强调:"当时民兵的技术水平较高,因为是部队直接派人对他们进行训练的。1944年在韩北进行了军事比武。"①

第二，歌颂八路军。有关记载歌颂八路军的民歌民谣不仅出现在《太岳日报》《长治城区》《郊区县志》上面，而且还印在老区民众的记忆深处。如前文所提到的李炳珍老人，在采访老人的时候，老人拿出了自己珍藏已久的小本子，小本子上记载了许多关于八路军的歌谣，这些都是老人的珍贵记忆。如《八路军真英雄》："八路军，真英雄，鬼子一见丧胆魂，好像天将和天兵，个个送了小狗命。"又如《数咱八路军好》："一坡坡的松柏树，一坡坡的草，一对对的抗日军，真是个大草包。嗯咯呀呀的呆，数咱八路军好，八路军呀扛棱标，穿的破棉袄，狗娘养的老三军，打得鬼子可山逃，光会抢粮草，嗯咯呀呀的呆，见了敌人往回跑，实在有功劳。嗯咯呀呀的呆。"又如《自从来了八路军》："八七抗战打起来，阎锡山他把人民卖，东炮台，西炮台，民夫担水每天挨，麻绳捆得骨头碎，整整受了六年头。自从来了八路军，才把咱从火坑救出来，自从胜利到现在，老百姓多痛快。丈母娘能够看女婿，闺女也能到娘家来，亲戚朋友来回串，举家老少尽开怀。"在这些歌谣中，百姓用最朴素的语言表达着他们快乐和感恩的心。将八路军比喻成天将和天兵，可见八路军在人们心目中占有重要的地位。接地气的民歌民谣，具体刻画了八路军在抗日战争中的英勇、大无畏精神。这些民歌民谣在广大民众中口耳相传。无论从哪一个角度进行研究，它的基本思想点都是为了歌颂八路军英勇杀敌、视死如归的英雄气概。叙事连贯，场面饱满，情节真实，展示出了八路军英雄的群体形象，同时也是高昂的英雄主义礼赞。同时它也激励和呼唤人们行动起来，踊跃参军，投入保家卫国的斗争，具有强烈的鼓动性和战斗性，不仅起到了宣传抗日的作用，而且也壮大了抗日军队的力量。对于八路军的英雄形象记忆就从这里诞生了。民歌民谣没有华丽的辞藻，也没有过多的夸张和比喻，是对八路军的一种真实写照，歌颂了八路军浴血奋战、英勇无敌的风采。

第三，歌颂中国共产党。共产党是抗日战争的领导核心，正如歌曲

---

① 采访对象：李炳珍，武乡县城；采访人：段建宏、朱文广、赵艳霞、李荣；采访时间：2012年2月3日。

中的"没有共产党就没有新中国，共产党辛劳为民族，共产党他一心救中国，她指给了人民解放的道路，她领导中国走向光明，她坚持了抗战八年多，她改善了人民生活，她建设了敌后根据地，她实行了民主好处多"。歌曲的传唱，生动具体地渲染了中国共产党在抗日战争时期占有重要地位。如果没有中国共产党的领导，如果没有共产党制定的正确理论、路线、方针、政策的指导，全中国不可能团结起来，取得革命的胜利。在抗日战争时期，由于共产党切实改善人民的生活，注重自身建设，与群众同甘共苦，坚持为人民服务，因此受到了群众的拥护和高度赞扬。在当时广泛流传歌颂共产党的民歌民谣有《及时雨》："老百姓好比庄稼苗，天旱水缺没人浇；梢儿黄，叶儿焦，死去活来受煎熬。共产党好比及时雨，细细密密把苗浇；又扎根呀又发梢，绿油油的苗儿长得高。共产党呀老百姓，及时雨来庄稼苗。庄稼苗呀常常长，及时雨来常常浇。"又如《感谢共产党》："有了共产党，俺才得解放，纪念她功劳大，永远不能忘，咱给她过生日，万寿无疆。瓜儿离不了秧，孩儿离不了娘，咱们都离不了，救命的共产党，咱们都离不了，救命的共产党。锣鼓遍地响，秧歌扭呀唱，提红灯去开会，大家喜洋洋，提红灯去开会，大家喜洋洋。过上好时光，感谢共产党，从此大家团结起，跟定共产党，从此大家团结起，跟定共产党。"民歌中将共产党比喻成及时雨，有了共产党，庄稼苗才长高，有了共产党，才让人民过上好时光。面对日本的疯狂侵略，正因为有了共产党，才让民众免受苦难，苦尽甘来，团结起来一致抗日，所以就产生了"人民要走幸福路，只有跟着共产党"的民歌。这些民谣是当时群众亲身经历了苦难的生活后有感而发，编成之后在民间广泛流传，从而形成了共产党让他们过上了幸福的生活，是当时社会的大救星的记忆。这对于提高共产党的威望，振奋军队士气，团结民心具有重要作用。

第四节　承载集体记忆（二）

抗战时期，由于日本侵略者的疯狂侵略，干扰了人们正常的生活，使人们在战争中备受摧残，人们的生活呈现出一种艰难的状态。在这种情况下，就需要英雄来拯救苦难中的人们。共产党的正确领导，解救了苦难的民众，使人们的生存环境得到了改善，从而得到人们的热烈拥护，就成为民众心中最值得记忆的部分。因此，从抗战歌谣所体现出的民众集体记忆就是苦难—救星模式的记忆。

一　民歌民谣与集体记忆：民歌民谣为什么能成为集体记忆

作为抗战时期的产物，民歌民谣中包含了许多民众关于抗日战争时期的记忆，民歌民谣的流传也使得蕴含其中的集体记忆得以保存，那么，作为一种独特的史料形式，民歌民谣为何能够成为承载记忆的媒介，又如何将其承载的内容成为民众的集体记忆？

（一）民歌民谣的民间性

1. 情感的民间性

民歌民谣有广大民众创作的，也有文人学者所创作的，但是不管创作者是谁，其基础或者说立足点都是民间，是普通民众对自己生活的直接反映抑或是文人学者对民众生活的深入感触，这些歌谣在很大程度上包含了民众抗战时期最深切的内心情感，民众在抗战时期或无奈或悲怆或坚强或矛盾的心境都能很好地展现。民歌民谣包含了民众对抗战历史的情感认知，为集体记忆提供了存在的场，能够很好地激发民众关于抗战的记忆，容易触动民众关于抗战记忆的情感阀门，因而抗战时期的民歌民谣很容易触动我们对抗战那段往事的回忆。

比如说在对襄垣县西营镇城底村的刘存法老人进行采访时，让老人帮忙唱几首抗战时期的民歌民谣，老人在唱了几首歌之后就激起了她对抗战时期的记忆，一步一步就聊到当年的生活及个人情况。聊到黄崖洞时，老人首先想到的是她之前和其他人去黄崖洞的经历，想到了黄崖洞的场面，叙述了当时交通的极度不便与艰难。接着自然而然就主动向我们唱起了《黄崖洞》这首歌谣。"这一次鬼子来进攻呀，狗日的真是凶。调动大兵一万名，进了黄崖洞，黄崖洞呀咿呀嘿黄崖洞，八路军兄弟真勇敢呀保卫我老百姓，血战二十二日杀了他两千人，两千人呀咿呀嘿两千人，这一次鬼子炸了棚呀咱逼他收了兵，加紧准备咱不放松，再叫他个倒栽葱，倒栽葱呀咿呀嘿倒栽葱。"老人在唱完之后，还由衷地对我们说"这话写得好吧"。虽然老人的评价很简单，但作为一个普通的农村妇女，在旧时代并没有接受过太多的教育，或许这一句简单的"写得好吧"就深刻地展现了这首民歌民谣写出了她关于抗战时代最深的或者说最真实的记忆和情感。①

2. 内容的民间性

在以往的历史研究中，很多学者致力于研究伟大人物，而那种年复一年、日复一日的日常生活，由于其自然、平淡、习以为常而往往为人们所不屑一提，或者由于过分熟悉的生活和习俗，被学者们忽视。民歌民谣作为民众日常生活的产物，也就决定了其主题的丰富性与多元性：民歌民谣抨击日伪，激励抗战，"日本鬼子真凶残，正月轰炸了屯留县，民房商号成瓦砾，携儿抱女逃外边。冰天雪地无家归，你看可怜不可怜，老乡们啊齐动员，抗日救国最当先。"鼓励生产，支援前线，如《大生产把敌抗》《做军鞋》《纺织歌》《开荒歌》等；军民配合，积极参战，如《自愿去参军》《劝郎参军歌》《送夫参军歌》；生活艰苦，坚持抗争，如《迎接光明》《团结起来有力量》《打了胜仗再回来》等一系列民众真实经历过的场景。丰富的主题内容也为集体记忆的保留提供了许多素材，内容的真实贴切便于在群众中流传。

此外，记忆需要某些可以让回忆固着于它们的结晶点，民歌民谣丰富的主题为集体记忆提供了许多可以固着的结晶点，承载了许多集体记忆，丰富了集体记忆的内容。

3. 语言的民间性

民歌民谣的语言特点决定了其传播的广泛性，首先，民歌民谣语言简洁、形象，利于理解。比如抗战时期的歌谣《造地雷》："一颗石头蛋，中间钻眼眼。装上二两药，再把麻线安。麻线留小眼，中间爆发管。保险又简单，大家都来干。"②这首民歌形象、简明地介绍了地雷

---

① 采访对象：刘存法，襄垣县西营镇城底村；采访人：李荣、刘薇；采访时间：2013年7月20日。

② 晋城市地方志编纂委员会：《晋城市志》，中华书局1999年版，第2050页。

的使用方法，便于民众理解，很好地实现了向民众传授制作过程的目的。其次，民歌民谣是带有地方特色的。语言口语化、方言化是其又一大特色，这个特点便于群众记忆，从而更好地传播。如歌谣《难过年》："活得我真伤感，老天爷就不睁眼，春夏秋冬常困难，年年到头原照原，地主债务还不完。闹上一年过不了年，衣服穿得稀巴烂，烧火没呐一疙瘩炭，小米子还有二合半，还有圪星玉茭面，买不起醋来称不起盐，天下穷人难过年。"其中"圪星"即很少的意思，属于沁源方言。最后，民歌民谣作为一种口头传唱的艺术，其语言特点的接地气，更是帮助了民歌民谣快速地传唱，在民众间广为流传。

（二）政策的导向作用

1937年年底，在粉碎日军对太行区的六路围攻、1938年4月粉碎日军对太行区的九路围攻后，八路军在太行民众中扎下了根，群众开始逐渐接受八路军。1938年3月省委召开建立太行山根据地会议，专门讨论研究了宣传文化教育工作，决定采取有力措施，加强这方面的工作。抗战初期在宣传动员中，通常采取召开群众大会，演唱抗战歌曲、演出抗战戏剧、书写抗战标语、绘制抗战漫画等简单明了、易为广大民众接受的形式，以戏剧和歌曲为主。[①] 可以看出，为了扎根晋东南，稳固已建立的根据地，中共在进入晋东南伊始就把歌曲作为中共宣传抗战重要形式之一提上了议程。

1941年，毛泽东发表具有理论指导意义的《在延安文艺座谈会上的讲话》（以下简称《讲话》），在《讲话》中，毛泽东阐述了党的文艺政策、文艺立足点、文艺内容、文艺形式等各方面的问题。针对文艺内容，《讲话》中明确提出，当前情况下，文艺必须为抗战服务，"我们当前政治的首要问题是民族解放，面对日本帝国主义的侵略，需要军民同心同德，打击敌人。"在此大环境下，"要使文艺很好地成为整个革命机器的一个组成部分，作为团结人民、教育人民、打击人民、消灭

---

① 太行革命根据地史总编委会：《太行革命根据地史料丛书之八：文化事业》，山西人民出版社1990年版，第2页。

敌人的有力武器，帮助人民同心同德地和敌人作斗争。"① 在《讲话》发表之后，1942 年 1 月，129 师政治部、中共晋冀豫区党委联合举办了晋冀豫区文化人座谈会，在会议中，邓小平明确提出，在文艺的内容上提出了"文艺为抗战服务"，解决了文艺配合现实斗争问题。1942 年 1 月前后发表的两次讲话明确表达了中共的文艺政策、文艺指导方针，对晋东南抗战文艺发挥了重要的影响作用。

在中国共产党的政策引导下，许多文艺创作者也积极投身于民歌民谣的创作和改造过程中。各种报刊上都出现了民歌民谣，比如《新华日报》《太岳日报》《抗敌报》等。这一过程更是实现了民歌民谣由下到上这样一个影响过程的扩大，体现了民歌民谣在现实生活中的重要作用。尤其是毛泽东《讲话》对文艺工作者对民间艺术的创作大为鼓励，同时在讲话的引导下文艺工作者创作的民歌民谣更加接近大众生活，也更明确了为大众服务的方针。民歌民谣在政策与文艺工作者的努力之下其传播也进一步扩大，也就进一步地保存并完成了民众的集体记忆。

在政策引导下，晋东南根据地出现了许多的剧团。它们在党的号召下，"更加深入到农村、兵营、工厂、学校。部队和自卫队，把歌咏作为生活中的必修课，每天集体演练。在根据地，凡有群众集会的地方，都有歌声。创作的歌曲中，以合唱为主要形式，1939 年到 1940 年，根据地内自己创作的歌曲达 51 首，90% 以上都是合唱，充满战斗激情。如流传较广的《好男儿要当兵》。民众中流传的民歌小调，在抗战中一般都经过改造，加进了抗战内容。如武乡县用旧民歌形式改造新编的《骂汪小调》，曾受到朱德总司令的赞扬。"②

同时，在晋东南根据地建立了专门培养艺术人才的学校，为创作、改造歌曲提供智力上的储备，1940 年，在晋东南鲁艺学校内，培养根据地内的专门音乐人才。他们除了学习中西音乐外，也注重收集整理民

---

① 毛泽东：《毛泽东选集》，人民出版社 1991 年版，第 847 页。
② 太行革命根据地史总编委会：《太行革命根据地史料丛书之八：文化事业》，山西人民出版社 1990 年版，第 61 页。

间音乐和民歌，并编辑出版了民歌集。①

1940年，在中共中央北方局和八路军前方总部的倡导与支持下，在晋东南武乡县下北漳村成立"晋东南鲁迅艺术学校"（以下简称鲁艺）。该校的总负责人是校长兼党委书记李伯钊同志。学校设有校务委员会、教务处、总务处和党支部等机构，下设三个系：戏剧系、音乐系、美术系，分别由伊林、常苏民、杨角等同志任系主任进行教学工作。稍后又成立了"鲁艺木刻工厂""鲁艺实验剧团""鲁艺戏曲团""鲁艺校刊编委会"等机构。前后数年之间，培养了数以百计的优秀艺术人才，活跃于这块根据地，配合兄弟单位，带动和推动了广大群众掀起抗战救亡的热潮，创造了大量为群众所欢迎的艺术作品和多种多样的文艺活动形式。

从创作者看来，抗日战争时期，晋东南民歌民谣可分为两大部分，一部分是由文化人创作，在各根据地具有相当影响力的歌曲，后传入晋东南地区，成为本地民众朗朗上口的小调；另一部分是文艺工作者根据地方既有歌谣曲调，加入反映现实、反映生活的内容。当时，大多是情歌，如"墙里栽花，墙外开，蜜蜂蝴蝶采花来，蜜蜂采花来，情人把门开"。日本侵华后，形势变了，农民们用旧调填新词，如"中国人日本人不一样，日本人穿的是黄衣裳，牛皮鞭子咯啦啦啦响，进了村庄就打枪"。自卫队的年轻人最爱唱："上一次鬼子来扫荡，狗日他好厉害，抢走五哥的大棉袄，还有我的大烟袋，大烟袋呀呀嗨，烟袋！"②虽然这种形式的歌谣不免有生搬硬套之嫌，但在初始阶段，这是让民众快速接受的较为有效的方式之一。

通过对旧民歌的改造，原有的晋东南民歌体系被重构，正如一位剧团团员所说："1939年到1940年我当时就收集100多首民歌，根据地音乐工作者，从生活出发，利用民歌素材进行创作，或填新词，或加以改编。如《大烟袋》《牧羊歌》《反维持》等，我们用民歌填词搞成联

---

① 太行革命根据地史总编委会：《太行革命根据地史料丛书之八：文化事业》，山西人民出版社1990年版，第61页。
② 赵洛方：《太行风雨——太行山剧团团史》，山西人民出版社2001年版，第226页。

唱或民歌联奏。民歌填词的新民歌如《左权将军》《江南新四军》《建立民主》《土地还家》《反对买卖婚姻》《歌唱共产党》《军队百姓是一体》《红都炮台》《黄崖洞大胜利》。这些新民歌，反映的题材非常广泛，也很及时，一旦赋予了新的内容，就以崭新的生命力出现。"①

（三）加深记忆的活动组织

民歌民谣要想成为民众记忆首先必须在民众的全部记忆中留下深刻印象，这样才能进行传承。民歌民谣针对的群体是广大的民众，民众记忆的方式就是不断传唱。在对经历过抗日战争的民众进行采访时，很多老人都介绍道当时村里或者说群众中有歌唱队，歌唱队会教大家演唱最近的歌谣，当时的教授对象从小孩到青年再到老人都包括在内。同时会经常性地组织各种活动，大家一起唱歌谣以加深记忆。一位叫王秀英的老人介绍道："八路军的唱歌队来了活动一天。"② 在采访阳城县河北镇匠礼村的杨小林时也介绍道："我记得唱的是：听我把话讲，俺爹俺娘送……唱的是婚姻自由，学习呀。区妇联干部教我们。"③ 民歌民谣的受众是民众，只有真正为民众熟悉、了解，传唱才能达到效果，才能成为民众的记忆。抗战期间组织的各种和民歌民谣传唱有关的活动，一次次的传唱加深了记忆，使集体记忆得到更好的保留。这样的组织有很多形式：有剧团的流动演出，有各式各样的文艺会演，也有各种颁奖礼，等等。形式不同，但目的同一，民众在参加组织的活动中加深了对抗战歌谣的学习和记忆。例如，"我们太行山剧团进行了一次称之为'二千五百里'的长征大流动演出，在这以前是由陵川、晋城、高平、长子、长治、沁水到屯留的。在屯留进行了训练、排演后，从屯留出发，路经襄垣、武乡、沁县、辽县、榆社、和顺，直到冀西的邢台、赞皇等地，后又返回长治。踏遍了太行区的山山水水，经过了大、小城镇及

---

① 太行革命根据地史总编委会：《太行革命根据地史料丛书之八：文化事业》，山西人民出版社1990年版，第640页。
② 采访对象：王庭祥、王秀英；采访者：段建宏；采访时间：2004年12月21日。
③ 采访对象：杨小林；采访者：刘小丽、宋丽莉；采访时间：2005年1月16日。

乡村。"①

1939年春在长治县城举行的"晋东南戏剧运动周",也可以说是音乐周,各大文工团、剧团都汇聚在这里,分两个舞台演出。②

后来在太行区举行的生产展览会、群英会、劳模会、临参会、129师师运大会等时,也就是各文艺团体的大会演,队伍的大检阅,也是戏剧、音乐活动的大比赛。互相观摩、互相学习、互相促进、共同提高。③

为了更进一步繁荣根据地文教事业的发展,1946年,晋冀鲁豫边区政府教育厅特为优秀文教作品颁发奖金。颁奖的内容包括各种文艺形式,歌曲和歌词也在其中。"以能反映、表扬八年抗战艰苦奋斗的史诗,采取以工农兵为主要对象的题材,为群众和广大干部所欢迎接受"④ 作为评奖的标准。

民歌民谣的民间性使民歌民谣为群众所熟悉与接受,同时也便于群众理解和记忆,政策的支持与各种活动更是加深了这种记忆,从而抗战时期的民歌民谣作为民众抗战时期的集体记忆载体得以保留。

二 回应与反思:作为集体记忆的民歌民谣在当下的思考

(一)作为集体记忆的民歌民谣

从民歌民谣建构的历史中可以看出中国共产党的形象、抗战时期的各项活动在晋东南民众历史中留下了很深的印记,并且如果将民众对中国共产党的形象与对国民党形象的记忆相对比,发现民众对于二者的印象是有非常大的差距的。这固然与两个党在抗战时期的作为有关系,但也离不开中国共产党在抗战时期运用民歌民谣这种贴近群众的方式进行了正确的宣传与引导,加深了民众的记忆。同时在民歌民谣能够成为集体记忆的过程中,中国共产党的引导也发挥了很大作用,一方面是出于确保民众在抗日战争中能够形成统一的价值观,确保集体成员的民族认

---

① 太行革命根据地史总编委会:《太行革命根据地史料丛书之八:文化事业》,山西人民出版社1990年版,第638页。
② 同上书,第639页。
③ 同上。
④ 山西省文学艺术工作者联合会编:《山西文艺史料》(第三辑),山西人民出版社1961年版,第80页。

同感的客观需要，但不可避免的是在中共引导下的民歌民谣在对国民党军队的描述中出现了形象单一化的现象，在对中国共产党的形象描绘中也没有完成丰满刻画。这是作为集体记忆的民歌民谣所缺失的内容。但是尽管在意识形态的干预下作为集体记忆的民歌民谣在内容上有些缺失，但是绝不能因此放弃对民歌民谣的正确引导，不能忽略民歌民谣作为一种宣传方式的有效动员效果。

值得注意的一点是，这些民歌民谣不仅仅只是在抗战时期产生作用，而且作为集体记忆保留下来，成为今天民众记忆的重要组成部分。同时，还发挥着另一个作用：抗战时期的民歌民谣作为集体记忆所保留下来的、涉及民众对以往共产党与共产党员的认识在当下社会也发挥了不可替代的作用——这些记忆成为民众进行古今对比的很重要的参考依据。这是集体记忆对当今社会一个很重要的督促作用，运用集体记忆"鉴于往事，有资于治道"，它鞭策着如今已成为执政党的中国共产党要始终保持优良作风。

（二）作为集体记忆的民歌民谣在当下的缺失

时下不可忽视的一个现实就是对当下社会有着积极影响的集体记忆传承的缺失。保罗·康纳顿认为，群体记忆的保存和传播会对社会产生重要的作用。的确，集体记忆的传承有利于我们更好地把握社会自我发展、自我完善的内在机制，有利于我们更好地理解历史的必然性与规律性。但是，尽管当下有很多人在收集资料，企图保留这些对过去的集体记忆，但远远不能挡住集体记忆流失、消失的步伐。

其一，是集体记忆的时代性，一个群体的记忆始终抵挡不住当下社会和当今变迁对其进行的影响与改造。哈布瓦赫就说："集体的记忆框架恰恰就是一些工具，集体记忆可以用于重建关于过去的一项，在每一个时代，这个意象都是与社会主导思想相一致的。"[①] 现代社会缺乏集体记忆的环境，而当今时代的主导思想又给集体记忆注入了更多的时代性，关于抗日战争时期以抗战歌谣为载体的民众记忆逐渐淡出人们的头

[①] ［法］莫里斯·哈布瓦赫：《论集体记忆》，毕然、郭金华译，上海人民出版社2002年版，第71页。

脑，而更多的是出于当下时代的需要，而进行了一定程度上的修改。

其二，哈布瓦赫将集体记忆定义为"一个特定社会群体之成员共享往事的过程和结果，保证集体记忆传承的条件是社会交往及群体意识需要提取该记忆的延续性。"换言之，在哈氏看来，集体记忆的"集体性"最终落脚在"群体活动"上。即"只有参与到集体的社会互动与交往中，人们才有可能产生回忆，进而将这些对过去的重现渗透入各种公共表达之中。"[①] 当今社会缺少抗战民歌民谣的集体活动并且随着时间的推移许多战争亲历者已经逝世，民歌民谣这种集体记忆载体缺少了加深记忆的群体活动，也就缺少了延续性。随着时代的发展，抗战时期的民歌民谣的传唱度也逐渐下降，作为集体记忆的民歌民谣的传承也就出现缺失。

其三，当今社会各种各样记忆形式的出现削弱了民歌民谣作为承载记忆的媒介功能。尤其是影像、图片及音像的出现和发展以其方便记录与善于保存的特点优于民歌民谣这种主要是以口头传唱为传播方式而越来越成为承载记忆的重要方式。在这种状况下民歌民谣受到的关注也就越来越少，其传承也就逐渐缺失。

曾经在抗战时期发挥过重要作用的民歌民谣这种民众喜闻乐见的宣传方式在当下的社会已经越来越处在边缘化的地位，更多的是作为一种文本进行欣赏，有的民歌民谣种类甚至必须作为文化遗产进行人为的保护，传统的民歌民谣生长与传播的土壤已经越来越小。但是，当下我们仍然不能忽视民歌民谣的作用，不能忽视民歌民谣在表达民众心声、展现民众生活面貌方面的作用。况且，在当下信息技术高速发展、各种信息泛滥而普通民众信息辨别能力仍需提高的时代，民歌民谣作为一种产生于民间、发展于民间的艺术形式是一种积极健康的娱乐方式，合理地开发与应用民歌民谣能够丰富民众的生活。保护逐渐消失的民歌民谣，同时要与时俱进创造反映当下群众生活的民歌民谣，是当下的学者和民间艺术创作家应该关注的方面，让民歌民谣在当下社会不敢说大放光彩至少是要成为民众倾诉感情、发表建议、丰富生活的一扇窗口、一种途径，从而进一步推动整个社会文化氛围的进一步发展。

---

① 吴迪：《春晚：属于中国人的集体记忆》，《新闻研究导刊》2014年第1期。

第六章　晋东南抗战歌谣的时代转型

　　从文艺产生的角度来看，文艺的形成离不开人类社会的生产生活，特定的生产生活产生特定的文艺作品，就如同没有牧场就不会有牧歌，没有耕作就不会有农歌。在现今社会，人们的社会环境、经济生活发生着翻天覆地的变化，在晋东南的上空，早已不再是硝烟弥漫战场的号角，而是经济文化迅速发展的交响乐，以抗战为主题的民歌民谣赖以生存的社会环境基础消失了，这一文艺内容的生存空间随之就会受到严重挤压。另外，文化的继承和传播方式的持续性也影响着抗战民谣的推广。有学者认为，口传文化具有创作、表演、接受三位一体的特征，创作者既是表演者，也是接受者，又是传承者。这种文化本身就很容易受到外界因素如传承人缺失的影响，现在许多民族传统文化传承人大量减少，传承人青黄不接，后继乏人已是不争的事实。现在电视、网络更能吸引广大民众的眼球，现在民众接受抗日歌的主要媒介已不再是口耳相传，学校的教育、电视的宣传则是更重要的掌握渠道。

　　因此，时光荏苒，抗战的场景已经成为历史，抗战歌谣大多只能留存在一代人的记忆中。抗战歌谣作为一种口头文化遗产必然具有"文化变迁"的特征，随着时代的变迁也在发生着变化。

第一节　演唱群体严重缩减

　　在抗战时期，抗战歌谣"几乎是男女老少无人不唱，无时无地不唱，碰上个下乡工作的同志便要求教他们些新歌"的场景已经成为历史尘埃不复存在，现在的晋东南广大乡村能够哼唱抗战歌谣者几乎寥寥，在我们进行田野调查的过程中，无论是遇到二三十岁的年轻人，还是碰到五六十岁的中老年人，当问及他们会唱抗战歌谣时，大都怀着介绍的心态，告诉我们这附近有谁知道或者会唱抗战歌谣。当我们问他是否会唱时，几乎所有的受访者表示不会。在我们的田野调查过程中发现，能够完整演唱抗战歌谣的主要集中在三类人，第一类是真实经历过抗日战争洗礼的历史参与者。在 2011—2013 年进行的田野调查中我们发现，只要是亲身经历过这段历史的受访者，或多或少都会哼唱一些反映晋东南抗战情形的抗战歌谣。例如，在黎城县黄崖洞镇下赤峪村采访的一位叫申喜凤的老人。

问：奶奶，你们那会有没有人教你识字？

答：识字？

问：嗯。

答：不识字。

问：那时候就没有人教你们识字什么的？

答：嗯……也会教吧，是得上民校才教的。

问：上什么校？

答：民校。教你识字、学习，教你唱抗日的歌。

问：教唱抗日的歌？

答：嗯。

问：那奶奶您会吗？会了给我们唱一唱吧！唱一首吧！

答：唱一首。

问：就是，给我们唱一首吧！

答：这次敌人大扫荡呀，时间可能长，手段毒辣抵御光呀，老乡得找地方，找地方，咿呀咳，地方垒门窗，柴草不经存啊，粮食要分藏。①

---

① 采访对象：申喜凤，黎城县黄崖洞镇下赤峪村；采访者：李荣、赵艳霞、王慧涓；采访时间：2011 年 8 月 1 日。

再者，距离黄崖洞非常近的河北涉县响堂铺村，一位刘景和老人在讲到民兵造地雷的时候不自觉就哼出来了歌谣。

问：民兵自己造地雷？

答：嗯，自己造，那时候还编有歌了，"石头蛋，锻成眼，装上火药，爆雷管，一炸就炸一大片。"①

另外，武乡胡峦岭在田间地头休息的魏伏云，我们随意地问，老人随意地答，竟有了以下对话：

问：当时有民歌没有？

魏：可多呢，但是都忘了，我试试唱两句："月儿弯弯尖，星星照满天，决死对民兵，明白黑夜在前线。打得鬼子没办法。"

问：再想想看还有没有别的了？

魏：唱唱《家居武东县》吧："家居武东县胡峦岭，日本鬼扰乱的我不能在家中，男人担一旦，女人拎一篮，今天逃难往出走，甚时往回返，逃难上了路，行动发了愁，到人村里边，不知人家留不留。"我们这儿没有特务，而上北庄就特务挺多。②

在采访过程中，大多数抗日战争亲身经历者由于年事已高，再加上时间久远等多种因素制约，对于抗战歌谣的回忆仅仅停留在歌谣的存在意义上，正如魏伏云老人所言："可多呢，但是都忘了"，只有非常少的老人能够唱多首抗战歌谣，其中襄垣县城底村刘存法老人给我们留下的印象最为深刻，老人在抗日战争时期担任过村妇救会主任，主要负责女性的宣传与动员工作，作为当时抗战歌谣的重要传播力量，抗战歌谣已经成为老人精神生活或者人生的重要组成部分，因此记忆较为深入，能够演唱多首抗战歌谣。我们邀请老人给我们唱一个，老人爽快地答

---

① 采访对象：刘景和，河北涉县响堂铺村；采访者：李荣、赵艳霞、王慧涓；采访时间：2011年7月19日。
② 采访对象：魏伏云，武乡县胡峦岭村；采访者：段建宏、朱文广、米立恒；采访时间：2011年7月10日。

应,"我甚也会唱",在采访过程中,刘存法老人给我们演唱了十多首抗战歌谣,内容涉及婚姻、抗战生活、时政信息等多方面。但是,刘存法老人是我们采访中的特例,作为现今能唱抗战歌谣的主力群体,随着时间的流逝,他们年事已高,大多已没有深入记忆,现在已有的如珍贵的文物淹没在历史烟云里之感。具体内容见附录。

第二种是地方文化关注者。在晋东南广袤的大地上,在以经济发展为先的社会大氛围下,在晋东南民间仍然活跃着这样一个群体,他们就是地方文化关注者和研究者,他们关注家乡的历史,挖掘地方的文化,为家乡的文化宣传和民间文化认同发挥着重要的作用。郝雪廷就是地方文化研究者中的佼佼者,他现任八路军太行纪念馆研究部主任,主要从事军史研究和文学创作,是中国报告文学学会会员,中国博物馆协会会员,中国神剑文学艺术学会会员,山西省作家协会会员,山西省戏剧家协会会员,山西省党史人物研究会副会长。出版了多部有关地方文化的著作,如:《八路军改编纪实》(浙江人民出版社)、《追寻八路军总部》(山西人民出版社)、《八路军的故乡》(山西人民出版社)、《国际友人与爱国华侨在武乡》(山西人民出版社)、《八路军》(春秋音像出版社)、《武乡的红色驻地》(山西人民出版社)、《武乡,抗战文化中心》(山西人民出版社)、《游击队长魏名扬传奇》(中共党史出版社)、《八路军组织序列研究》(中央文献出版社)、《抗战精华遍武乡》(山西人民出版社)、《革命熔炉武乡》(中共党史出版社)、《武乡抗战纪事》(中共党史出版社)、《野战政治部在下合村》(中共党史出版社),等等。其中,《武乡,抗战文化中心》一书中记录了不少武乡文艺的内容。李炳珍是地方文化爱好者中的典型代表,他曾任武乡县乡镇副书记,有志于收集地方文化史料,在采访过程中让我们印象最深刻的是老人的小本子,上面密密麻麻记录着老人收录的抗战歌谣,虽然大多数歌谣是中华人民共和国成立后在全国大江南北都能唱响的抗日歌曲,没有晋东南地方特色,但是老人小本子的每一个字、每一个笔画都凝聚着老人对抗战时期中共丰功伟绩的赞赏和对地方文化的热爱。但是,同历史参与者不同的是,地方文化爱好者更多关注存留下的歌谣歌词,歌谣本身的曲调大多不会演唱,如郝雪廷所著《武乡,抗战文化中心》和李炳珍小本子记载的抗战歌谣大多只有歌词，曲调部分较为缺乏。

第三种是地方文艺表演者。1980年4月29日，《山西日报》发表文章，提到了民间艺术在现代化建设中的作用，"在向四个现代化进军的今天，我们的民间音乐艺术要更好地为四个现代化服务。一方面要尽快地把我省的优秀民间音乐收集整理出来，另一方面也要努力开展群众的音乐活动，开展民歌演唱活动，来满足群众的音乐文化生活的需要。"① 20世纪80年代山西各地兴起了演唱民歌，收集民歌的热潮，承担演唱任务的主要是各地方文化馆或者文化队的演职人员。到了世纪之交，文化馆或者文化队经受了文化体制改革的阵痛期，演唱频率缓慢下来。近几年来，文化体制改革基本完成，进入市场的各文化演出单位搭上了非物质文化遗产、传承地方文化之东风，地方文化团体又焕发了生机。以武乡为例，近些年打造"红色武乡"名片，大力发展红色旅游，抗战歌谣成为这一名片的主要承载物，地方文化团体理所应当地承担着主要演出任务。笔者在田野调查过程中走进了武乡县文化馆，还未踏入馆中，悠扬的歌声已经传来，为了更好地呈现舞台效果，团员们勤奋练习，在练习过程中，原武乡县文化馆馆长王充理老先生接受了我们的采访，同地方文化爱好者仅关注歌词不同，王充理老人主要从音乐的角度给我们讲解了武乡民歌开花调，演唱了多首开花调抗战歌谣。

总之，晋东南抗战歌谣演唱群体已经严重缩减，它不再是大众口中的娱乐表达，只是集体记忆的一个代名词，知道它存在过，出现过。不仅如此，晋东南抗战歌谣的本土地域特色也在退却。如前所述，晋东南抗战歌谣是抗战时代背景和晋东南民间传统曲艺形式——歌谣相结合的产物，带有浓厚的乡土气息和地方特色，歌谣中呈现的事件背景、语言特色、地方风俗无一不表现晋东南的各种政治经济文化特点。但是，在新时代下，在晋东南地区，晋东南抗战歌谣正逐步被普遍意义抗战歌曲所消化，所取代。如上所述，在笔者进行的田野调查中发现，按照晋东南固有小调编写的体现晋东南人文特色的抗战歌谣已经淡出大多数人视线，但提到抗战歌曲时，几乎所有人均会哼唱，唱的歌曲大多是全国普

---

① 夏洪飞：《民间音乐人民爱》，《山西日报》1980年4月29日。

遍传唱的歌曲，地方特色正在消散。

2017年7月7日到9日，武乡县举办了第七届八路军文化旅游节，在此次盛会的开幕仪式上，演唱的是《到敌人后方去》《游击队之歌》《夸夸咱们的八路军》《送军粮》。在其系列节目《喜迎十九大革命歌曲大合唱》中，演唱的歌曲分别是《巍巍太行》《保卫黄河》《地道战》《在太行山上》《我送哥哥上前线》《唱支山歌给党听》《党啊亲爱的妈妈》《没有共产党就没有新中国》。这些歌曲中，只有《在太行山上》一首歌能够体现地方特色，其余全部是唱响全国的歌曲。

第二节　社会功能发生转向

随着抗战歌谣生存发展现状的变化，随着社会生活的转变，抗战歌谣宣传动员、塑造乡村、承载记忆等政治性功能在逐渐弱化，在发展经济的改革浪潮中，抗战歌谣服务地方经济、传承民间文化等的功能日益凸显。

以武乡为例，武乡是全国著名的革命老区，是抗日战争时期八路军总部所在地，2004年8月，中共中央政治局常委李长春在视察太行老区后认为正是这一区域在中国共产党进行的抗日作战中形成了"太行精神"，即"是在国家和民族处于危亡的关键时刻，中国共产党领导太行儿女展现的不怕牺牲、不畏艰险的革命英雄主义精神，是在极其艰苦的条件下展现的百折不挠、艰苦奋斗的精神，是为民族的解放展现的万众一心、敢于胜利的精神，是为人民利益展现的英勇奋斗、无私奉献的精神"，[①] 长治地区所属武乡县就是"太行精神"的主要形成地和八路军文化的重要孕育地。在近些年"红色旅游"的浪潮中，武乡县也大力发展旅游产业。文化是旅游发展的灵魂，旅游是文化发展的依托，为了发展武乡旅游产业，打造"红色圣地"这一文化名片，武乡县做了许多的工作，近年来，武乡县坚持"文化引领、强基固本"，充分发挥独特的红色资源优势，先后完成了"一馆两部"（八路军太行纪念馆、王家峪八路军总部旧址、砖壁八路军总部旧址）改陈布展、"两园一剧"

---

① 《中共中央政治局常委李长春在长治市视察工作》，《长治日报》2004年8月20日。

（八路军文化园、游击战体验园、《太行山》大型实景剧）建成运营，启动了"两园一路"（八路军烈士陵园、太行山文化创意产业园和红色旅游公路）等重点项目建设，推动全县文化旅游产业跨上转型升级新坐标。2010年至今，武乡县已举办了七届八路军文化旅游节，成为当地每年七八月间最重要的文化活动，其间，活动形式多种多样，包括文艺演出、八路军文化研讨会、红色藏品展、革命歌曲大合唱、革命歌曲进校园等形式。唱抗战民谣就是其中之一。在文化旅游节期间，官方开展了"武乡八路军文化"进校园活动，在此活动期间，要求全县各中小学校的学生都要"当一天八路军，唱一首抗战歌，讲一个红色故事，上一堂军训课，搞一次拓展训练，打一场游击战，看一场实景剧，写一篇红色征文"，抗战歌的演唱被列为其中，成为加深当地百姓历史认知的重要方式之一。2015年是中国人民抗日战争暨世界反法西斯战争胜利70周年，通过对武乡抗日民歌的整理和重新演唱，武乡县宣传部集结出版了《红色记忆——武乡人民抗战的歌》，旨在用红色文化妆点抗战乐章，用文艺形式纪念革命胜利。

根据西方旅游人类学家的观点，旅游文化主要是指一种过程，在这一过程中，旅游操作者生产或有目的地制造某种文化产品，以此来吸引游客。美国学者克瑞克认为有两种策略，一种是为旅游和游客而制造文化，另一种是为文化而制作旅游和游客。前者指的是发展和制造特殊的产品，如旅游艺术品，而后者则刚好相反，指的是改变原旅游吸引物以及潜在的旅游目的地，以体现和加强其文化特征。换句话说，人们为迎合游客而制作发明或改变文化及其内涵，这一过程就叫作旅游文化。[①]原有的抗战时期晋东南民间歌谣在时代面前发生着变化，取而代之的是现代人为抗战文化而创作出来的文化形式，抗战歌谣逐渐成为地方发展经济的助推载体之一。

另外，抗战歌谣作为当地具有影响力的作品被传颂的同时也对增强民众地方文化认同发挥着极大的作用。"进入21世纪以来，曲艺被赋予新的时代意义和文化价值。民间艺术在社会层面扮演越来越重要的乡土

---

① 马莉：《非物质文化遗产与历史变迁中的地方社会——以歌谣为中心的解读》，人民出版社2011年版，第170页。

认同的角色。它一方面平衡多种文化归置的多重角色，借助传统的积淀帮助政府实现公共文化建设的社会目标，实现地域文化的文艺构想。另一方面民间艺术扎根于礼俗社会，在信仰失范的城乡社会中，唤醒公民城镇化进程中'民间社会'的理想诉求。"[1] 在采访的过程中，武乡老百姓对于抗战时期八路军总部在武乡这一历史事件非常自豪，对于武乡为抗日战争做出的巨大贡献非常骄傲，正如大家所说："因为我们确实在抗战时期做了那么多。"

我们以对当地居民的深入访谈为辅，对武乡县当地各普通民众展开了问卷调查。问卷以各年龄阶层、各职业类别及各文化水平的166位当地民众作为调研对象，其中收回有效问卷161份，回收率达到了96.9%。

具体调研概况如表6-1所示。

表6-1　　　　　　　　调研概况

名称	选项	小计（位）	百分比（%）
民众性别	女性	90	55.9
	男性	71	44.1
民众年龄	20岁以下	14	8.7
	30岁	73	45.34
	30—40岁	30	18.63
	40—50岁	23	14.29
	50—60岁	15	9.32
	60岁以上	6	3.73
民众职业	全日制学生	42	26.09
	行政人员	16	9.94
	退休人员	8	4.97
	工人	11	6.83
	自由职业者	21	13.04
	教师	19	11.8
	技术人员	15	9.32
	其他	29	18.01

---

[1] 卫才华：《太行山说书人的社会互动与文艺实践——以山西陵川盲人曲艺队为例》，《民族艺术》2016年第4期。

续表

名称	选项	小计（位）	百分比（%）
民众所接受的文化水平	高中或高中以下	53	32.92
	大专	53	32.92
	大学本科	52	32.3
	硕士及研究生以上	2	1.86
民众的政治面貌	中共党员	29	18.01
	共青团员	72	44.72
	群众	60	37.27

从调查分析问卷可以看出，有99%的当地民众去过纪念馆、文化园等武乡著名红色革命圣地，只有1%的民众表示没有去过。91%的民众认为不愿意看到武乡红色文化的消亡，在面对红色旅游文化逐渐消亡时，绝大多数民众会感到惋惜。在对当地不同年龄段民众进行访谈时发现，部分老年人对过去的红色革命历史了解更深，知道具体的战役发生地，晓得在抗战中涌现的地方英雄人物，也大概能谈论抗日战争的民众生活；中年人对当地红色历史的认识也都是从父辈的口中得知，口口相传下来的，对发生过的历史大多一知半解；而年轻人基本上不清楚当地过去的红色革命历史细节，但对于八路军总部曾驻扎在武乡全部知道，也认为武乡为抗日战争的胜利做出了一定贡献。对于歌谣同样适用这一调查结果，老者大多会哼唱一两首，年轻人知道有这样的历史，但是抗战歌谣有哪些不是非常清楚，更别谈什么哼唱了。每次消夏晚会上的演唱、各种红色纪念活动中的演唱是加深他们对当地历史文化认同的重要方式和手段。总之，从上述调查中我们可以得出这样的结论："红色武乡"这一历史名片已经深深地嵌入当地人的历史认知中，对武乡这一革命圣地有非常强烈的社会认同和地方认同心理，被搬上演唱舞台的抗战歌谣成为产生地方认同的重要载体之一。

附　　录

讲 述 人：刘存法
采访时间：2013 年 7 月 20 日
采访地点：襄垣县西营镇城底村

刘存法老人是我们在采访过程中遇到的唱出抗战民歌最多的一位受访者，老人精神矍铄，性格开朗，思路清晰，演唱的同时叙述着历史情景，代表了老人的所想。现将部分涉及抗战歌谣的采访内容附录如下。

对于日本人的印象：日本人偷偷见过，但是不敢真见，真见了就要把你杀了。日本是三光政策，烧光、杀光、抢光，我们是在躲反窑里见过，还敢真见了？见到年轻人他就是八路八路地，死啦死啦地（杀了），见了民兵就是这个，见了老百姓也杀呢，可杀了些人呢。我娘家是崔家岭的，距离这里十里地，一听见他上来郝村，就听见机关枪啪啦啪啦的声音，这日本人就出发了，每天都有十来二十个站岗的。我们崔家岭十个麻池上，白天是老婆们，晚上是老汉们，晚上是你睡觉我听就是听出发呢。那个场里有一个钟，日本人来了就荡钟，崔家岭整个村就躲反，人们就往外跑。整整犯了八年。五月十六敌人就占了蟠龙，五月十六打了蟠龙，七月二十五打了襄垣城这才不犯了。晚上起来把这个被子一卷起来就走，地上有个担子，有锅、碗吃完饭就放进去。一下听见机关枪大炮声响，赶紧担起了就跑。可怕了，整整犯了八年。

老人所唱歌曲：《汪精卫歌》：汪精卫是个大汉奸，我给你唱唱汪精卫是个大汉奸，他就把中国出卖了。"可恨可恨真可恨，汪精卫定下了卖国协定，卖国协定说些甚？说起来呀气死人。中国地方日本来兵讨,全国各地多少鬼子兵,汪精卫卖国真可恨,还有他叫上日本兵,按上帮派都杀尽。杀尽鬼子不留情,中国地方日本来兵讨。"汪精卫是大汉奸,你们听说过吧?

《随毛泽东》歌:"工农兵学商,一起来救亡,拿起我们的武器刀枪,走出工厂、田庄、课堂,大家一起把歌唱,走向民族解放战场,脚步合着脚步,臂膀扣着臂膀,我们的队伍是广大强壮,全世界被压迫兄弟的斗争,是朝着一个方向。千万人的声音高呼着反抗,千万人的歌声为革命斗争而歌唱。""政治协商会议已召开,九月二十一日开了幕,这个会议,哆咪哆咪哆哨,开了整十天,到本月三十日胜利闭了幕,哎……呦……选出了正主席毛泽东,副主席朱德刘少奇,宋庆龄来哆咪哆咪哆哨李自成(编者注:应该是李济深),张澜和高岗六个人,哎……呦……陈毅和贺龙等五十六人,中华人民共和国诞生了,就是十月一日产生的。"

《逃难歌》:我就给你唱武乡家那个吧:"家住东县呦,西去胡峦岭,日本人欺负俺,不能在家中,"这是第一段呀,不给你唱哭句了呀;"撇了俺的家呦撇了俺的地呦,撇了亲戚邻家不能交语",这是另一段;"男人担一担呦,女人挎一篮,今天咱逃难走,甚时往回返",这是另一段;"逃难出了外娃娃抱在怀,哭声好恓惶,饿死俺的孩",这是又一段;"逃难上了路呦,人人发了愁,不知道到哪村,人家留不留",这是另一段;"时常血淋淋呦,赶快转移阵,转移在各村里救治难民,转移在根据地,威胁敌人,时常血淋淋呦,解救胡峦岭,马团长真英勇,带了两个营,一营灭日寇呦,二营搞太平,冲到胡峦岭,马团长下命令呦,西面往上冲把鬼子包围住完全消灭净。五月里逃难走呦,甚时候往回返。把鬼子赶出去呦,好好回生产。"就这七八段,武乡县逃难歌。

《诸位同胞和姐妹》:"诸位同胞和姐妹,买卖婚姻要反对,执行政府新法令,谁破坏咱就要反对谁,第一反对家长坏,贪图倒把闺女卖,于其受苦你花钱,想一想应该不应该。(都是复句就不要给你唱了)第二反对坏男人,拿上大洋买女人,大洋花了一千三,你看看,丢人不丢人。第三反对坏媒人,专门包办说婚姻,为吃人家一顿饭。第四反对坏女子，结婚为了要东西，却不想自己害自己。青年男女记在心，终身大事要认真，婚姻需要自做主，决不容别人来议论。谁要不执行新法令，咱就和谁作斗争，广大青年齐努力，保证自由来结婚。"我十三岁唱这个歌，这话句可好了。

《无名秧歌》：唱支秧歌"一宿上团结抗战，社会改良，说人人上冬学扫除文盲；二宿上清理人盘查站岗，每日里查新人捉拿汉奸"，那个时候路过就得带路条呢，没呢了，路过这个村里就不能走，有路条你就能……路条上写着，本村人谁谁谁，去往哪里，写是这个字，不然人家就查住你不能让你走，害怕日本人，日本人在襄垣城住，放汉奸呢，它就是这个意思，给你们说一下你们就明白了。"三宿上妇救会得到解放，婚姻是自作主张不用爹娘。四宿上老年人换转脑筋，请愿意送他儿前去参军。五宿上维护地方，为国家为民族保卫家乡。六宿上手榴弹民兵拿上配合正规军前去打仗。七宿上漆旧枪民兵背上，拉开栓推上膛鬼子死亡。八宿上八路军坚决抗战爬雪山过草地受过困难。九宿上老九团血溅蟠龙，胜利品一回来登记不清。十宿上十四团打仗勇敢，胡峦岭点炮台鬼子死完。"

《结婚歌》："结婚本身是机缘，买卖理不断，谁要按份来花钱，哎呀呀"，这是第一段了呀，"男女结婚机缘找，考虑要周到，心情相合当亲戚，哎呀呀，互相来商讨，你也愿来我也愿，旁人都扯淡，家庭父母他不满？哎呀呀，这事情不用他管。请求政府来登记，手续要搞清，马马虎虎结了婚，哎呀呀，将来要出事情。你也不用叫来不用骂，不要瞪眼和和吧，男女求个结婚礼，哎呀呀""穿红穿绿插冠花，瞧着你真倒运，有人说你是妖精，哎呀呀，看见你真丢人。不用叫来不用骂，不要瞪眼和和吧，男女求个结婚礼，哎呀呀，简简单单把婚结。"

《黄崖洞歌》："这一次鬼子来进攻呀，狗日的真是凶。调动大兵一万名，进了黄崖洞，黄崖洞呀咿呀嘿黄崖洞，八路军兄弟真勇敢呀保卫我老百姓，血战二十二日杀了他两千人，两千人呀咿呀嘿两千人，这一次鬼子炸了棚呀咱逼他收了兵，加紧准备咱不放松，再叫他个倒栽葱，倒栽葱呀咿呀嘿倒栽葱"就这三段，这话写得好吧。

抗战时候我8岁，去学校就顾不上识字。光出操，唱歌站队。老师教的吗，学校的。顾不上教字，一来了就站队，站了队就出操，出操唱歌，齐步，齐步转出操了们，练腿了们。

讲 述 人：李炳珍
采访时间：2012 年 2 月 3 日
采访地点：武乡县武乡宾馆

李炳珍，1938 年生，中共党员，砖壁村人，曾任武乡县某乡镇副书记。砖壁曾是八路军总部驻扎地，老人在家庭和村庄的影响下，对砖壁历史较为了解，也愿意去了解，可以说是"乡村文化人"。在采访过程中，老人主要给我们讲述了他心目中的八路军在砖壁的点滴生活，还收藏了当时的多首民歌民谣。

砖壁村现在 128 户人家，它位于离县城 45 公里的丘陵山区。那时候全村 120 户人家，400 多不到 500 人。为什么八路军要到那个地方驻扎呢？你们可以看到它的海拔高度是 1200 多米，上了山顶上有 1300 米。它三面临沟一面临山，北面南面西面是深沟悬崖，北面是山。现在的话开车可以上去，过去则是弯弯曲曲的盘山路，只能靠牲口驮着走五六尺宽的路，上面一挺机枪防守下面的敌人就上不去。一夫当关，万夫莫开。敌人来的话只有一个地方就是那条沟，就和《薛仁贵征西》里的摩天岭一样。东面是山，大概十华里就到了大森林里。三十里就到了黎城，所以这个地方是能守能攻能退。这是从地形上说。这个村在 1937 年有的党员，在 1938 年的时候公开，所以政治基础好。虽然阎锡山领导的防共团造谣说，共产党来了杀人如割草，但就我们砖壁来说，离得比较远有 90 里地，敌人鞭长莫及。所以那个地区一直是红色地区——就是共产党领导。还有一个就是砖壁村的群众好客。在抗战爆发以后，砖壁在外面念书的人就有回来宣传这些进步的文化。在总部未来之前，它 1938 年就来过武乡。先在义门待过，在那儿指挥了长乐之战，在那儿开了庆祝会议后就走了。之后去了沁县，去了潞城北村遭到敌人围攻，由于咱们的力量比较小。八路军渡过黄河作战的就三个师，有 115 师在五台山一带，120 师在吕梁那边、在山西西北，129 师就来了我们这里。八路军总部以及中共中央北方局就随着129师来到了这里开辟太行根据地，129师的师长刘伯承，政委邓小平，副师长徐向前。有两个旅，385旅是陈锡联、386旅是陈赓。在潞城北村驻扎，发现在那儿很不安全，敌人包围得厉害，于是就转战，走了五六天之后才来到砖壁。由当时的供给部部长杨立三带着七八个人骑着马来到武乡，来到武乡就到了砖壁。在砖壁附近进行了一下考察，找一些易守难攻的地方，于是就找到了这里。政治基础好、地形也好，缺点就是缺水。他们从北村出发到了屯留，又转上到了黎城，从黎城翻过太行山到了砖壁。我们村记得来的时候是六月，但是报刊上记载的是七月。他们是按朱总的历险记上写的离开北村摆脱敌人的追击，翻越太行山来到砖壁。因为杨立三第一次来的时候已经"号"了房子了（就是布置好谁住哪儿）。就拿粉笔写在房间上，天刚刚亮就来了。村里边不是提前知道？所以家家做饭，为总部和军队送饭。

大概1000人，385旅、386旅可能没有来，到了附近的什么地方。（笔者按：除了385旅、386旅）司令部和北方局的各个机关就来了，因为下设的部门很多：管理科、通讯科、作战科、军工部、反战同盟有很多，首长也很多，老百姓讲挎着小枪的人多，骑马的人多，说明司令部的领导多。也有很多人戴着南方的那种防雨的斗笠，穿得很不好，也不整齐，有的还拿着大砍刀。来了之后村里的干部，就组织大家吃饭。他们很高兴，（因为）已经转战五六天没有吃过一顿饱饭，尤其是没有吃过面。大家很高兴吃了一顿饱饭。朱总、彭总、左权住进了"新窑院"（就是新家）。今天砖壁很热闹，乡政府在那儿搞文艺会演。这个房东在村里是个富裕农民，老大叫李五斤，老二叫李二红，虽然是财主但抗日救国还是开明的。他把旧的十一间窑院让给八路军做了厨房，在他的新院里有七个家能住人，又让出四个来给了八路军，留下三个是五斤和二红老两口住的一间，两个儿媳和儿子占了两间。朱总占了东南房，彭总占的是西窑，左权占着西正窑，西南房住的是警卫。但是当时来了之后村里人不知道这些人到底是谁，在一开始"号房"的时候就定下朱总、彭总住这个院子，但房东不知道到底是谁，但是房东在接待的过程中还发现这些人还带着夫人，肯定是八路军的长官。有朱总夫人康克清、彭总夫人蒲安修、左权夫人刘志兰。过了三天在砖壁的大庙，就是司令部的院子里，召开军民联欢会，这个房东就去参加了。这个中间坐着砖壁村的老百姓，男的女的分开（那会儿开会都是男的女的分开，不让混在一起，五几年的时候也都是这样），外围是部队。在联欢会会前朱总就讲话，彭德怀就在戏台上主持。朱总的大致意思就是发动全民抗日，有钱出钱，有粮出粮，有人出人，团结抗日。当时他们不知道这领导是谁就去问警卫员这是谁，警卫员就说这是我们的连首长。结果去一听原来是朱总、彭总，心里就明白了。开完会之后就跑回家告诉他老伴这件事，他老伴叫喜春花，是个家庭妇女，听了之后很高兴，说咱听过朱总司令毛主席，又一想咱不能让人家住东南房，因为我们这儿有一个说法，"有钱不住东南房，东不暖来夏不凉"。然后就觉得和朱总换房，老两口一晚上辗转反侧没有合眼。朱总有一个习惯就是早上起来去村前散步，等老百姓起来上地的时候他就回来了，然后朱总就和老乡们谈话，很平易近人，深受老百姓爱戴。朱总回来之后老两口就去朱总屋里提出跟朱总换房间，这个家有点小，而且又是东南房，您怎么能住在这儿呢？您住我们北面的正房吧。朱总笑着说："我们的部队是人民子弟兵，我们来这儿是打日本鬼子的，一有情况我们就得走，不能长期居住，所以不知道哪天我就走了，哪个家都一样。"朱总说哪个家都一样，南房就南房。过了六七天因为工作关系，因为司令部在大庙上那儿收拾好了，所以彭总到了李家祠堂，左权就到了奶奶庙。空下两个家，然后老两口第二次去找朱总想让朱总换一间房子。朱总说："不用了，因为我们部队来，已经把你们挤得住到了一起，七个能住的家我们就住了四个。你们家还有两个儿子儿媳就让他们住吧。"房东家感到朱总真是爱民如子啊，都很感动。

朱总来的时候正是夏天，这家人是地地道道的老农民，警卫员就经常帮他家打麦子干农活。朱总在工作和战斗的空余时间也去帮忙，他们虽然住下了但都到200米远的总部去打水，不在家里用水。每天早上起来警卫员都会把院子里打扫得干干净净，把房东家的水缸打满水。他们的洗漱用水都到总部去打水。朱总每天晚上都在炎热的油灯下工作，这些都被房东家看在眼里。房东家就觉得这样好的领导，这样好的部队住在咱家，咱怎么忍心让他们出外面打水呢？老两口就商量在院子里放两个水缸让他们用，又从家里拿出两个暖水瓶，朱总家里放了一个，警卫员家里放了一个，然后就每天为朱总和警卫员送水。这样军民关系很融洽，亲如一家。房东家有个孩子叫凤五参加了民兵自卫队，喜欢八路军的司号员。他的老婆和两个儿媳都参加康克清等人组织的识字班，宣传解放妇女，坚持男女平等。由于朱总住在他们家里，所以在工作中不管是站岗放哨、做军鞋等都非常积极，拥军优属、接待伤员，处处领先。她做出的军鞋讲究"千层底、石纳帮"，样子好看又结实，当时在村里妇女中的口碑很好。在七月的一天，全家人和警卫都在院子里乘凉，朱总也出来了，家里人就让给他一个小板凳，朱总就问今年的收成和空室清野搞得怎么样？房东就——回答。这时他的儿子凤五就想学号，不敢问朱总，就悄悄地跟他的父亲说，想让他父亲帮他问问。然后他父亲就和朱总说自己的儿子喜欢司号员工作想学习。朱总说很好啊，这是加强地方武装啊。家里就没当回事，第二天朱总就把司号长（司号班的班长）叫来让他找个人教凤五学号。给了他号谱，起床号、熄灯号、冲锋号、集合号，各种号谱。他学号没办法在村里学啊，因为会搞乱部队的正常秩序，然后他就做了一个羊角号，拿羊角钻透把号上的号嘴安到羊角上，吹出的号音就和正常的不一样。他学的时候就回老家的沟里学习。到1939年立冬的时候砖壁没水吃了，杨立三部长就向朱德总司令反映情况说"老百姓的旱井水不够吃了，无法供应部队"。然后领导们就开会说："明年开春老百姓要下地种地啊，没水怎么办？还得到十几二十里地之外的柳沟担水，这怎么行。"于是决定要移防到王家峪。留下200多人挖池打井，最后挖了两个池、打了六个旱井、打了两个水井。后来为了纪念八路军，我们村里起名叫抗日井，军民坝。

　　临走，先是在总部召开了一个房东会议，把全村的房东都叫到一起开了个会。因为家家住着八路军，户户都有子弟兵。给大家吃了一顿肉。朱总送了房东家一个军毯，李五斤的夫人就抓住朱总夫人的手泪流满面不想让她走。

　　到砖壁的领导都有：朱总、彭总、左权、罗玉清、129师的参谋长李达、军工部部长刘鼎、司令部秘书长周光、朱总的秘书刘文华、晋冀鲁豫边区主席杨秀峰，三分区主席、供给部部长杨秀峰，作战科科长王正柱，后来成为总后副部长，副科长何廷一后来成为东海舰队副司令员（编者按：职务有误），薄一波、三分区政委彭涛。

  第二年5月又回来了，朱总没有回来，朱总回延安了。1940年就回来了，组织百团大战，从8月20日开始打到第二年的1月5日，历时三个半月。为什么叫百团大战？当时在玉皇庙偏殿的偏房是作战科，是王震住的地方，当时彭总、左权和王震住在这儿。当时彭总就问我们调来了多少个团？张震回答105个，朱总说那不管有多少，我们就叫"百团大战"吧！整个指挥战果就不用说了，战斗进行了1824场，歼灭敌日伪军3万多人。打完的最后一个战役就是关家垴战役，这就是10月29日，这是百团大战的第三战役，日军冈次大队700多人在袭击黄岩洞（黄崖洞）返回到窑湾、黄塘洼一带的时候被772团、385旅、386旅发现，就打起来了。10月29日下午彭总接到通知就马上召开会议研究，当天晚上就把敌人围住了。385旅、386旅、新10团还有决死团，整个战役打了两天。日军把窑洞连起来再加上敌人武器好，所以很难打。陈赓等人曾经给彭总打电话说我们的伤亡很大啊，不能打了。但彭总觉得还得打，不打下敌人后果会很严重。最后敌人跑了一少部分，大部分还是被消灭了。敌人通过电报以及各方面的情报发现了这儿是八路军的总部，然后八路军就决定转移走，转移到了麻田。1942年5月25日，日本人包围麻田，当时敌人有三万多人，把我们给包围了，蒲安修后来回来的时候还和我们说了这件事。当时决定分路突围，彭总说我在最后，杨立三杨部长带领一部分人突围，左权领一部分人突围，左权说不行，你是总司令，在后面，还有抗大学校、新华日报社等几千名非战斗人员，我在后面负责非战斗人员的掩护突围。本来他是可以逃脱的，但是负责担资料的人没有跟上来，他就让警卫员去找，因为里面有很多重要的情报，如密码、兵力部署等都非常重要，所以必须找到。就让警卫员去找这个人，他留下指挥，他穿着留学苏联时候的皮衣服，结果被敌人发现了，一颗炮弹打过来，打得头部受伤就牺牲了。本来定的是去小南庄（这个地方既靠河北的涉县又靠着山西），26日就回来了。砖壁回来的时候，马身上连马鞍都没有，衣服破破的，看着就是打败仗了。回来之后砖壁的老百姓家家献铺盖，家家让房子让部队住，家家做饭。砖壁的妇女赶紧做被褥，在砖壁休整了一个月。所以一共在砖壁四进四出，在砖壁住了十四个月，在王家峪住了六个月。

1942年的腊月二十六七的样子，日本人包围砖壁，把房东家抓住了，这部分敌人是辽州的就是现在的左权县。把两个老人抓到洪水，路上严刑拷打问八路军总部的消息。结果两个老人什么都没说，最后被敌人杀害了。朱总住的房子，在1953年被政务院定为八路军总部的旧址，1963年正式文件就下来了。

接下来给大家讲一下砖壁的民兵。最开始是叫自卫队，总部来了之后砖壁的抗日团体就活跃起来了，像农救会、青救会、妇救会、儿童团就活跃起来了。民兵当时叫自卫队，它是在党的领导下不脱产的地方武装，它肩负着参军参战、站岗放哨、掩护群众、保护人民生命安全、反奸除霸的作用。同时民兵又是八路军的兵员，当时砖壁有300多口人，就有38人当兵，其中就有6个女的。虽然在文学作品中有花木兰等女性参军的描写，但在咱这儿却还没有过。咱这儿的妇女一般都是大门不出、二门不迈，是不让你参加社会活动的。然而通过识字班的学习大家破除了封建礼教的束缚就去参军了。我们村的李丽君、刘玉兰、李采菊、白菊花、李菊花、刘华、李华芳都去当了兵。

我给你们举个例子就是关家垴歼灭战，当时10月29日通知村里村长，出征前15个女的、20个男的参加关家垴战役，他们做了6副担架，在晚上跟着部队就上了前线。去了前线之后就送子弹，抬伤员，有什么就干什么，这是男的干的。女的呢就去石门，当时部队的护士长让她们扫家，准备救护室、开刀室等房间。地下全是干草，伤员们回来都在干草上躺着，她们不嫌苦、不嫌累、不嫌羞照顾伤员，整整搞了三天。村里就在村口支了口大铁锅在里卖弄炒麦子，部队来了就拿一碗、灌一壶水就赶紧走了，在村里改了一个军人接待站。同时村里也往十三里外的关家垴送饭。除了关家垴战役，还有晋中战役，我们村去了二十个，围困蟠龙、上党战役、解放段村等村里的民兵都要去送粮，一走就是六七天。我记得小时候我父亲去送粮，在涉县那边，一下走六七天，担着六七十斤粮，自己再带上十几天的干粮。

1944年的正月十七日本人包围砖壁，民兵指导员高生云掩护群众转移，他们拿着枪（当时八路军总部给了他们八支枪，四十发子弹，二十颗手榴弹）引诱敌人，最后牺牲了。民兵就牺牲了他一个，村里面死了一个女孩，这个女孩是怎么死的？日本人打民兵，民兵知道不能直线跑，但是她不知道，敌人打过来就把她打死了。

部队训练。他们投弹、刺杀、利用地形作战、埋地雷等。妇女学习包扎、救护伤员。我们村里有个女党员，为了学习包扎把家里织的布剪成条状练习包扎。当时砖壁的民兵很厉害的，有武器又有号员（就是那个学吹号的）。

当时流传着民歌："砖壁民兵英雄汉，男女参战是模范。昨天参加关家垴，今天参加保卫战。抬担架来送子弹，抢救伤员又送饭。劳武结合警惕高，身边挎着手榴弹。军民团结杀伪寇，坚持抗日游击战。"

采访者：这是什么时候写的？

李：当时村里流传的。

采访者：您会唱吗？

李：我不会唱。当时民兵的技术水平较高，因为是部队直接派人对他们进行训练的。1944年在韩北进行了军事比武。

采访者：砖壁民兵有多少武器？

李：刚开始是红缨枪，那会儿人民会拳术。我父亲就会一点，当时民兵请过去教他们拳术。总部来了之后才弄上木头枪练习刺杀，后来给了他们八杆65、79式的枪。这才有了真的枪，原来都是红缨枪，大砍刀和拳术。

下面将李炳珍笔记本记录的歌谣摘录如下。

《抗日歌》："青天啊蓝天蓝蓝的天，这是什么人的队伍上了前线。叫声老乡士兵分明，这就是咱坚决抗战的八路军。八路军爱护老百姓，老百姓也要帮助八路军。军民合作大家一条心，打败日本鬼子享太平，打败日本鬼子享太平。"

《妇女拥军歌》："一步谈谈杨柳树，一步谈谈窗。一队一队的抗日军数咱八路军好。总部来咱村，腾出（让出）南房烧热炕，让给咱总司令。一粒一粒的净黄米，一袋一袋地装。一担一担的抗日粮，送到那前线上。一团一团的白棉花，一条一条地纺。一织一织的新白布，给咱部队做衣裳。一纺一纺的土布，一针一针地缝。一双一双的拥军鞋送给咱子弟兵。一块一块的根据地，一滴一滴的血，八路军同志血和汗，坚持的抗战。三丈青松松靠山，松山紧相连。军民团结心贴心，抗战必胜利，抗战必胜利。"

讲 述 人：郝雪廷
采访时间：2017 年 4 月 15 日
采访地点：武乡县八路军纪念馆
　　郝雪廷是武乡县八路军纪念馆工作人员，作为武乡知名的地方文化工作者尤其是八路军文化工作者，郝老师对八路军在武乡的历史熟悉且热爱，出版了多部著作。在采访过程中，郝老师针对抗战歌谣的功能，抗战歌谣在现时武乡的作用等方面提出了自己的看法。

　　（抗战歌谣在抗战中的作用）在抗战宣传过程中，主要宣传方式有版画，美术作品中间也可以看到，但是美术作品呢其实它也有个限制，一个是你要在墙上画一幅要费多少时间，另外一个如果说你要印刷的话，你印刷出来以后又能发给多少人看，所以说受众面不是很大。那么唯有就是民歌民谣和戏曲，这两个是在抗战时期宣传方面起到最大作用的。因为有老传统啊，包括什么赶集呀赶会呀，包括还有庙会呀，这些人员相对集中的时候，每次都是靠着戏剧来集中的。所以在抗战之初，都采用"旧瓶装新酒"这个办法，用旧的形式来创新戏，所以说有几个资料上就记载"我们一开始唱八路军，还是穿以前那个蟒袍玉带"，什么朱德、彭德怀、刘伯承都穿的（旧时唱戏衣）出来，还是过去那种说法："我乃 129 师师长刘伯承也"，也是这个话、也是穿的那个（旧时唱戏衣）来唱的，要是说这个和生活很脱节，但是老百姓他可以接受，因为他历来看戏看的就是这个戏，所以说这个宣传效果挺好，就是戏剧。所以说整个在抗战时期，就包括在咱们太行山就有，可以说八路军每一个团都有一个宣传队或者文工团之类的。要是旅就更多，129师总部就有好几个，什么太行山剧团呀等，所以说这个鲁艺就有三个剧团，有鲁艺文工团，戏剧的就有两个：一个唱京剧，一个唱晋剧，就是地方戏像上党梆子，那个时候就是剧团非常多，有这个影响。但是这个民歌呢，实际上民歌是无组织的，整个在咱们山西呀，山西民歌就有两大区域，一个就是北方忻州地区的爬山调，另一个就是咱们晋东南区域开花，这是山西的两大民歌曲调，可以和陕北的信天游，还有青海花儿都差不多，应该是齐名的这两个曲种。所以说这个民歌有一个好处，它的曲调是基本固定的，你像咱们这个地带的民歌，原来有很多，有七八十个曲调，但是现在可能大部分就不知道啦，就是《桃花红杏花白》这个曲子现在还都知道，其实原来这个民歌曲调很多，那就在抗战时期可能唱得最多的也就五六个曲调。那么这五六个曲调其实它有一个比较固定的曲调，当然说里面什么花腔啊、华英啊都可以自由随便地唱，就是说整个旋律是个死的，它里面的每一个词的变化是活的，包括句子它可以拉长可以加几个字，不是说固定的像唱那个古词什么沁园春之类的词，它的曲谱是死的，包括平直都是死的，那么这个民歌呢就有一个很自由很宽泛的一个东西，所以说这就是你唱的人你想怎么编就怎么编，其实这个最早是以唱情歌为主的，但是后来到了抗战时期大部分就都唱成了与抗战内容相关的……

抗战时期演唱歌谣可以说是无组织的，你说无组织其实它也有组织。比如说啊那个时期集会、开会的时候，像区上开会按一个村50个民兵、60个民兵一片一片坐下来，坐下来那个时候就在开会之前大部分叫拉歌，就说是哪个村的民兵来一个，他就唱。这个唱呢就是到时候咱们八路军也有文艺工作者、音乐家写一些这个歌传唱，另外也有了就是哼这个，唱这个民歌呢它是随口唱的，一般像这个拉歌中间，这个村啊有一个比较好的歌手，比方说石占民，他是个好歌手，他就代表这个村他就站起来唱，他唱一句唱完以后，其他人就给他加一个和声，就是说你唱完一句或者两句，其他人再什么"呀……呀得"其他人就都唱这一句，是这样一个情况，所以说这个民歌一般是无组织的，但是就是有组织在这个这样唱的活动之下呢才更有可能在平时无组织的时候它也照样在唱（传播更广）。其实这个歌词，因为它都是随口唱的，所以没有什么固定的歌词，但是也是有一些它这个歌编的好了可能就流传下来了，因为它在那个集体大的厂子里唱了，其他人听见他这一句唱得挺好，就把这两句，一般像那个开花调就是上下句，就是第一句唱完以后再唱个第二句，这就完了，这一个节奏就完了，他再唱一个新句子还是这两句。因为开花调一般它就是一个比兴的手法，第一句起句基本上没多少意思，一个是起这一句，你下一个唱韵要唱上，好的歌手呢就是上下句的意思，能够连接得比较好一点，有的呢它连接得不好，连接得不好韵能跟得上就完了，就是个这个。

（对于抗战歌谣的现存状况）武乡这个整个的红色文化基本上是没有断了，因为它从这个抗战时期就不用说了，到解放战争时期，到新中国成立之初，这个阶段呢因为这儿是老根据地，很多就是全国这个典型那个典型很多，所以说就比较延续下来。到1964年武乡县规划成全国，那个时候叫全国对外开放县，和现在这个对外开放意思不一样，那个时期就是说外国人来中国不是你想去哪儿玩就去哪儿，就是划成这个对外开放县，外国人可以进来。像咱们国家也是限制得厉害，有些县就允许你外国人去，有些县就不允许，所以说武乡呢比较早的就是1964年公布对外开放县，从1964年公布了以后，大概到1974年1975年吧，十来年中间有60多个国家人到，那个时期主要是亚非拉好多殖民地国家开始搞独立解放，就来中国学习中国的独立解放的经验，学习我们抗战经验，有62个还是60多个国家。

20世纪80年代整理的除了几本书，一个是民歌，一个是民谣，还有民间文学、民间故事，还有言语之类的都有都收集整理的出版了，其中里面，80年代也是省里面要求各个县都在出了。

这几年搞这个红色文化传播、红色旅游发展，也开始又搞一些选一些原来的精华的东西，要经过现在拍的改编，有几个演出确实还挺好的。县里面的文化组织，老百姓也演，现在好多村里面像武乡县过年过节还有一些小节目，反正武乡这个开花调，宣传武乡红色烈士。也有过一些民歌大赛啊，还有戏曲大赛啊也搞过几次。

现在其实真正接受专业训练的不多，大部分还是民间自由爱好的（一些老人啊），接受过专业训练的，比方说也有一部分。再反过来说表演的这个需要的是天赋，并不是你学，你就是再高的学历你不一定能从理论上讲得清，你不一定能够表演出来（而且那种很接地气的表演），所以现在有好多像是高校毕业了回来也有的当老师啊，有的搞业余文化，乐器可以，导演可以，但是演出呢大部分靠的是天赋。

村里面这种人好召集，现在像广场舞、街舞，一到农闲的时候你看吧，一弄哪个村的，特别是女人到处是跳的（咱们这个对面这个公园里面）。

武乡有一些民歌，其实也挺好的，因为它有的比方说像《小二黑结婚》里的，那里面有好多都是，写那个《小二黑结婚》不是戏么，但是它那个作者就是个武乡人，张万一，他是个武乡人，他对这个武乡和襄垣附近地域文化比较熟悉，他就写成那种民歌风格的，在唱戏的中间就把那种民歌风格掺进去了，也不是纯粹地唱秧歌或者梆子，他就把这个民歌的曲调加进去，还有像那个《王贵与李香香》，掺了中间有很少一段唱词是民歌对唱。像这样的比较经典，经常在民间传唱。还有一些前几年我们也搞了一个，后来把开始和结尾调整了一下，也挺好现在也传唱得很多，要找就是文化馆可能有。这东西咱们基本涉及不到。

（提到光明剧团的团长张万一）张万一他大概是最早光明剧团的编剧，就是20世纪四五十年代的编剧，后来当了团长。他应该是一个作家，他自己也唱词，但是他一般不唱，就是编导，文化人，有一些乐器他可以操作，鼓啊锣啊乐器。

他原来是光明剧团的编剧，后来成了团长，其实原来光明剧团最早的一批已经后来成为太行文工团，后来就是1949年呢成为叫什么文工团，整个去了省里面了，去了省里面他就跟着去了，他是山西省戏剧家协会主席，很有名的一个人，他写了很多的戏。

原来的剧团到处唱唱戏还能挣一点钱，也是演员谋生的一个手段，你要是作为老百姓，你光在家里面种地，那时候土地还都是地主的，你自己种地一年收入不了多少，你要是跟上剧团去唱两天戏，一个月就给你发上点钱，或者发的是小米。我调查过一些，像唱戏在抗战中间唱的一般还是大戏，什么杨家将什么还是以前的戏，但是在抗战中间在每一次大戏之前总要唱两到三个折子戏，折子戏就是十几二十分钟，这个戏就唱抗战，就是边上几十个小的节目，每到唱就是今天晚上开始，大戏快开始之前，人们也陆陆续续开始往进走的时候，就开始唱宣传抗战的小戏，唱到两到三个差不多一个小时过去了，大部分人也都来了就开唱吧，正本开了以后就一直唱到十一点十二点，其实客观上讲，它是起到这个作用。

光明剧团的戏剧基本都是张万一所编写，他是武乡人，其实那个时候一般来说文化人家庭成分都不太好，但是年轻人都还是向往来着。再有大一点的文学家不写小戏，比方说李伯钊，鲁艺的校长，他在这儿的时候写了七八个大戏，他的那种大戏，战斗场面的话剧场就没办法演，他还是写这个老百姓的戏，心理活动比较多，因为战斗场面和电影不一样，没办法在戏剧里面表现。

（对于抗战歌谣对今天武乡的作用）有的就是说我们在抗战时期做了这么多贡献，我们现在如果不宣传出来，这些就有可能完全被淹没在历史进程中间了。老百姓也还能接受，因为我们确实在抗战时期做了那么多，你现在也做了。

（对于抗战歌谣的功能）主要就是发动群众，实际上在抗战时期八路军搞人民战斗，从一开始到最后抗战胜利，整个时期就全是组织群众、发动群众、动员群众，而这个你光喊三句话肯定是不行的，要用吸引人的东西喊出来，其实也就是民歌、民谣、戏曲这些深入人心的东西。故事编排一小段，小戏唱一唱你还觉得有什么，你比方说咱们看电视剧你就能看得进去，你知道他在讲故事，他在说什么，你说理论肯定是不行的，就说抗战本身理论很强的话，发动群众、组织群众、动员群众。怎么个动员，其实主要靠的是宣传，不仅是有大量的民歌民谣、戏曲来唱八路军好，八路军和老百姓的关系，当然也不是光唱了，确实这个关系也处到那个地方了，老百姓这坏了八路军过来给你修修房子，老百姓有什么困难了八路军过来帮帮忙。这样就是说你八路军有什么困难了，老百姓也帮忙，这就是相互的一个关系。就是在这样的情况下我们有大量的宣传，国民党那个部队就是说八路军这方面也是做得非常好，就包括八路军士兵也是这样。曾经就有国民党军队旅长，说你们搞这个发动群众敢把士兵安排按班十来个人想跟上去一个村一个村发动群众，你敢这样做你就不怕他们逃跑吗？国民党那个部队他最少得是一个营活动，一个营他才能保证了，如果说他要按班，几个人一组十个人一组分配下去，可能就全部开小差走了，所以说他就不敢。我们为什么敢，我们为什么派上十个人出去回来是一百人，他派上十个人出去就没了，这就是思想工作做得到家不到家。那么这个思想工作怎么做呢，不是我每天把你叫过来，念上一段报纸上的，靠的是我们用各种手段包括艺术（潜移默化的感觉），实际上就是这样的。

反正好多的团都有，团下面再组建一个二三十人的小队伍。文化活动中心每个团就都有。因为他那个有个局限性就是以宣传武乡为准，在武乡活动过的。他有报纸杂志，有文艺团体，有署名会议。那时候有很多名人，像特务团的演出队，里面就是有《王贵与李香香》那个李记。他原来就在这儿呢，后来回了延安，写那个长诗《王贵与李香香》，其实它整个大的结构形式是以信天游来写的，但是你细看它里面有很多是咱们开花调这个结构。当然其实这个词创作的方法，开花调和信天游基本上没啥区别。就包括《山丹丹开花红艳艳》，其实像在我们这儿也是，什么开花怎么怎么下来又一句。

部队中的文工团或者宣传队他们只能说是做一部分，作词他们没有地方上做得多，他们大部分是外地人，有点文化，他来了以后，像这种歌词都是用方言来说，动情之处也好，幽默之处也好，都是用地方方言来表达才有意义，你纯粹用普通话把民间的东西用普通话说出来就把原来的那种韵味全部都没有了。

他们大部分还是当地人，再一个有的就是民间的人，像开花，今天我在这儿唱了，我看见对面走过个人来，我突然想起一句词我就唱出来了，像陕北唱的"你是我的哥哥你就招一招手，不是了你就走……"像这样的民歌对唱在咱们这儿有很多，我记得我小时候大概在七几年的时侯，村里面的人还经常唱，因为那时候文化生活比较贫乏，还经常唱，也是那边有人劳动，这边有人劳动，还是我唱两句你唱两句，一直到 20 世纪 80 年代以后基本上就绝迹了，还有一些文化团体组织什么了，把这些东西改变过来再唱，现在民间基本上是没人唱了。以前我小时候经常唱。（后来有了电视现在这些就很少了）有了电视以后对其他艺术都是冲击。

你们是收集的歌词（歌词完全没有调），它都是套着唱的，但是一般呢有一些曲调，有悲哀的曲调它是反映心情悲痛的时候唱的东西，也有欢快的，也有思念的，曲调它也分的好多种。像思念的就是一个人唱的，也不对唱，它就抒发我心里面想的，有的比较欢快的就是对唱，最早来源于情歌对唱。

讲 述 人：王充理（1951 年生）
采访时间：2017 年 4 月 15 日
采访地点：武乡县文化馆

王充理作为原武乡县文化馆馆长，非常熟悉了解武乡民歌及其抗战歌谣的音乐原理，老人边唱边聊，对于笔者来说开花调等文字性的描述演化为动人的旋律，似乎更深刻理解了抗战歌谣的魅力所在。

武乡这些民歌，最多就是开花唱的，现在成为全民唱的一个东西，人人唱，随便说话，像现在在微信上谈话都唱的是这个开花，互相把这个平常对话都变成开花，武乡是武乡跑腿秧歌，随便唱的，武乡人现在都用这个歌儿交流了。

像唱现在这个秧歌，现在各个晚会什么的，都少不了这个东西，以各种形式变化，也不会死固定用这个东西，人也不是固定的人，专业点的演唱，弄晚会的人根据晚会的主题，把秧歌编成这个主题就能唱。

这个东西随便就能编，像武乡开花吧，开花和左权民歌差不多，武乡和左权紧邻，是相连的两个县，左权的柳林乡和武乡的墨登乡紧挨着，山水相连，像这个叫武乡民歌也算，叫左权民歌也算，实质是一个东西，它就是在左武两县山上有个村，左权有一个村叫姜家庄，是左权民歌的发源地，实质上那个不是一个村是发源地，是周围那些村逐渐传唱开来就丰富了，这个东西在左权就叫左权民歌，在武乡也叫武乡民歌也叫开花，而且它发展很广，不是一两个调调，一般唱的那个开花调，反正就像"你在个堎上，俺在歌，想和俺说话，哥哥呀你就招一招手"，就这么唱这个歌就唱出来了，这个歌之所以叫开花，是因为什么都能开出来，其实这个歌也不是个开花东西，但唱的时候他能唱："水壶开花最最短"这么唱。他什么都能开，只要押韵，下一句才是正常想说的内容，前一句就是即兴比喻，为了与下一句连接押韵，随便来这么一句就行。

原来这个武乡秧歌，襄武秧歌，大部分叫襄武秧歌，为啥叫襄武秧歌呢？就和我刚才给你讲武乡和左权的秧歌一样，当时传唱的民间小调，一个叫仿花调，一个叫莺歌流（笔者音译）。这两个小曲调就是大家在传唱的，开花也好跑腿也好，那时候都不登舞台，随便唱。到了后来，有个打铁师傅，叫张金川，他在西湖那打铁，西湖有个秧歌叫西湖秧歌，张金川嗓子好，把西湖秧歌学会以后，正好去了襄垣武乡下梁这个地方打铁，连同他带去的西湖秧歌和襄武秧歌、武乡小调及所有这些爱文艺的人，他们就想排练节目，自娱自乐，于是集中在一起，逐渐排练，把这个固定成一个东西。你会唱这个曲儿，我也会唱这个曲儿，最后把简单的东西，比如家庭伦理道德，孝顺不孝顺这些内容传唱开来，也不用上舞台，一堆人围着，像现在的音乐团形式一样，观众四面围着看，后来这个东西，因为它是编故事演故事，故事由小变大，这就和当时在武乡流传的上党落子和上党梆子，比秧歌要发展得早一些，就像过去就是梆子唱梆子，有了秧歌这个农村社团，梆子就把这个吸收进来开始传唱，后来就形成这个剧种。当时襄武两县十八个村庄紧挨着，有襄垣的，有西营、上梁、下梁、武乡、监漳、上河、下河，这些地方的人们合起来成了一个线班，那时候不叫剧团，因为有十八个村参加，所以叫十八秧歌班，这是秧歌最早的一个线班。随着发展，线班很受观众欢迎，有钱人也就是地主，看唱秧歌有利可图，他就利用这个你们会唱，把你们聚起来，因为你们会唱，冬天管你们吃住，你们在我家住，排节目，弄好以后，我带你们出去唱，然后我给你们发工资，剩下的钱是我的，这就有了旧戏班，到抗战时候就是日本人扫荡，唱完就各回各家。但是这时候八路军总部驻扎在武乡，八路军这个五湖四海的人哪儿都有，让民众起来保家卫国让民众当兵，用他们那种宣传方式老百姓听也听不懂。他们那种形式老百姓听不懂，你就只能用武乡秧歌，这个是武乡当地地方元素，老百姓能接受这个东西。日本人把段村给占了，武乡东西向长，然后被分成武西抗日政府、武东抗日政府，成为两个抗日政府。朱总司令，也不是他一个人，是八路军直接搞文化这些人做成武东武西政府抗日秧歌剧团，两个都成立了。西乡成立一个武西战斗剧团，武东成立一个武东光明剧团。像刚才这个张万一和高建云他们都在光明剧团，光明剧团那些都是那个时代编的，为什么没留下剧本呢？就是过去的人们自己叫的东西，如"八三会""抓特务"，也没有剧本也没啥，最后留下那么个东西。后来抗战时候，襄垣也成立了个剧团，像这个襄武秧歌，这里的人们接受这个艺术形式，认可这个东西，编了许多节目，就是关于抗日的这个节目，包括歌颂八路军，揭露汉奸，以后都开始唱这个剧目，这个剧目唱开以后，从襄武剧团这个艺术形式，确实是对中国革命很有功劳的。日寇解放以后成立了县剧团，然后就分开了，艺术无法进行交流，像以前武乡这个剧班襄垣有人参加，襄垣这个剧班武乡人也在，他唱的基本差不多，你会啥我也会唱，分成两个以后，各县是各县，就不能随便跑了，武乡剧团人就是武乡剧团人，襄垣就是襄垣，襄垣剧团人不可能来武乡剧团唱戏，后来因为音乐改革，唱腔都不一样了，虽然根本还是一样的，细节不一样，分成两个流派。襄垣秧歌和武乡秧歌，现在吧，襄垣剧团很好，因为人家有钱，人家那个剧团吃财政，煤矿上也把工资给他们补足，自己出去唱也能赚钱，武乡没有钱，也没人重视这个，连剧团都没有了。现在搞的这个武乡秧歌基本是我一个人在搞，我一个人叫上我的徒弟们排个什么戏，因为群众还是喜爱这个东西，在消夏晚会上，我这个家有个排练厅，一起在这排练就行，在消夏晚会，或应付个什么，这就行，把武乡秧歌从襄武秧歌中出来，可以说是我一个人传承下来，也可以说我和我的学生们。

襄武秧歌，这是属于国家级的非物质文化遗产，像咱武乡琴书，武乡顶灯，开花调，还有许多手工，比如草籽、枣糕，这是省级非物质文化遗产，剩下还有市级的，需要保护的。有些东西哪里都有，但比较宝贵的东西关键就你这个地方有，比如顶灯，除了武乡，其他地方就没有这个东西，长治县有顶灯，但和这个形式不一样，它也是头顶的，但和咱这个演唱的不是一码事，不一样了，就是说，这是武乡独有的一个东西，像武乡秧歌，除了襄垣和武乡，其他地方已经没有这个东西了，这个艺术形式吧，除了共有的，比如上党落子报的就是。因为发源就是从那发源的，虽然长子、潞城、武乡和沁县也唱上党落子，但你也不是发源地，也没有一直流传，不像人家具体，不像人家发展得好，所以人家就成了国家级。

消夏晚会一般就是从五四开始到国庆结束，每个礼拜在广场搞一两场这个晚会，让老百姓高兴，这个地方文化，看的人可多呢。我今年搞了两场，其他大部分不是专业的，特别是从农村上来的给小孩做饭，有很多农村妇女在这里租家，除了给孩子做饭，没有其他干的，喜欢热闹的就会参加这些活动。退休老汉没有啥干的，成立一个协会，叫合唱协会，搞民谣演奏，我给他们当顾问，我也没工夫，就在我家，和他们瞎玩，这些人他们组成个协会，这个协会上级给他们派点任务，他们排练排练就上去了，就这人们也看，看的人很多。再有就是各个乡镇，给分任务，像蟠龙，或者洪水上来弄一场晚会，就这样分开，或者按八大歌，给宣传部、农业部弄场晚会，我因为专门唱了两场戏，搞了个晚会，唱的都是我自编的，所以特别受欢迎。

消夏晚会唱各种歌谣的，去年是抗战七十周年。我给你们找个东西，《武乡夸夸》，你们都有那个《武乡夸夸》没，这就是个秧歌节目。

（武乡旅游）文化节主题就是抗战，结合现在，红色武乡就是抗战。文化旅游节，用红色文化，基本上这本书的歌都是那时候唱的，每年这些歌都要唱，今年他唱，明年她两个唱，原来是一两个人，来年或许会有伴舞什么的。我们武乡编的《巍巍太行》就是武乡人作词作曲，然后宋祖英唱，里面歌词就是巍巍太行，红色武乡。

开头旧戏班时没有女的，只有男的，后来在抗战时期逐渐有了女的，但女性少，那个时候谁家女的唱戏？像穷人家才唱戏，像富家就会排挤，比如不能继承家业，好好在家种地，不要瞎跟唱戏的鬼混。过去说这个唱戏的就是下九流，不是正经行当，穷人家没办法，我有这个嗓子喜欢参加，富人家就是家里人管不住，就参加。解放以后成立县剧团，县剧团就成了正式的国家工作人员，参加剧团就等于找上工作了，赚开薪资了，吃开皇粮了，后来把这个剧团转成为集体所有制后就不行了，就是自己赚上，自己发工资，国家与你脱钩了，不管你了。

我从小就喜欢这个东西，从小在学校里头就喜欢，这些乐器也是我在当学生时候就会的。我实质就是初中都没上完，那时候"文化大革命"，刚上了两年，后来"文化大革命"完了以后，我就在现在这个一中，那时候我在这学艺，我一开始就爱好文艺，在县剧团正组织弄样板戏，找乐队，我就这样进了剧团，主要搞乐器伴奏，后来是编剧本，在剧团住了十八年，就来了文化馆，我一直编东西，文化馆搞文化材料，给乡下发什么，哪个村搞节目，就给编上，然后排，组织，送演唱材料。

其实抗战之前就有这种调调了，只不过原先是表现爱情，咱们叫淫词滥调，抗战开始利用群众可以接受的形式，武乡秧歌也算，民歌也算，利用当地文化艺术形式，让民众易于接受，编上新词把男欢女爱换成抗日歌曲，鼓励当兵什么，就成了这个词。老百姓非常接受，在那个大背景下，抗战民歌逐渐就代替了爱情性的民歌。

武乡盲人说唱队也立了功的，一直宣传这个抗日战争，里面有看见的，引路，剩下都是残疾人，拿着棍子引着，如果是一个，就扒在肩膀上，一个队十来个人，现在就没了，盲人也不多了，过去生活条件不好，盲人得的一种病，治疗不了眼睛就坏了，现在医疗条件好，一般坏不了，天生这个很少，大部分都是后来生病中医说叫上火，西医说叫发炎，也没有药，一共有六七个队，一个队有十来个盲人，现在纯粹看不见的最多有十个，可能连十个都没有了。

结　　语

歌谣这一艺术表现形式，古往今来学界对其概念的表述并没有明确的结论，方家从不同的角度对歌谣进行概括总结，例如英国人 Frank Kidson 在《英国民歌论》中认为：民歌是一种歌曲，生于民间，为民间所用以表现情绪，或（如历史的叙事歌）为抒情的叙述。这里的"民"字，指不大受着文雅教育的社会阶层而言。[①] 陈新汉在其文章中认为："谣没有明确的作者，是一个社会群体，尤其是世代生活在一起的一个氏族、部落或一个民族集体创造，是民族集体生活最强的情感表现，因此，谣作为民众集体的作品又称为民谣。"[②] 学者对歌谣概念的表述众说纷纭，各抒己见，莫衷一是，但是在众多的概念表述中，我们可以总结出一般性的规律和特点，就是歌谣所呈现出的民粹主义特点：它来自民间，流传于民间，受民间百姓欢迎，表达民间百姓的所思所想。从这一概念出发，抗战歌谣作为反映抗战时期民间百姓生活，被抗战时期百姓所传颂的表达形式，似乎也应该具有民粹主义特点，但通过对抗战歌谣的整理、研究和分析，抗战歌谣的民众性属性并不纯粹，部分抗战歌谣带有强烈的官方色彩、政治意识和时代特点。

歌谣作为"俗"文学之一，具有"俗"文学的特质，应该是无名的、集体的创作。在产生和流传过程中，要经过许多人的加工和更改，所以具体创作者应该是无从考证的。抗战歌谣不能说全部，但至少部分抗战歌谣从产生过程来看，是抗日战争时期中共文艺政策的成果之一。

[①] 朱自清：《中国歌谣》，复旦大学出版社 2004 年版，第 6 页。
[②] 陈新汉：《关于民谣的社会评价论思考》，《人文杂志》1996 年第 6 期。

从 129 师师部和中共晋冀豫省委进入太行山后，就开始组织大批工作团、宣传队，分散到太行山区各地，组织动员民众。之后，随着众多文艺组织、团体进入太行山地区，1938 年省委专门召开太行山根据地会议，讨论研究宣传文化教育工作，会议指出，要采取"召开群众大会，演唱抗战歌曲、演出抗战戏剧、书写抗战标语、绘制抗战漫画等简单明了、易为广大民众接受的形式，以戏剧和歌曲为主"[①]动员民众，宣传抗日。因此歌谣这一民间艺术表达方式就成为中共主要利用的文艺形式。抗战歌谣就是众多文艺工作者在"为人民大众服务，首先为工农兵服务"这一党的文艺大政方针指引下，利用民间歌谣这一百姓喜闻乐见的形式，进行不断创新和融入反映时代需求和现实生活内容基础上产生而来。

歌谣作为"俗"文学之一，口传是其传播的主要方式，在口耳相传中，也没有用文字的形式记述下来，处于随时被修改和补充的过程中。但是，抗战歌谣的传播方式不仅仅局限于口耳相传，政府主导下的宣传队、改造后的民间剧团，政府组织的纪念活动，这些都成了抗战歌谣传播的主要推动力量和主要传播场域，是它们促进了抗战歌谣的快速、全面的传播。

歌谣这一艺术表现形式一直带有民间的乡土气息，但真正使歌谣与政治密切关联发生在抗日战争中，体现在抗战歌谣的各个方面。首先，中共通过对民间歌谣全面而深入的利用与借鉴，使歌谣不再仅仅只是乡村民众自娱自乐的放松手段，更成为具有强烈政治意味的宣传工具，歌谣所固有的娱乐功能被政治功能所取代，完美地"实现了革命文艺和民间文艺的结合"。其次通过抗战歌谣的宣传，中共实现着对根据地乡村社会的控制和渗透，改变着民众意识形态，使抗日和革命的思想通过朴素的语言渗透进民众的意识形态中。最后，晋东南抗战民歌民谣是时代和地域的产物，同时，产生的抗战民歌民谣也影响着民众对历史的认知，它是民众集体记忆的重要承载方式。

---

① 太行革命根据地史总编委会：《太行革命根据地史料丛书之八：文化事业》，山西人民出版社 1989 年版，第 2 页。

沧海桑田，世事变迁，晋东南抗战民歌民谣在时代的变奏中也在发生着变化，抗战歌谣的演唱者群体正在萎缩，根据调查，40岁以下年轻人基本不会哼唱抗战歌谣，而且，带有地域特色的晋东南抗战歌谣内涵已经发生较大变化，唱遍大江南北的抗战歌曲正在取代带有地方特点的晋东南抗战歌谣，挽救这一文化遗存成为刻不容缓的事情。但另一方面，抗战歌谣在新的历史时期发挥着新的历史功能，焕发着新的生机，它开始被政府重新重视，服务于当地经济发展和地方文化认知，经济和文化娱乐功能逐渐取代了既有的强大政治功能，成为新时代抗战歌谣的主要功用。

参考文献

一　档案资料

1. 武乡县档案馆馆藏档案
2. 襄垣县档案馆馆藏档案
3. 长治县档案馆馆藏档案
4. 壶关县档案馆馆藏档案

二　资料汇编

1. 中央档案馆编：《中共中央文件选集》（13、15），中共中央党校出版社1991年版。
2. 中央档案馆编：《中共中央文件选集》（14），中共中央党校出版社1992年版。
3. 中共中央党校党史教研室选编：《中共党史资料参考》（八卷），人民出版社1979年版。
4. 山西省档案馆编：《太行党史资料汇编》第一、第二卷，山西人民出版社1989年版。
5. 山西省档案馆编：《太行党史资料汇编》第三、第四卷，山西人民出版社1994年版。
6. 山西省档案馆编：《太行党史资料汇编》第五、第六、第七卷，山西人民出版社2000年版。
7. 山西省文学艺术工作者联合会编：《山西文艺史料》（第一辑晋东南抗日根据地部分），山西人民出版社1959年版。

8. 山西省文学艺术工作者联合会编：《山西文艺史料》（第三辑晋冀鲁豫边区太行太岳部分），山西人民出版社1961年版。

9. 长治市民间文学集成编委会：《长治市歌谣集成》（一），山西省陵川县印刷厂1988年印刷。

10. 长治市民间文学集成编委会：《长治市歌谣集成》（二），山西省陵川县印刷厂1988年印刷。

11. 沁源县民间文学集成编委会：《沁源歌谣集成》（内部资料），1988年。

12. 中共河南省委党史资料征集编纂委员会：《中共河南党史资料丛书：太行抗日根据地》第一、第二卷，河南人民出版社1986年版。

13. 中共河南省委党史资料征集编纂委员会：《中共河南党史资料丛书：太行抗日根据地》第三卷，河南人民出版社1989年版。

14. 太行革命根据地史总编委会：《太行革命根据地史料丛书之二：党的建设》，山西人民出版社1989年版。

15. 太行革命根据地史总编委会：《太行革命根据地史料丛书之五：土地问题》，山西人民出版社1987年版。

16. 太行革命根据地史总编委会：《太行革命根据地史料丛书之七：群众运动》，山西人民出版社1989年版。

17. 太行革命根据地史总编委会：《太行革命根据地史料丛书之八：文化事业》，山西人民出版社1990年版。

三 地方史志、文史资料

1. 太行革命根据地史总编委会编：《太行革命根据地史稿（1937—1949）》，山西人民出版社1987年版。

2. 山西省文化局戏剧工作研究室编：《山西剧种概说》，山西人民出版社1984年版。

3. 山西省史志研究院编：《中国共产党山西历史（1924—1949）》，中央文献出版社1999年版。

4. 中共山西省委党史资料征集研究委员会、太行革命根据地史编写组编：《太行革命根据地大事记述》（内部资料），1983年。

5. 中共长治市委党史研究室编:《中国共产党山西省长治市历史大事记述》,中共党史出版社 1994 年版。

6. 山西省地方志编纂委员会办公室编:《抗日战争时期山西大事记》(内部资料),1984 年。

7. 郭俊芳主编:《黎城八年抗战史料汇编》,黎城文化研究会内部资料。

8. 中共武乡县委党史办公室、中共武乡县委宣传部编:《武乡烽火》(内部资料),1985 年。

9. 王一民、齐荣晋、笙鸣主编《山西革命根据地文艺运动回忆录》,北岳文艺出版社 1988 年版。

10. 中共武乡县委宣传部:《武乡戏曲民歌》(内部资料)。

11. 陈厚明:《抗日烽火中的晋城》(内部资料)。

12. 山西省音乐舞蹈研究所:《山西民歌 300 首》,北岳文艺出版社 1987 年版。

13. 中共武乡县委宣传部:《红色武乡》(内部资料)。

14. 李中林等编:《抗战剧团》,中国文史出版社 2015 年版。

15. 民国《沁源县志》。

16. 壶关县志编纂委员会:《壶关县志》,海潮出版社 1999 年版。

17. 沁源县志编纂委员会:《沁源县志》,海潮出版社 1996 年版。

18. 晋城市地方志编纂委员会:《晋城市志》中华书局 1999 年版。

19. 长治郊区志编纂委员会:《长治郊区志》,中华书局 2002 年版。

20. 中共黎城县委党史研究室编:《中国共产党黎城县简史》,新华出版社 1991 年版。

21. 山西省档案馆编:《太行山抗日斗争大事年表》,山西人民出版社 2000 年版。

22. 中共黎城县委宣传部编:《烽火黎城》(内部资料),2005 年。

23. 中共长治市委党史研究室编:《邓小平在太行拾录》,山西人民出版社 1994 年版。

24. 李补安主编:《黎城志略》,人文出版社 1993 年版。

25. 中共左权县委县政府编:《八路军总部在麻田》,山西人民出版社 1990 年版。

26. 太行革命根据地画册编辑组编：《太行革命根据地画册（1937—1949）》，山西人民出版社1987年版。

27. 王建华编：《武乡革命斗争回忆录》，武乡县政协文史资料委员会内部资料。

四　著作

1. 马莉：《非物质文化遗产与历史变迁中的地方社会——以歌谣为中心的解读》，人民出版社2011年版。

2. 韩晓莉：《被改造的民间戏曲——以20世纪山西秧歌小戏为中心的社会史考察》，北京大学出版社2012年版。

3. 黄旭涛：《民间小戏表演传统的田野考察——以祁太秧歌为个案》，知识产权出版社2013年版。

4. 桑俊：《红安革命歌谣研究》，华中师范大学出版社2009年版。

5. 徐建新：《民歌与国学——民国早期"歌谣运动"的回顾与思考》，巴蜀书社2006年版。

6. 朱自清：《中国歌谣》，复旦大学出版社2004年版。

7. 齐武：《晋冀鲁豫边区史》，当代中国出版社1995年版。

8. 陈廉：《抗日根据地发展史略》，解放军出版社1987年版。

9. 张成德、孙丽萍：《山西抗战口述史》（三册），山西人民出版社2005年版。

10. 魏宏运主编：《二十世纪三四十年代太行山地区社会调查与研究》，人民出版社2003年版。

11. 魏宏运、左志远主编：《华北抗日根据地史》，档案出版社1990年版。

12. 江沛、王先明：《近代华北区域社会史研究》，天津古籍出版社2005年版。

13. 乔志强：《近代华北农村社会变迁》，人民出版社1998年版。

14. 徐慕云：《中国戏剧史》，上海古籍出版社2001年版。

15. 赵世瑜：《小历史与大历史：区域社会史的理念、方法与实践》，生活·读书·新知三联书店2006年版。

16. 郑振铎：《中国俗文学史》，上海世纪出版集团2006年版。

17. 朱鸿召：《延安日常生活中的历史》，广西师范大学出版社 2007 年版。

18. 王照骞、郝雪廷：《武乡——敌后文化的中心》，山西人民出版社 2011 年版。

19. 赵艳霞：《太行抗日根据地民兵组织研究》，中国社会科学出版社 2014 年版。

20. 王占禹等：《上党经济史》，山西经济出版社 1991 年版。

21. 刘建生、刘鹏生：《山西近代经济史》，山西经济出版社 1995 年版。

22. 山西省政协文史资料研究委员会：《阎锡山统治山西史实》，山西人民出版社 1984 年版。

23. 高春平：《山西抗战全史》（上、下册），商务印书馆 2015 年版。

24. 董谦：《没有人民的战争——围困沁源通讯》，人民出版社 1979 年版。

25. 王玉圣：《太行群英——太行区第二届群英大会实录》，人民日版出版社 2011 年版。

26. 高华：《革命年代》，广东人民出版社 2012 年版。

27. 王德昌主编：《襄垣秧歌》，天马图书有限公司 2003 年版。

28. 赵洛方：《太行风雨——太行山剧团团史》，山西人民出版社 2001 年版。

29. ［法］雅克·勒高夫：《历史与记忆》，中国人民大学出版社 2010 年版。

30. ［法］莫里斯·哈布瓦赫著：《论集体记忆》，上海人民出版社 2002 年版。

31. ［澳］大卫·古德曼：《中国革命中的太行抗日根据地社会变迁》，中央文献出版社 2003 年版。

32. ［美］杜赞奇：《文化、权利与国家：1900—1942 年的华北农村》，江苏人民出版社 2003 年版。

33. ［加］伊莉白·柯鲁克、［加］大卫·柯鲁克：《十里店——中国一个村庄的群众运动》，上海人民出版社 2007 年版。

34. ［美］韩丁：《翻身——中国一个村庄的革命纪实》，北京出版社1980年版。

五　报纸

1. 《新华日报》（华北版）

2. 《新华日报》（太行版）

3. 《新华日报》（太岳版）

4. 《抗敌报》

5. 《山西日报》

6. 《长治日报》

六　论文

1. 朱爱东：《双重视角下的歌谣学研究——北大歌谣周刊对中国歌谣学研究的意义》，《思想战线》2002年第2期。

2. 闫雪莹：《百年（1900—2007）中国古代歌谣研究述略》，《东北师范大学学报》2008年第4期。

3. 向德彩：《民间歌谣的社会史意涵》，《浙江学刊》2009年第4期。

4. 向德彩：《革命歌谣中的阶级话语》，《中共党史研究》2015年第1期。

5. 向德彩：《民众意识抑或舆论话语——民谣的民众性论析》，《浙江学刊》2008年第1期。

6. 韩晓莉：《战争话语下的草根文化——论抗战时期山西革命根据地的民间小戏》，《近代史研究》2006年第6期。

7. 扶小兰：《内化与自觉：抗战时期国家意志的民众化——以大后方抗战歌谣为视角》，《求索》2013年第1期。

8. 林继富：《河南桐柏抗战歌谣研究——基于历史记忆的视角》，《民间文化论坛》2015年第5期。

9. 段友文：《太行革命根据地抗战歌谣的时代特征》，《民间文化论坛》2015年第5期。

10. 赵艳霞：《抗战民谣的史学析——以武乡县为例》，《山西档案》

2014 年第 4 期。

11. 张志伟、栾雪飞：《抗战时期中国共产党的文艺政策及其特点》，《社会科学战线》2012 年第 6 期。

12. 马生龙、李宗强：《党的文艺政策八十年》，《理论导刊》2001 年第 9 期。

13. 邓静：《略论〈在延安文艺座谈会上的讲话〉之前中国共产党的抗战文艺政策》，《重庆工学院学报》（社会科学版）2007 年第 5 期。

14. 王治国：《党应当制定一个文艺政策》，《毛泽东邓小平理论研究》2012 年第 9 期。

15. 育民：《论党的文艺政策的诞生和成熟》，《广西师院学报》（哲学社会科学版）1998 年第 4 期。

16. 朱丕智：《文艺与文艺政策》，《西南师范大学学报》（哲学社会科学版）1997 年第 5 期。

17. 江沛：《华北抗日根据地区域社会变迁评析》，《抗日战争研究》2000 年第 2 期。

18. 王荣花：《抗日战争时期太行革命根据地农村文化建设的历史实践》，《河北师范大学学报》2011 年第 1 期。

19. 李金铮：《农民何以支持和参加中国革命》，《中共党史研究》2012 年第 11 期。

20. 姜涛：《中共抗日根据地的民兵、自卫队》，《抗日战争研究》2014 年第 3 期。

21. 牛刚花、陈继华：《从民间小戏看乡土社会的民众意识——以太原秧歌为例》，《山西农业大学学报》（社会科学版）2007 年第 5 期。

22. 郭赟林：《战争中的乡村戏剧舞台——以 1937—1947 年的晋察冀为例》，《沧桑》2008 年第 5 期。

23. 毛巧晖：《新秧歌戏运动：权威话语对"民间"的建构》，《戏曲艺术》2010 年第 1 期。

24. 王维国：《邓小平与太行山文化人座谈会》，《党的文献》2004 年第 4 期。

后　　记

　　文稿终于完成，距离我与晋东南抗战歌谣的接触已经过去了整整5年光阴，本书不仅仅是5年研究成果的展示，它更承载着5年来我的变化，我的成长。面对诸多的转变，心中感慨万千，不免叨扰数言。

　　2013年，卫崇文博士主持的山西省重点基地项目"抗日战争时期晋东南民歌民谣功能研究"（项目编号：2013338）正式启动，作为课题组成员的我被"裹挟"着开启了我的科研之路。项目初始阶段，现在看来，我的工作最多算作"跟随"，跟随着项目组成员进行田野调查、收集档案资料、梳理研究思路、拟订研究步骤。在"跟随"的过程中，我开始转变和成长，我的研究方向不再是政治史，而是转向社会史，研究领域不再是晚清史，而是转向根据地史；我开始意识到我的角色不再应该是历史知识的单纯传授者，而应该进入更深的研究领域；我开始对于"什么是历史"，"历史研究该怎么做"这些理论问题进行思考和践行，并在这一在过程中开始有一些浅浅的领悟，此书就是不断成长的结果和见证。

　　这些成长与领悟自然离不开我的那些"被跟随者"。感谢长治学院历史文化与旅游管理系主任段建宏博士，作为科研道路的引路者、指领者，更是工作过程中的督促者、鞭策者，段老师总是提纲挈领，时时督促；感谢长治职业技术学院院长卫崇文博士，作为科研道路的带入者，卫老师总是多样想法，深入浅出；感谢长治学院历史文化与旅游管理系副主任赵艳霞副教授，作为科研道路上的同行者、陪伴者，赵老师总是细微照顾，润物无声。本书从结构的拟订到书稿的撰写再到最后的出版，他们都给予我无私的帮助，没有他们的帮助、指引、督促和陪伴，此书的成稿将遥遥无期，在此，我要对他们表达深深的谢意！

还要感谢历史文化与旅游管理系历史教研室的各位同人在书稿的修订中给予的宝贵意见；感谢优秀的学生郑迎阳等在书稿的写作和校正过程中提供的帮助；感谢田野调查中的李炳珍老人、刘存法老人、郝雪廷、王充理等提供的支持，感谢他们提出的建议和帮助！

学力有限，作为一个历史研究领域的初闯入者，无论是从资料上还是理论上均有待提升，本书不当之处，还望学者赐教。